月光如水 Yueguang Ru Shui

时代出版传媒股份有限公司
安徽文艺出版社

【作者介绍】

季宇，曾任安徽省文联主席、省作协主席，中国文联、中国作协全委会委员，省政府参事。主要作品有《新安家族》《淮军四十年》《段祺瑞传》《共和，1911》《猎头》《当铺》《王朝爱情》《最后的电波》《金斗街八号》《群山呼啸》《王朝的余晖》等。中、短篇小说曾在《人民文学》《当代》《中国作家》《收获》《长江文艺》《作家》《十月》《上海文学》等刊发表，并多次被《新华文摘》《小说月报》《小说选刊》《中篇小说选刊》《长江文艺·好小说》《思南文学选刊》等选刊和各种年度选本选载。另有影视作品多部。其中49集电视连续剧《新安家族》在央视一套黄金时段和各大卫视播出。根据《当铺》改编的电影《家丑》获第二届北京大学生电影节最佳故事片奖。作品曾获全国"五个一工程"奖、星光奖、飞天奖、金鹰奖、《人民文学》奖、《中篇小说选刊》奖和安徽社科文艺奖等。长篇小说《新安家族》被译为德文出版。

当代名家精品珍藏
Dangdai Mingjia Jingpin Zhencang

月光如水

Yueguang Ru Shui

季 宇 /著

时代出版传媒股份有限公司
安徽文艺出版社

图书在版编目（CIP）数据

月光如水/季宇著. —合肥：安徽文艺出版社，2024.1
（当代名家精品珍藏）
ISBN 978-7-5396-7807-8

Ⅰ.①月… Ⅱ.①季… Ⅲ.①中篇小说－小说集－中国－当代②短篇小说－小说集－中国－当代 Ⅳ.①I247.7

中国国家版本馆CIP数据核字(2023)第125877号

出 版 人：姚 巍	策 划：朱寒冬 岑 杰
责任编辑：张妍妍 姚爱云	装帧设计：丁 明 徐 睿

出版发行：安徽文艺出版社　　www.awpub.com
地　　址：合肥市翡翠路1118号　　邮政编码：230071
营 销 部：(0551)63533889
印　　制：安徽新华印刷股份有限公司　　(0551)65859551

开本：880×1230　1/32　印张：11.25　字数：254千字
版次：2024年1月第1版
印次：2024年1月第1次印刷
定价：48.00元(精装)

(如发现印装质量问题，影响阅读，请与出版社联系调换)

版权所有，侵权必究

自　　序

　　这本小说集共收入八篇小说，中、短篇小说各四篇，除《我的母亲田香梅》，其余都是我这两年来的新作。这些小说分别刊于《中国作家》《作家》《长江文艺》《钟山》《清明》《小说月报·原创版》，其中部分小说被《小说月报》《小说选刊》《长江文艺·好小说》《中篇小说选载》《思南文学选刊》等刊所选载。

　　短篇小说《就当从没发生过》首发《中国作家》，发表后由《小说月报》《小说选刊》《思南文学选刊》等选刊选载，并入选了中国作协创联部编选的《2020年中国短篇小说精选》、华文出版社编选的《2020—2021中国文学佳作选》等书，这是我事前没有料到的。因为这篇小说并非主流写法，我甚至还有些担心，小说主题会不会产生歧义，结果是我多虑了。一些朋友看了都给予好评。说起来，这篇小说的构思还要追溯到好多年前。那时我还在省参事室任参事，有一年下去调研应急管理工作，在某地听说一家制药厂因发生三光气泄漏事故，导致重大损失。为此，我们专门去了那家厂详细了解事情的始末，这让我颇受触动。但这个素材还无法构成小说，于是便在脑海中搁了好多年。后来，记不清哪一年了，我去农村采访，听说某地某人嗅觉特别灵敏，围绕他发生了种种传闻，听来十分有趣。不过，当时也是一笑了之，直到有一天，我把这件事与三光气泄露事件联系起来,才觉得这是一篇不错的小说。小说表面上一波三折,但内里却耐人寻味。有人称之为寓言小说,我想也与此有关吧。

中篇小说《甲申疑案》首发《作家》,也是被选载较多的一篇,《长江文艺·好小说》《小说月报》《中篇小说选刊》等刊先后选载。这篇小说以中法战争期间情报战为背景,有朋友看后问我怎么想到这个题材的。这和几年前电视台邀我写纪录片《刘铭传在台湾》有关。刘铭传是台湾首任巡抚,合肥乡贤,他在民族危难之时挺身而出,抗法保台,令人钦佩。该片在央视等平台播出后,反响不小。五大主流网站付费点击量突破4000万人次,并收获多种奖项。在查找资料和采访中,我发现关于刘铭传的资料很多,但当年与他一起参加中法战争,并做出牺牲的小人物却鲜有记载,这让我颇有感触。于是,便写下了这篇小说。这是一篇关于寻找真相的故事。小说中的主人公身陷谜案,由于历史久远,案件重大,所以扑朔迷离,充满了玄机。我们知道,生活中有些事情真相难求。面对谜团,有时我们很难还原真相,只能接近或部分接近真相。这当然是生活的复杂性所造成的。为了更好地讲述故事,在叙事上我摒弃了传统手法,采用多视角呈现。小说中的涉事人物主要有九个,他们每个人都与这件事有着或多或少的关联,但从他们各自的角度来叙事,呈现出来的真相却是不同的,或者说只是真相的一个侧面。尽管这些侧面所提供的真实,只是局部的、零散的,有的甚至互相抵触,互相矛盾。但如果汇合起来,就能够形成比较完整的故事链条,让我们逐步看清真相,或者说,尽可能接近真相。这种限制性的叙事策略,充满悬念,符合生活真实,同时在阅读中也可以调动读者的想象力,使他们参与到小说中来。这种写法是我比较喜欢的,而与表现内容也十分契合。

从题材上说,收入本集中的八篇小说,以现实题材居多,如《无处不在》《老耿的春天》《逝者如斯夫》《就当从没发生过》《月光如水》。这些小说都是来自生活,有感而发。《老耿的春天》以扶贫为背景,重点是写人。主人公老耿又耿又直,这种性格在生活中很不讨人喜欢,但又是极为宝贵的。正因为如此,他才在逆境中始终坚守,最终迎来了"春天"。正如评论家方维保先生所言:"这样的人物多少带有理想主义色彩,却又是我们的生活和社会所必须珍视的'光'和'盐'。"《逝者如斯夫》来自我早年写作生活的回顾,熟悉的生活,熟悉的人物,写来极为顺手。当年的文友在时代的潮流中迷失、沉沦,大浪淘沙,身不由己,不免令人唏嘘。《无处不在》是一个关于生活的悖论。在现实生活中,人人痛恨腐败,同时又在腐败中同流合污,浑然不觉,令人感慨良多。《月光如水》是我努力想表现的底层人物形象。小说的主人公是一位兽医,执着于自己的职业,不计荣辱,超然世外。在他身上透露出的坚韧和忘我,如同大地上的小草,只要生命在便会默默地生长。

《甲申疑案》《我的母亲田香梅》《鎏金宝剑》属于历史题材小说。它们各有特点。《鎏金宝剑》同样是一件悬案,在小说中我运用各种文献和民间传闻,使故事虚实相间,亦真亦假,构成了层层迷雾。不知谁说过,故事本身不重要,重要的是我们如何讲述故事,诚哉斯言也。《我的母亲田香梅》发表于2017年,是收入本集中发表最早的一篇。之前这篇小说从未收集,因为小说发表后我总有一种意犹未尽之感。直到这次收集前,我做了一次较大的润色方才释然。小说以第一人称讲述故事,内容同样涉及真相,而主题则是揭示人性的光辉和丑陋。

2022 年 11 月 30 日于合肥家中

目录

自序 / 1

甲申疑案 / 1
老耿的春天 / 76
逝者如斯夫 / 119
我的母亲田香梅 / 158
就当从没发生过 / 259
无处不在 / 287
镏金宝剑 / 307
月光如水 / 332

甲申疑案

冯日升

听说冯日升有点偶然。几年前,电视台要拍一部《刘铭传在台湾》的纪录片,邀我担任总撰稿。他们之所以找我,是因为我曾写过《淮军四十年》《共和,1911》等书,对这段历史比较熟悉。刘铭传是淮军名将,中法战争爆发后,他渡海抗法,力保台湾不失,后出任台湾首任巡抚,为建设台湾呕心沥血,是一位有大功勋于国家、民族的乡贤,这个任务我自然乐于接受。在查找资料时,我发现一本清人笔记《甲申纪事》(以下简称《纪事》),书中记录了1884年(甲申年)的所见所闻,包括一些人和事,其中就提到了冯日升案。

据《纪事》记载,中法谈判时,冯日升任中方通事(翻译),但他私下里与法方"暗通款曲",透露我方底牌,"事发下狱"。

这是我第一次听说冯日升,也是第一次听说冯日升案。这个故事有些新奇,当即引起了我的兴趣。不过,当时我正在写纪录片,无法分神,便暂时放下了。刘铭传去台湾,正是中法战争爆发之际,当时不少报纸都做过报道。我去图书馆查找过那段时间的报纸,意外发现《申报》也对冯日升案进行了报道,可见此案并非空穴来风。纪录片写完后,过了一段时间,我又想起了这件事,便回过头来重新查找有关资料,没想到竟所获甚微。原因是有关冯日升案的记载少之又少,几乎很难见到。

这让我有些费解,如此里通外国,出卖国家利益的案件居然没有见诸任何官方文件。要知道此案发生的时间正是在中法之战一触即发的当口,不可能不引起高层重视。按理说,在督抚奏章和朝廷批复中应该有所记载。可我查找了当年的朝旨和奏章,均无只字提及。

不仅如此,此案后来竟没了下文,不仅《申报》不再提及(该报向有跟踪报道的传统,如杨乃武与小白菜一案就全程跟踪报道,时间长达五年之久),而且《纪事》也只是简单一句"事发下狱"便不了了之。

我和一些朋友讨论过这件事,他们和我一样也觉得这事不合常理。我曾请教过一些专家,亦无收获。他们或因此事太小,未加关注;或因价值不大,不感兴趣。可我一直心心念念地放不下。为了找到更多的资料,我还专程去了一趟五湖。据《纪事》云,冯日升自幼在五湖长大,这里是他的桑梓之地。既然他在这里生活过,说不定会留下一些痕迹或者有用的资料,哪怕是探听到他早年生活的情况,可结果又让我失望了。当地人对冯日升几乎一无所知,甚至闻所未闻,这让我大感意外。

我找了五湖当地的朋友,请他们帮忙,其中包括统战部部长老程。老程是当地有名的诗人和文史专家,写过六七本关于五湖文史方面的著作,还出过两本诗集。可以说,五湖的人文历史很少有他不知道的。我和老程因文字结缘,认识很多年了,每次去五湖都要找他小聚,这一次也不例外。可当我说明要找冯日升时,他却蹙起眉头,表情十分茫然。

"冯日升?"他说,"哪三个字?"

我告诉他后,他仍然摇头。

"没听说过啊,我来查查吧!"

第二天上午,老程打来电话,说是在县志上找到了冯日升的记载,马上派人送过来。不一会儿,他的驾驶员送来一张复印件,只有短短的百余字:

> 冯公日升,字如曦,世居五湖。年幼家贫,备尝磨难,为西洋教士收养。及长,入同文馆学习,后受命办洋务,工文藻,尤擅夷文,洞悉欧洲情势,有干才。光绪八年,壬午之变,随船赴朝平乱,因功授武信骑尉,官至七品,卒年不详。

我有点失望,因为这段文字实在是太简略,太笼统,连冯日升的生卒年份也没有,虽然提到了他被传教士收养、从事洋务活动,以及参加壬午之役等经历——这些倒与《纪事》的说法相吻合——可都是我已经知道的,而我最关心的"甲申之案"却丝毫没有提及。

中午,老程过来陪我吃饭,我们边吃边聊。老程把县志也带来了,那是民国二十年(1931)修订的——此时距"甲申之案"发生时间过去不到五十年,应该说不算太久远,按理修志者不可能没听说过此案,如果此案确实发生过。

当然,还有一种可能,那就是修志者出于某种考虑,或受到某种干预，有意忽略了此事。史志上常有"报喜不报忧"，或"为尊者讳"的情况。我又问老程除了县志，还有无其他关于冯日升的资料。老程表示他目前能找到的也只有这些，不过他答应再找找。

可我依然心有不甘，既然跑了一趟，总不能空手而归。于是提出能否找找冯日升的后人。冯是五湖人，也许他的后人还在，或许从他们那里可以获得一些有用的资料，比如族谱、书信啊什么的。老程答应帮忙。此后几天，他便抽空陪我寻找。我们几乎跑遍了所有的冯姓聚居的村落，都没有找到冯日升的后人或相关线索。后来才得知，冯日升祖籍并非当地，他是幼年逃荒来到五湖，并在五湖度过了童年。说到底，他并非土生土长的五湖本地人。至于他的祖籍是哪里，也就是说，他是从哪里逃荒而来，就不得而知了。

沈庆

沈庆是《纪事》的作者。据史料记载，他是合肥东乡长临河人，字元龙，号御风，秀才出身，著述较丰，除《纪事》外，还著有《御风野乘》《沪上杂俎》《旧闻笔记》及诗词七八种。同治九年（1870），沈庆弃笔从戎，前往上海投军。

沈庆的舅舅当时在上海，官居总兵。他是淮系将领，深得李鸿章赏识。同光年间，淮军已成气候，势力遍及大江南北，特别是李鸿章"拜相"之后，很多庐州子弟纷纷投奔而来，如同滚雪球一般。当时有句顺口溜："会说合肥话，便把洋刀挎。"可见那时的合肥人有多牛！

沈庆就在这期间投奔了舅舅。沈庆的舅舅名叫刘二喜，此人身材高大,膂力过人,幼年读过私塾,十五岁贩私盐,行走江湖,后因杀人遭官府通缉,避祸他乡。淮军草创之初,李鸿章来家乡拉队伍,他便投奔麾下。淮军初进上海时,太平军十万大军,三面包围,七路并进,局势万分危殆。之后战局很快改观。太平军节节败退,淮军越战越勇。刘二喜初在铭字营任职,后因战功不断擢升,并获勇号英奇巴图鲁,没几年已官至总兵。史料称其"血性忠勇,每战必身先士卒"。刘二喜不仅能战,而且为人机警,心思缜密。沈庆评价他"行事干练,粗中有细","每遇大事,必有静气"。

沈庆投军后,舅舅把他留在身边,充作文案,这使他有机会了解到很多官场上的人和事。中法战争爆发前,刘二喜已加提督衔(这在武职中已是最高)。上海当时华洋杂处,各方势力犬牙交错,尤其是租界里的洋人,事涉外交,殊为棘手。好在刘二喜驻扎上海有年,黑白两道、三教九流均有路数,对付洋人亦不乏分寸,拿捏得当,颇得上峰器重。

光绪十年,即1884年,中法交恶,战争迫在眉睫。法国决定成立远东舰队,剑指台湾。作为当时世界上的海军老二,法国海军的实力不言而喻,而台湾孤悬海外,尚处蛮荒,几乎不堪一击。

消息传出,朝野上下甚为不安。可就在局势日益紧张之际,忽然传来了和谈的消息,地点就在上海。刘二喜接到电报,立即把罗管带找去了。

"又要谈了!"他拿出一份电报,朝罗管带抖了抖说。

"贼娘的,咋回事吗?"罗管带一脸困惑,不停地用手抹着脸上的汗水。时值六月,上海的天气已经有些热了。

两年前,自中国出兵越南以来,中法之间打打谈谈,一直没有消停过。每次和谈不是无果而终,便是节骨眼上横生枝节。前不久在天津的谈判也是如此。眼看就要谈成了,哪知观音桥又打了起来。外界都传这次是非掰不可了,怎么又开始谈了?罗管带一头雾水,嘴里咕哝道:"高头究竟啥意思嘛?"

"你少烦神!"刘二喜嫌他多事,"高头有高头的想法,你管得了吗?"

"那是!"

罗管带吸了一下鼻子,又抹了抹头上的汗。刘二喜摇着扇子,开始转入正题。他告诉罗管带,这次和谈在上海举行,高头来电要他们关注各方动向,随时禀报。

中法开战前,法国暗探(《纪事》称作"细作")四处出没,政府早有觉察。在这之前,刘二喜就接到指令,暗中打探,同时对一些可疑人物、重要场所实施监视。这一次和谈在即,高头要求进一步加强防范。刘二喜把罗管带找来,就是商量这件事。

罗管带绰号罗胖子,他是亲兵营的管带,与刘二喜同乡,加入淮军以来,一直跟着刘二喜出生入死。罗胖子长得胖乎乎的,大圆脸,眯眯眼,一副憨厚模样。他的脸上总是油光光的,说话也慢吞吞的。平时动作迟缓,动辄大汗淋漓,连走路仿佛都要喘气,看上去一副不中用的样子,实则都是假象。他是捕快出身,破过无数大案,有神探之称,而且动作敏捷,枪法极准。

罗胖子叫什么名字,沈庆书中并未提及,只是称他罗管带,或罗胖子。那天,他被刘二喜找去后,两人商量了好一会儿,决定加派人手,凡重要场所,如码头、要道、茶寮、咖啡馆、电报局、教堂等,都布下耳目,租界更是重中之重。

就在那次谈话不久,上海便热闹起来。参加和谈的各路人马先后驾临,中外报纸也纷纷派员抵沪。7月1日,法国新任驻华公使巴德诺到达,下车伊始,便狮子大开口,向中方提出立即从琼山撤军,并索赔两亿五千万法郎的要求。与此同时,新上任的法国海军远东舰队总司令孤拔中将也奉命率领"阿米林号"战舰开赴上海。紧接着,法国战舰"巴雅号""益士弼号""野猫号"等多艘战舰也从香港开拔,驶向内地。

这一系列举动不外乎是向清政府施压。就在这当口,一个神秘人物来到了上海。他就是孔怀仁。罗胖子得知消息,立即赶来向刘二喜禀报。

"你看准了?"

"那是!"

"啥时到的?"

"今天中午,乘坐的是'天龙号'。"

"从天津来的?"

"那是!"

刘二喜立时警觉起来。这个孔怀仁可不是一般人,他是地道的法国人,1835年出生于法国阿尔萨斯,父亲是一个酿酒商,拥有数个葡萄种植园。孔怀仁的法国原名叫莱昂,在拉丁文中意为狮子。如同他的名字一样,孔怀仁自幼崇尚强权,喜欢冒险,曾去非洲和美洲等地游历,险些丧命于原始丛林。还有一次,他被当地土著抓住,命悬一线,却侥幸逃脱。从圣西尔军校毕业后,他加入法国军队,之后转入情报部门。此后,他被派往越南和法属印度地区。他的军衔可能是中尉,但也有的史料称他为少尉。

法国入侵越南后,他以商人身份来到中国,并取了个中国名字叫孔怀仁。据说,莱昂中尉,或少尉,读过《论语》,对孔子十分崇拜。但作为一个忠实的殖民主义者,他的所作所为却与"怀仁"两字极不相称。

孔怀仁来到中国,在上海成立了一家矿业公司,打着探矿名义,在中国各地到处跑。高头早就注意到这个人,多次指示刘二喜盯住此人,加强对他的监视。在和谈开始前一段时间,孔怀仁一直不在上海。他去了哪里?《纪事》中并未提及。

现在,他突然回来了。而且,不早不晚,就在上海和谈即将开始之际。刘二喜本能地感到来者不善,联想到高头来电,要他在和谈期间关注各方动向,便要求罗胖子对他"重点关照"。

"你派人给我盯牢了!"他吩咐道。

"那是!"罗胖子应承。

"看他去哪里,和谁来往,总之,不能有一毫马虎!"

"那是!"

罗胖子领命而去。他吩咐手下紧紧盯着孔怀仁,一连几天过去了,并无异常。孔怀仁每天会友访客,交际应酬,有时去公司打理事务,晚上则参加派对,喝酒,跳舞,与女人厮混。尽管如此,罗胖子仍然没有放松,每天听取手下汇报。有一天,手下报告孔怀仁去了天主堂。西方人信教,这本属平常,罗胖子起先也没当回事。

可过了两天,手下又报,说他接连两天都去了教堂,而且有时还不是做弥撒的时间,以前可没见他跑得那么勤。"哦?"罗胖子多了个心眼,这天便亲自来到教堂,在街对面的茶馆里远远察看,果然看到了孔怀仁,只见他进了教堂,待了半个多时辰又出来了,然后迅速离去。罗胖子正在琢磨他来这里干什么,忽见一个熟悉的身影闪了一下。

"冯日升?"

他心里咯噔了一下。

杜神父

杜神父的法国名叫威尔斯,关于他的资料较少,据说他出生于法国东部的一个小镇,那里离瑞士不远。他年轻时便来中国传教,先是在五湖,后又被派到上海。他所在的这座天主堂位于法租界,离法国领事馆不远。远远看去,正面是一座钟楼,顶上有四座大钟,十分气派。内部是束柱和拱顶结构,门窗为尖拱式,镶嵌彩色玻璃,四周是圣子、天主的石雕装饰及宗教壁画,具有鲜明的哥特式建筑风格,同时兼有晚期罗马教堂特征。

杜神父早年在澳门圣若瑟神学院学习。这座神学院建于明代,由天主教创办,培养的学生多派往中国内地和东南亚传教。威尔斯从神学院毕业后便被派往天津。那一年,恰逢太平军起事,他在途中遭太平军裹挟。好在太平军信奉拜上帝会,把他视为同信天主的"洋兄弟",并没有为难他,但不肯放他走,因为他懂得西洋医术,曾用金鸡纳霜救治过军中的弟兄,被誉为神医。这样的人打着灯笼也难找。于是,他被迫留下,跟着队伍一路北上,直至进入五湖地界,这支队伍被官军击溃,威尔斯才重获自由。然而,他想去天津的愿望依然无法实现,因为天下大乱,交通阻绝,他只能留在五湖。"这是上帝的旨意。"后来他在给教会的信中这样写道。

从这时起,他便在当地落下脚来,开始传教。起初,他在五湖东门外建了一座小小的天主堂,条件十分简陋,只是三间草房,后来经过他的继任者们不断翻建、改造和扩大,到民国时,该天主堂已扩展成一个占地近千亩、具有鲜明的西式风格的大教堂,成了当地的一景。

威尔斯自幼来到澳门,学习中国文化。他不仅能说官话,还能说粤语、广西土语等。他给自己取了个中国名字,叫杜立慈,含有树立宣扬上帝慈爱之意。不过,当地很少有人知道他的名字,无论是威尔斯还是杜立慈,都管他叫杜神父。

我在当地走访时,个别老人对我描述过杜神父的长相——他的个头比较高,黄头发,大鼻子,满腮的胡须,穿着俭朴,说话声音洪亮,中气十足。他的背有些驼,看上去好像总是哈着腰。这或许与他个头高有关,不得不俯下身来与人说话——当然,这些都是他们从老辈人那儿听来的,并非亲眼所见。据五湖文史资料记载,杜神父为人和蔼,平易近人,外出传教时,常骑一头黑驴子,给他牵驴的是一个瘦小的男童。这个男童极有可能就是冯日升——这当然是我的推测。

关于杜神父与冯日升的关系说来话长。这得从冯日升的身世说起,我查找了有关史料,冯日升生于咸丰六年(1856),月份不详。

他四岁时逃荒至五湖。从有关记载看,他很可能是皖北一带人,因为在他逃荒那年,皖北大灾。史料记载:"淮水出槽,淹没麦苗,冲毙饥民,不可胜数。凤阳、颍州、泗州、盱眙等二十余州县,村庄庐舍,皆荡为墟,流者触目,罕见人烟,夫弃其妇,母弃其子,人之相食,孑遗无存,其惨切情状,不忍目睹。"这段史料见于当年安徽巡抚的奏章。相比之下,南方的情况略好。奏章中有"皖南等地亦有偏灾,轻于皖北"等语。

冯日升跟随家人一路向南来到五湖。当时他还年幼,许多记忆早已模糊,只记得家里人越走越少,父母兄妹都先后离他而去。到了五湖地界,身边只剩爷爷一人。后来的事,他完全不记得了。听说,爷爷后来也饿死了,他一个人倒在路上,哇哇地哭叫;再后来,连哭的气力也没有了,便昏死在路旁。傍晚时分,有人路过这里,这才救了他。

救他的人就是杜神父。

那天,杜神父传教回来。在暮色四合,天光昏暗的原野上,拖着疲惫的身子正在赶路。已是初冬季节,四野一片萧瑟。杜神父发现前边的路边躺着一个孩童,他骨瘦如柴的躯体蜷缩着,就像一只死猫似的,一动不动。在他的身边还躺着一个老人,身子已经僵硬了。杜神父慈悲,从村里找来两个人,打算把他们埋掉。这时,他发现那孩子尚有呼吸,便把他带回了住处。

"感谢上帝!"杜神父在胸前画了个十字。当冯日升醒来后,他认为这是上帝的庇佑,不止一次对冯日升这样说过。不过,当地人都说三娃(冯日升小名)命大,他前脚已经跨进了阎王殿,后脚又被拉了回来。杜神父的医术不错,在他的照料下,冯日升的身体逐渐康复。其实,他的身子并无大碍,主要是饿的,有了饭吃很快就好了起来。事后,他从别人口中得知一切,便对杜神父感恩戴德。

杜神父是个好心人,他不仅救了冯日升,而且收留了他。打这,冯日升便与神父生活在一起,形同父子。冯日升原姓冯,到了开蒙的年纪,杜神父送他去村里上私塾。先生问他姓名,他说冯三娃。先生说大名,他摇头。私塾先生是个乡试落第的秀才,他说,老朽给你起一个吧,《诗》云"如月之恒,如日之升",你就叫日升吧。

"好,这个名字好!"杜神父表示赞同,他说这个名字给人以希望,并说我主耶稣是至高无上的天主圣父,万王之王,有他的指引便如明月在天,太阳东升。于是,冯三娃便有了大名冯日升。

冯日升一直在杜神父身边长大,记不清哪一年他受洗入教,成了虔诚的教徒。杜神父对他很好,给他讲授教义,教他法语、拉丁语,还有医学知识。冯日升十六岁那年,随杜神父来到上海。那一年,教会调派杜神父去上海法租界天主堂主事。

据《明清传教士考略》记,杜神父对冯日升十分赏识,有心培养他为传教士,但冯日升志不在此。尤其是到了上海后,思想发生很大的改变。当时,正值鸦片战争之后,自强运动正在兴起,冯日升也深受影响。一日,杜神父布道结束后,他迟迟疑疑地向神父提出了想要报考同文馆的想法。

"什么?"杜神父颇感吃惊。他扭过头来,用诧异的目光看着冯日升,为他有这样的想法感到意外。

"孩子,"他说,"你怎么会有这样的想法?"他神情迷惑地看着冯日升。冯日升回答说,这事他想了很久,中国积弱,饱受欺凌,已有亡国亡种之虞。他作为中国人,也想做点事,尽一点匹夫之力。杜神父对他的回答很不以为然,他摇摇头说:"孩子,你是上帝的子民,当为天主的事业鞠躬尽瘁。《圣经》上说,不要争竞,要与人无争,谦恭有礼,和气友善,这才是做人的道理。"

他耐心地开导冯日升,认为冯日升的想法毫无意义。冯日升默默地听着,一言不发。杜神父边走边说,他们一起走进了书房。五月的阳光透过窗棂,把斑驳、温煦的光影投映在屋子里。冯日升上前帮神父宽衣后,又奉上茶来。

"坐吧!"神父说。

冯日升不动,仍然站着。神父再次向他示意,他才不得不坐下来。看来神父是认真的。这种正式的谈话以前并不多,除非遇到重要事情。冯日升有些不安,两只手不停地揉搓着。杜神父神态安详,眯缝着眼睛看着他。

"孩子,我的话你都听进去了吗?"

"是的!"

"记住,"杜神父说,"不要做那些无益的事,那注定是徒劳的。你要相信主,我主是超越万民之上、独一无二的真神。这是我们的精神和力量的源泉。"他还提醒冯日升,个人是渺小的,无足轻重,千万不要为外界所迷惑。

"我们要坚信一点,"他接着说,"我主耶稣是万能的、伟大的,他会帮助我们,他的光辉普照人间,使我们永获安宁。"

杜神父声音低沉,目光慈爱,就像他平时布道一般,语气中充满了自信和力量。时间不知不觉地过去了,两个小时的谈话着实费了他不少口舌,可事情并不顺利。虽然大多时间,冯日升都沉默着,认真听着杜神父的话,但他的想法并未改变。他向杜神父坦陈,自己坚信主的伟大,这一点从未改变,但国难当头,每个人都责无旁贷。他还说道,主的光辉将沐浴大地,但个人努力也是不能少的,因为主只帮助那些自强自立的人。"诚如西谚所云,自助者,天助也。自身不努力,谁又帮得了你呢?"其实,这话是杜神父以前教导他的,现在却被他用到了这里。

冯日升的固执让神父有些不悦,但也说服不了他。"哦,上帝啊,请赐予我力量吧!"杜神父站起身来,在胸前画了一个十字,表情显得有些沮丧。

第二天早上,像往常一样,冯日升侍奉神父吃早餐。神父的心情不好,一言不发,冯日升知道他还在为昨天的事情生气,便也悄然无语。房间里一片静谧,偶尔发出一两声刀叉碰撞的轻微声响。直到喝完最后一口汤,杜神父才抬起眼来看着冯日升,然后缓缓开口道:"你都想好了吗?"

冯日升不语,低下头去。杜神父注意到他的双眼红肿,眼圈周围泛着暗淡的色泽,显然是昨晚没有睡好。他放下汤匙,叹了一口气。

"好吧,"他说,"如果这是上帝的旨意。"

他的脸上写满了失望。冯日升张了一下嘴,欲言又止,神父摆摆手,没有让他说下去。杜神父从桌旁站了起来,并没有为难他。他可以这样做,甚至强迫冯日升改变想法——如果他真这么做的话,冯日升也会服从——可他没有这样做。

"去吧,孩子!"他用一种平静的语气说,然后转身离开餐桌,缓缓向书房走去,他那高大身影在微暗的晨光中看上去有几分凝重。

金宝琦

金宝琦是冯日升的妻舅。说起冯日升报考同文馆,便不能不提到他。

金宝琦是合肥西乡人,举人出身,热衷于洋务,是个新派人物。他身材瘦削,为人干练,尤善谈吐。他的眼睛高度近视,随身总是带着眼镜,看东西时便会掏出来架在鼻梁上,然后贴上去观看,那模样不像是看东西,倒像是闻东西。友人们时常模仿他的样子打趣他,引来一片笑声。金宝琦的腿不好,左腿受过伤,走起路来一瘸一拐。据说,这是有一次研制弹药不慎导致爆炸所致。

金宝琦是个奇人,也是个能人。他早年曾游学德国,在克虏伯进修机器制造,后来又去欧洲多国及日本游历,见多识广,博学中外。回国后,投身洋务,专心于军火研究。同光以来,正是国内由冷兵器向热兵器过渡时期,大量外洋新式兵器被引进国内。金宝琦作为专家,每每参与其间,久之贯通,对外洋新式兵器皆能洞烛奥窍。他还醉心于泰西之学,来往多为新派人士,其中不乏名重一时的人物,如冯桂芬、王韬、马建忠、薛福成等。江南制造总局成立后,他创办兵工厂,卓有成效,首任总办丁日昌对他器重有加,视如肱骨。

冯日升认识金宝琦是来上海之后。当时,他初到上海,十里洋场,光怪陆离,让他眼花缭乱。此后,他结识了金宝琦,后来他又娶了金宝琦之妹金宝琴,两人来往就更密切了。金宝琦的口才极佳,且学识渊博,两人在一起,常常是一个口若悬河,侃侃而谈,一个静坐如仪,默默倾听,但每次谈话,都使冯日升受益匪浅,脑洞大开。

金宝琦经常谈论的话题便是自强。他认为鸦片战争乃"奇耻",国人非知耻不能后勇,非自强不能后生。"当今时代,逆水行舟,不进则退,而我泱泱大国,百千年以来,皆停顿不前,其老朽不足道矣。"谈到这些,他仿佛有说不完的话。他告诉冯日升,世运大进,竞趋文明,中国已远远落在后边。如今西欧列强早已进入蒸汽时代,除了先进的枪炮,纺线、缝纫、种地、打谷、磨面等,都有机器,更不用说铁路、电报和电话了。他还说,电话是一个叫贝尔的人发明的,两人相隔千里之外,讲话时一个人在这边拿一个话筒,另一个人在那边拿一个话筒,相互看不见,声音却很清楚。

冯日升听了大为惊叹。这些在他看来,无异于天方夜谭,如果不是金宝琦亲眼所见,简直难以置信。在谈话中,金宝琦时不时会向他讲起国外的见闻,并向他灌输新的思想和新的理念。他认为中国的弊端在于固守陈法,冥顽不化。他还公开批评科举制度,提倡新式教育。谈起这些,他总是感慨良多。

"你知道我们在国外最苦恼的是什么吗?"他对冯日升说。

冯日升摇头。

"辫子,"他说,"这太可笑了!"他把辫子称作"豚尾"(猪尾巴),说它太丑陋了,简直让人抬不起头来。"你不知道别人看我们的眼神,"他说,"就像看猴一样,我真恨不得有个地缝钻进去!"后来,他下决心剪掉辫子,可回国时又不得不戴上假辫子,否则有家难回,甚至连小命也难保。"悲哉!悲乎哉!"说到这里,他不住地摇头叹息,为中国的落后保守痛心不已。

尽管如此,金宝琦并不悲观。有一次,他带冯日升参观枪炮厂,当看到机床灵巧地切割各种金属件,车出各种精巧的零件时,冯日升连声称奇,说想不到中国也有如此先进的机器,金宝琦听了淡淡一笑。

"这不算什么。"金宝琦拿起一个车好的零件看了看,若有所思,"与泰西相比,我们已经落后太多。好比一个在天上,一个在地下,这个差距不是一点点,而是太多太多!"他伸手比画了一下,脸上现出苦恼的神情。

"不过,"金宝琦很快又释然了,"这也没什么。"他放下手中的零件,抬头环顾四周。车间里机器轰鸣,工人们正在忙碌着。

"万事开头难,"他接着又说,"有了第一步,便会有第二步,一切都会好起来。"

在说这句话时,金宝琦的脸上浮现出欣慰的表情,仿佛是在给自己打气似的。冯日升听了有些感动,他打心眼里佩服这位大舅爷。大舅爷虽然是一介书生,但骨子里却有一股硬气,认准的事从不妥协。当年,他考取举人后,本可一鼓作气再考进士,这也是家人希望的,可他竟不顾反对(就连他的老父亲都被气病了),偏要负笈海外。那时,"洋科举"(海外学历)朝廷并不认可,即便取得博士学位也是白搭。有一次,冯日升和他谈起这事,问他为何偏要如此,放弃大好前程,金宝琦笑了起来。

"是啊，"他看着冯日升问道，"你说我图个啥？"

冯日升摇头。

金宝琦又笑了："其实，我啥也不图，我的想法只有一个，那就是华夏不能永远落后。"说到这里，他神色凛然，痛斥中国旧学弊端种种，已成束缚，认为学习国外先进之学，乃燃眉之急，关乎国运。个人仕途与之相比，不值一提。他的话让冯日升肃然起敬。

"物种进化不外乎淘汰之理，国家亦如此。"金宝琦接着说，"一国之强而另一国之弱，原因何在？"

不等冯日升回答，他马上给出答案："一言以蔽之，变也。《易》云，穷则变，变则通，通则久，此乃至理。"他还举例说，沙俄之强大，始于彼得变革；日本之发达，盖因明治维新。吾国不变，则离淘汰不远矣。

金宝琦越说越激动，打开话匣子，一发而不可收。那天他们谈得十分投机，晚上还一起喝了酒，饭后又秉烛长谈，直至深夜。就在那次谈话中，冯日升萌生了投身洋务的想法，提出也想为国家做点事。"好啊，"金宝琦极表赞成，"同文馆正在招人，我看你可以试试！"

同文馆全称上海同文馆，是仿照京师同文馆创办的，一度更名为上海广方言馆，主要是培养翻译人才。当时，国门打开，翻译人才供不应求，十分紧俏。冯日升报考同文馆十分顺利，录取在法文馆。他自幼跟随杜神父，能说一口流利的法语，因此学起来并不费力。多余的时间他又开始学习日语。这也是金宝琦向他建议的。当时，日本已经崛起，但尚未受到重视，同文馆也没有开设日文馆。

不过,金宝琦预测这种情况不会长久。他认为日本是我们的近邻,也是危险的对手。"你可别小看了他们,"他对冯日升说,"这个蕞尔小国值得研究,以前他们师法我国,如今则渐化欧美,这一点很了不起,因为他们懂得因时而变,而这正是我们缺乏的。看看我们,死抱着祖宗成法不变,不通于天下大势,不思因时而变通,始于自骄,终于误国。"他的这番话对冯日升产生不小的影响。于是,冯日升开始关注日本,学习日语。

从同文馆毕业后,冯日升进入江南制造局译书馆。在工作中他继续学习,没几年已能熟练掌握法语和日语。

有一次,军械所与法国签署一项合作协议,金宝琦把协议文本交给冯日升复核。本来这是另一个翻译的事,与冯日升无关。可金宝琦对那个二百五的家伙并不放心,因他是军械所总办的亲戚,不便得罪,便私下里把协议悄悄交给冯日升把关。这一来,便耽误了一天时间。法方表示不满,那个总办便大发雷霆,认为金宝琦多此一举。事情最后闹到了丁日昌那里。

丁日昌是江苏巡抚。作为督抚一级大员,这样的小事本来不该他管,可制造局由丁一手创办,丁又曾任第一任总办,倾注心血,如今他虽然身居高位,依然对制造局关注有加。此事传进他的耳中,他把当事人找来一了解,发现这事多亏了冯日升的复核,才纠正了合同中多处错误,避免了之后可能引起的不必要的损失和麻烦。于是,他大骂那个军械所总办,将他降职处分,并赶走了那个名不副实的翻译。

打这以后,冯日升便进入了丁日昌的视野。很快,他被调入巡抚衙门,办理洋务。这样的机会并不是每个人都有的,应该说,冯日升非常幸运。

不久,他的机会又一次来了。

1882年,朝鲜发生壬午之变。朝廷火速调派淮军将领吴长庆赴朝平乱,急需可靠的日语翻译。此时,丁日昌已调任福建,但他并没忘记冯日升,致电北洋,建议冯日升可用,称其精通法、日等语,堪当此任。

于是,冯日升被紧急调用,赶赴朝鲜。沈庆在《纪事》中说,吴长庆的先头部队二千余人分乘招商局三艘轮船,吴长庆本人则与水师统领丁汝昌乘坐"威远号"兵船,冯日升也同船前往。当时在"威远号"兵船上的,有吴长庆的幕僚张謇、薛福成、袁世凯等人,还有从汉城赶来请援的朝方官员金允植、鱼允中等。对于冯日升来说,这是他第一次参加军事行动,不免有些紧张,但其表现却可圈可点。

清军的兵船开抵朝鲜济物浦(今韩国仁川)时,日军兵船已先期抵达,计有七艘兵船和一营陆军,只是由于天色已晚,尚未行动。摸清了日军的动向后,清军抢先出击,连夜开赴汉城。担任先锋官的就是初出茅庐的袁世凯,而随军日语翻译便是冯日升。

这件事干得漂亮。因为清军抢得先机,挫败了日本的阴谋。事后论功行赏,冯日升授武信骑尉,赏戴花翎。吴长庆在请功奏折中,称其"勇毅不凡"。袁世凯也称他连夜奔袭,"不辱使命"。事变平息后,冯日升回国,拜谒李中堂。听说冯系皖人,李中堂甚喜。有文章称其"仪表不凡,谈吐自如","评点天下事,颇得要领"。不久,冯日升便被调入总理衙门办事,从此崭露头角。

一年后,中法在上海和谈,受总理衙门差遣,冯日升被委以翻译之职,成为三名译员中的一员,又一次回到了上海。

罗胖子

罗胖子早就认识冯日升。几年前,他陪同刘二喜与法国人洽谈购买一批军火,给他们担任翻译的就是冯日升。这个年轻人给罗胖子留下了不错的印象。冯日升中等身材,瘦长脸,皮肤白皙,略显文弱,但接人待物却十分老到。他的法语说得很溜,就连参加洽谈的法国人也大加赞赏。

当然,罗胖子认识冯日升,冯日升却不一定记得他。因为那次洽谈他只是一个陪同,在整个过程中,几乎一言未发。不过,尽管如此,冯日升也可能会对他有印象。所以当他看到冯日升从教堂里出来时,便迅速扭过脸去。

冯日升在教堂门前驻足片刻,四下张望了一下,然后不紧不慢地离开了。罗胖子估计他没有看见自己,因为自己所在的茶馆与教堂隔着一条街,尚有一段距离,况且周边人来人往,也不易引起注意。

冯日升信教,罗胖子早就知道。他听刘二喜说过这事。刘二喜与金宝琦相熟,当年铭字营更换洋枪洋炮,改练洋操,金宝琦出过大力。他帮忙联络购买军火,聘用外国教习。不仅如此,还四处鼓吹游说,消除人们对改练洋操患得患失的陈旧观念。后来,铭字营成了淮军中开风气之先的队伍,从而战斗力大增,所向披靡,这其中少不了改练洋操的功劳。因此,大家都对金宝琦十分敬重,就连刘铭传(时任铭字营统领)也把他奉为座上宾,言必称先生。

刘二喜长期驻扎上海,与金宝琦时相过从。几年前那次与法国人洽谈购买军火,金宝琦推荐冯日升担任翻译,也就是那次,刘二喜认识了冯日升,知道他信教的事。本来,一个天主教徒上教堂岂不太正常了?没有什么好奇怪的。可不知为啥,当看到孔怀仁和冯日升一前一后从教堂离去时,罗胖子心里却动了一下,一个念头忽然冒了上来:他们怎么搞到了一起?难道是巧合吗?他们会不会认识?如果是的话,他们来这里干什么?难道是为了见面吗?如果是一般人也就算了,可这两个人的身份并不一般。想到这里,他立即向刘二喜作了禀报。

"有这事?"刘二喜一听,眉头便皱得老高。

"那是!"

"你怀疑冯日升?"

"说不准。"

罗胖子口气不太肯定,因为他只是看到他们从教堂离开,至于他们做了什么无法确定。当然,也不排除是巧合。

"姓孔的去了几次?"

"不清楚。"

"每次冯日升都在吗?"

"不好说。"

罗胖子解释道,冯日升原先不在监视名单上,所以未加注意。不过,发现冯日升后,他马上找来手下人询问。有人依稀记得,好像见过他们同一时间出现在教堂里,起码有一次。"那他们有无接触?"刘二喜问道,"比如,说话呀,传递物件什么的?"

"这个……"罗胖子支吾着,说不清楚。

"那就搞搞清楚!"刘二喜吩咐道。

罗胖子回去后,立即加派了人手,一边加强监视,一边多方打探,很快了解到更多情况。从这些情况看,冯日升的嫌疑似乎没有加强,反倒降低了。因为他不仅是教民,与杜神父情同父子,而且婚前也一直生活在那座教堂里。从某种意义上说,那里也是他的家。他有一千个理由去那里,譬如看望杜神父,喝喝茶,聊聊天等。"也许我想得太多了。"罗胖子心里嘀咕道,可他并没有放过这事,解除监视。或许是一种本能吧,抑或是想等几天看看情况再做计议。

转眼,三天过去了,一切都很正常。孔怀仁没有再去教堂,冯日升也没有出现。罗胖子有些泄气。那几天从早到晚,他都守在教堂对面的茶馆里。到了第四天,他不打算再去了。就在这时,手下赶来报告了。

"来了!"

"谁?"

不等手下回答,罗胖子已经明白了。他立马赶去茶楼,一边在教堂四周布下耳目,一边派人装作教民,混入教堂内部打探。

教堂里正在举行一场早弥撒。杜神父亲自主持,座位上坐满了信徒和一些观看的群众,冯日升和孔怀仁都在其中。不过,两人一个在前排,一个在后排,相距较远。当他们一出现,罗胖子的手下便立即盯住了他们。据一个耳目事后报告,那天,冯日升一早便来了,他先去后院待了一会儿。弥撒开始前,他还帮着做了一些准备工作。孔怀仁来得较晚。他到的时候,弥撒已经开始了。他悄悄地进来,坐在靠后排的空位上。这期间,他与冯日升并无交流,甚至连照面也没打。

一个多小时后,弥撒结束了。在一片圣歌声中,人们开始向外走去。教堂门前热闹起来。教徒们有的步行,有的乘坐洋车,陆续离去。罗胖子一直在人群中寻找冯日升和孔怀仁的身影,可一直没有发现。正诧异间,有人来报告说,弥撒结束后,冯、孔二人都去了教堂后院。冯日升是陪着杜神父先进去的。两人边走边说着话,显得十分轻松。在他们进入后院后,孔怀仁又在座位上坐了好一会儿,直到人们逐渐散去后,他才起身向后院走去。后院是教士的生活区,外人不得入内。罗胖子手下几次试图找由头混进去都被拦了下来。

"贼娘的!"罗胖子骂了一句,心里打起转来:他们去后院干什么?是不是事先约好了在那里见面?这种可能完全存在。当然,也可能并非如此,而是各有各的事。不过,即便退一万步说,他们之间起码是有了接触的机会和时间。

刘二喜听了报告,也感到问题严重,冯日升作为和谈翻译,孔怀仁频繁与他联系,这恐怕不是好事。

"你咋看?"他征询罗胖子的意见。

"这里头肯定有鬼啊!"罗胖子本能地感到。

"你呢?"刘二喜转向沈庆。当时,沈庆也在场。"宁可信其有,不可信其无。"他回答道。

"嗯,"刘二喜沉吟起来,端着烟枪咕咕地抽着。过了好一会儿,他才说:"你们的看法都有道理,但仅凭这些还难下定论。冯日升是总理衙门派来的,而且主持这次和谈的是湘军大佬曾国荃,这中间的分寸拿捏不好,说不定要捅娄子。"

"那该咋办?"罗胖子说。

刘二喜没有马上回答。直到抽完烟,才抹了抹嘴巴,撩起眼皮说:"先别惊动他,继续盯着。我来问问高头再说。"

"好吧,贼娘的!"罗胖子又骂一句。

沈庆在《纪事》中详细记录了这次谈话,但对于刘二喜所说的"高头"究竟是谁,却语焉不详。凭我推测,此人一定是刘二喜的上司,或是更高层的官员也未可知。

金宝琴

金宝琴嫁给冯日升那年刚满十六岁。这事由她父母做的主。金家兄妹五人,金宝琴为老么,与长兄金宝琦虽然同父不同母,但感情一直很好。金宝琦年长金宝琴八岁,对这个最小的妹妹向来呵护有加。

金家是开药铺的,家境殷实。金宝琴的父母都是教民,他们常去法租界的天主堂做礼拜,与杜神父交好。杜神父来到中国后,由于带来的药品很快告罄,在五湖传教时便开始研习中医,采集中草药用于治病,多年下来,医术渐精。到了上海后,虽然西药供应有所改善,但他仍然经常使用中草药为病人治病。由于买药,他与金家药铺交往甚多,而金家药铺所需的西药,也会向他求助。一来二去,杜神父与金老板关系便熟稔起来。他们经常在一起交流有关中草药的话题,有时做完礼拜,金老太爷还会去杜神父的书房坐坐,喝茶闲聊。每当这时,冯日升总是侍候左右。久而久之,金老太爷便对这个年轻人留下了很好的印象,认为他知书达理,为人忠厚善良。于是,便找杜神父商量,有意把小女儿金宝琴嫁给他。

金宝琴长相一般,圆脸,个头不高,有点胖,但她皮肤白净,丹凤眼,长睫毛,一双虎牙笑起来很好看。婚后,她与冯日升相敬如宾,先后养育了四个孩子,前头三个都是女孩,最小的是男孩,刚满五岁。冯日升调任北京后,举家搬迁,上海的房子也卖了。这次回沪,他带着妻儿住在大舅子金宝琦家中。金宝琦住的是金家老宅,面积很大,有好几个院落。金老太爷和老太太去世后,便由两个儿子居住,空房子不少。金宝琦让人打扫出一个院子,冯日升全家便住了进去。

罗胖子很快弄清了这些情况。自打发现冯日升有嫌疑后,他便派人盯住他的住处,同时暗中观察他的动态。比如,他爱去什么地方,与什么人来往,家里的访客有哪些,近来有什么异常,等等,所有这些都在打听范围之内。这当然也包括他的太太金宝琴以及他们家里人。

罗胖子是个办事很细致的人,善于抓住蛛丝马迹,由表入里,顺藤摸瓜。他做捕快时,破过不少案子都是如此。"越是不起眼的地方,越不能放过。"他常常这样说。还说要学会动脑子,一条路走不通,就换另一条路,活人哪能让尿憋死?

他的努力常常换来意想不到的结果。在他扩大调查范围后,有一件事很快引起他的注意。这事是由冯家的杂役徐小六引起的。关于徐小六这个人,几乎没什么资料,但根据有关线索分析,他来冯家时间不算短,因为早在冯日升结婚时,他的名字就曾出现过。

徐小六长得瘦小,但十分机灵,平时眼到手到,脾气好,嘴巴也甜,冯家上下都很喜欢他,尤其是孩子们,见到他便没大没小,常常猴在他身上,嬉戏打闹,不分尊卑贵贱。有天晚上,徐小六闲来无事,在街上闲逛,碰上几个老街坊,便拉着一起喝了几杯。徐小六爱喝一口,但量不大,也没啥瘾。不过,那天喝得高兴,喝着喝着便有些高了。等到第二天醒来后,就连自己是怎么回家的也想不起来了。至于喝酒时说了什么,更是忘得一干二净。

但是,他忘了,有人却没忘。原来,昨晚喝酒时徐小六说了一件稀罕事。就在前两天,有人给冯家送了钱,而且是佛郎(法郎的旧译)银票,听说数目还不小。这钱谁送的?不清楚。来人没有报上姓名,只说这事冯大人知道。太太便收下了。哪知老爷回来大为光火,责怪她不该收这钱,而且事前也不问问清楚。太太很委屈,说她哪知道,来人一口一个冯大人,好像和他很熟的样子,这怎么能怪她呢?可是,老爷仍然很生气,说是太太给他惹了麻烦。两人说着说着便拌起嘴来,太太气得连午饭也没吃。据徐小六说,老爷和太太平时好得很,红脸的事并不多。

徐小六这样一说,大家都好奇起来,纷纷打听后来怎样了。徐小六说后来的事他也不知道,因为老爷和太太没再提起。

"不会还了吧?"

"不可能!"

"还怕钱多烫手啊?"

众人七嘴八舌地议论道。有人感叹当官就是好,有人上赶着送钱。还有的推测这钱来路不正,否则冯大人不会生气。至于这笔钱是多少,徐小六一会儿说三千,一会儿又说五千。有人指出他前后说法不一,他便不悦道:"你管他三千五千呢?就那么回事吧,你吃饱了撑的?"

第二天,这事便传进了罗胖子耳中。罗胖子一听佛郎马上想到了孔怀仁,这钱会不会是他送的?如果是,那他为何要给冯日升送钱,而且偷偷摸摸,连姓名也不说?至于冯日升为何不要这钱,肯定也有缘由。罗胖子越想脑子里的问号越大。

"查,给我查清楚!"他吩咐手下说。

可是,要想查清这事并不容易。首先,徐小六这时已经改口了。他赌咒发誓,坚决否认说过这事。他气得直跳脚:"这是谁和我过不去,存心害我啊?"他还找到当晚一起喝酒的街坊们,摆出一副要死要活的样子,声称谁要再敢编派瞎话(明明是他自己说的),他和他们没个完。众人见状也都赶紧闭了嘴,毕竟谁也不想惹麻烦嘛。

可是,越是这样,罗胖子越感到有问题。在他看来,徐小六的过激反应无疑是此地无银三百两。至于他极力否认此事,可能是担心主人怪罪;也可能是老爷和太太知道了这事,对他进行了呵斥。不管哪种情况,徐小六酒后吐真言,可能确有其事。

罗胖子当即把这事向刘二喜报告了。"好嘛,"刘二喜说,"这事值得重视,如能够坐实,那可非同小可。"他指示罗胖子全力彻查。

就在这时,又发生了一件事。

冯日升的儿子失踪了。

冯日升只有一个儿子,小名虎子,这年才五岁。那天上午,他和一个姐姐正在院里玩耍,听到门外有人吆喝着卖糖人,两人便跑了出去。虎子嘴馋,闹着要吃,姐姐便回去要钱。"你等着!"她对虎子说。

虎子是家中独子,一向受宠。上边有三个姐姐,平时都很护着他。这次出来玩的是二姐,名叫小莹,听说他要吃糖人,便回去找奶妈拿钱。可等她回来时,虎子已经不见了,那个卖糖人的也不见了。

"虎子,虎子……"小莹叫了两声,又在周边找了一遭都没找到。她还问了几个路过的人,都说没见着。小莹以为他是回去了,便又趱回来,可院里院外、房前屋后都没见虎子影儿。小莹急了,便四下喊起来。这一下,惊动了家里人。

大家四处寻找,几条街找下来,一无所获。金宝琴急得直抹眼泪,她把小莹叫到跟前询问情况。小莹那年才八岁,吓得直哭。金宝琴问她那人(指卖糖人的)长得啥样?是高是矮,是胖是瘦?小莹前言不搭后语,一会说高,一会又说不高;一会说胖,一会又说瘦。金宝琴又气又急,骂她真是个糊涂丫头。

中午时分,冯日升赶了回来。这时离事发已过了两个多时辰,寻找虎子的人陆续回来,都说没找着。不仅如此,连个线索也没有。冯日升急得团团转。"要不报案吧?"金宝琴说,可冯日升却连连摆摆手。

"不要,不要,再等等!"他说。

"等个啥?"

冯日升没吭声,只是来回走动,不停地搓着手。

"他爹,你快拿主意啊!"金宝琴着急地催促道。

"再等等!"冯日升这时又咕哝了一句。

金宝琴没听清。

"你说啥?"

冯日升摇摇头,没有回答。他皱起眉头想了想,然后说:"等我回来!"说着,转身离去。

"你去哪?"金宝琴喊道。

冯日升并不回答,一边向外走,一边说:"等我回来!"

虎子失踪的事很快传开了。刘二喜也听说了这事,马上把罗胖子找去。两人正在议论这事,金宝琦登门造访了。

金宝琦是那天下午才得知这件事的。当时,他正和几个朋友在饭馆里吃饭,金宝琴差人把他叫了回去。听说这事他也吃了一惊,回到家中,只见小妹六神无主,哭得像个泪人似的。

"如曦(冯日升的字)呢?"他问。

"出去了。"

"去哪了?"

金宝琴摇头。

"他知道这事吗?"

"知道。"

"那还不赶紧想办法?"金宝琦砸巴了一下嘴,然后又问,"报案了吗?"

"还没有。"

"为啥呢?"

"他说再等等。"

"等个啥?糊涂!"

金宝琦当即具文向上海县报案。报了案后,仍不放心,便来找刘二喜帮忙。刘二喜手眼通天,能耐可比上海县官大得多,金宝琦心里清楚,而且凭他们多年的交情,刘二喜也一定会出手相助。

果然,刘二喜没有半点推辞,他还安慰金宝琦,这事包在他身上,只要是上海地界上的事总有办法。的确,如果是拐卖,或绑票,这事不难解决,刘二喜有这个把握。不过,从他已了解的情况看,事情恐怕不那么简单。

事情一发生,罗胖子便把监视冯家的人找来一一询问。那天监视冯宅的人绰号老猫,这人平日做事倒也稳当,但那天却犯了一个错误。据他说,那天上午的确有个卖糖人的在金家门前出现过,他也看到有一男一女两个小孩在那个卖糖人的面前转悠,但他也没太注意,因为毕竟是小孩。后来,他去撒了一泡尿,回来后便没见那个卖糖人的了,孩子也不见了。再后来,他看见有个女孩在街上找人。再再后来,就听说那个男孩不见了。

"贼娘的,"罗胖子说,"你这泡尿撒得可真是时候!"

老猫有些沮丧,低下头去挨了罗胖子一通骂。不过还算好,他对那个卖糖人的长相倒还记得清楚,因为一连好几天他都看见那人在冯宅附近转悠。据他描述,那人四十来岁,戴一顶草帽,上身穿着一件白色的旧短褂,下身是打着补丁的黑布长裤。方脸,黑皮肤,脖颈上搭着一条旧布巾,旱烟袋插在裤带上,一副乡下人打扮。如果说有什么特别的话,那就是他的右胳膊上有一块鸡蛋大小的血痣,十分明显。

"这事奇了,怎么都赶到一起了?"刘二喜说。

"那是啊!"罗胖子说。

"有头绪吗?"

"还没有,不过,更怪的是冯日升……"

"他咋了?"

"儿子丢了,按理他最该着急对吧?"

"是啊!"

"他非但没报案,反倒去了法租界的咖啡馆。"

"他去那里干吗?"

"不清楚。"

"后来呢?"

"后来,他又去了天主堂。我的人一直跟着他。这一前一后两个多时辰,你说这事怪不怪?"

"嗯,说下去!"刘二喜沉吟了片刻,抬起头来看着罗胖子。

"贼娘的!"罗胖子说,"我看这小子不对劲。"

"嗯,嗯!"刘二喜点点头,陷入了沉思,联想到冯日升身上的种种疑点,心中的疑团越来越大。

就在这时,金宝琦来了,请他帮助破案。刘二喜一口答应,但提出希望能找冯日升和冯太太谈谈,以便了解更多的情况。这当然不是问题。当晚,冯日升和冯太太便如约来到了刘府。谈话时,罗胖子和沈庆都在座。先是谈了一下事情的经过。这些都是刘二喜已经知道的,但他仍然不紧不慢地听着,间或插几句问话。刘二喜还问到他们有无仇家,或者得罪过什么人,冯日升都说没有。

刘二喜端着水烟枪咕咕抽着。他的烟瘾很大,整个谈话过程都在不停地抽着。说到报案时,他插话道:"听说是金先生报的案?"

"是的。"冯太太回答。

"你们为何不报案?报得越早越好啊!"

"是啊,"冯太太说,"我们是想报的,可老爷说……"她的话没说完,冯日升已经接了上来。"哦,哦,刘大人……"他说,"我是说,我们想再找找,如果找不到再报。"

刘二喜点点头,表示理解。

"后来呢?"

"后来,我哥帮我们报了案。"冯日升说。

"你呢?你干吗去了?"

"我……"冯日升迟疑了一下,"哦,哦,我出去……找了找……"

"去哪里找了?"

"唉,也没去哪……"冯日升支吾着,避开了刘二喜的目光。

"当时慌了,"他接着说,"也没有个头绪,到处乱跑呗。"说着,苦笑了一下。

刘二喜脸上掠过了一丝不易觉察的笑意。这家伙没说实话!他和罗胖子对视了一眼。当然,他不能挑明他去了咖啡馆和天主堂,这样会引起冯日升的怀疑。

"有人叫牌子(送赎票)吗?"刘二喜停了停又问。

"没有。"

"对了,这之前家里发生过什么事吗?比如,有什么不对头的地方?"他一边说着,一边转过头来看着冯太太。

"这个……"冯太太咕哝了一下,随后又看了看冯日升,一副欲言又止的样子。

"有话就说嘛。"刘二喜道。

"没有。"冯日升这时接上话来。

"啥都没有?"刘二喜问。

"是的。"

罗胖子这时插话道:"外边有人传,前两天,有人给你们家送过什么钱,有这事吗?"冯日升一愣,脸上旋即变得难看起来。

"谁说的?"他一下子站了起来,情绪显得有些激动,"你们听谁说的?"

"外边乱传呗。"

"胡说,全是胡说!"冯日升此时早已满脸怒容,忙不迭地加以撇清,"这是哪有的事?不知是谁乱嚼舌根子,编出这样的话?还赖我们家小六子说的,可小六子从没说过这样的话,我们问过他,不信你们可以去问嘛!"

他越说越气,一副受了莫大委屈的样子。罗胖子解释说,没有就算了,不必当真。可冯日升依然满脸不快,还在唠叨个没完。刘二喜这时沉下脸训斥了罗胖子几句,这才让冯日升住了口。不过,在此期间,冯太太一言不发,神色紧张,刘二喜和罗胖子都看在眼里。

谈话前后进行了一个多时辰,沈庆还做了记录。送客时,刘二喜对冯日升夫妇说,金先生来找过他,小公子的事他们定当尽力。不过,为了尽快破案,有些事还需要他们的配合,如果想到什么事,无论什么,都希望随时告诉他,千万不要遗漏(他用了遗漏而不是隐瞒),这可关系到小公子的生命安危,他一再强调说。

送走了冯日升夫妇,刘二喜与罗胖子又分析了一番,觉得疑点更多了。冯日升极力掩盖有人送钱的事(如果这只是坊间传闻)还好说,那么,他去咖啡馆和天主堂则是事实,为何也要隐瞒?而且,从冯太太的表情看,他们来之前,冯日升或许对她有过交代,不让她说出某些实情——如果确实如此,那是为什么?原因何在?

两人琢磨了半天,一时还找不到答案,不过,当务之急是先找孩子。于是,他们黑白两道,双管齐下,重点查找一个五岁左右、名叫虎子的男孩,以及一个四十岁上下、右胳膊上有一块鸡蛋大小的血痣的男人。

消息刚放出去,还没来得及细查,又一件大事接踵而至了。刘二喜不得不把这事暂时放下来。

刘二喜

俗话说,事赶事,越忙事越多。刘二喜也是如此,这边刚答应金宝琦,忙着找孩子呢,天津忽然来了电报,说是老长官刘铭传要来了。

电报是沈庆送来的,当时正值清晨,他像往常一样正在院中练拳,沈庆匆匆送来了电报。刘二喜收住式子,一手从沈庆手上接过毛巾擦着汗,一手接过电报,刚扫了一眼,神情立时发生了变化。

"啥,爵帅要来了?"他的语气显得有些惊讶。"去,"他随即吩咐道,"把人都给我叫来!"

沈庆应了一声,连忙去通知相关人员。

爵帅就是大名鼎鼎的刘铭传,铭字营的老上司,绰号刘六麻子。因他曾被加封一等男爵,部下都尊称他为爵爷,或爵帅。

刘铭传是淮军第一将,秉性刚烈,桀骜不驯,史料称其"钟声铁面,雄侠威武"。在陕西任职时因与湘军大佬左宗棠不和,便辞官归里。直到这次中法交恶,朝廷"闻鼙鼓而思良将",这才决定重新起用他,谕旨加封他巡抚衔,督办台湾军务。

消息一传出,立即引起各方关注。沈庆说,当时法国曾制订了海上截杀刘铭传的计划,以阻止他去台湾。因此,上边对刘铭传的安全相当重视,指示上海地方务必加强保卫,同时又致电刘二喜,要他注意防范。刘二喜是刘铭传的老部下,自然格外重视。

不一会儿,罗胖子和几个管带先后赶到了。人一到齐便立即开起会来。

"爵帅要来了。"刘二喜扬了一下手中的电报说。

"来上海?"

"不是要去那边吗?"有人用手指了指东边,意为台湾。

"是啊。"

众人同样都感到意外。因为渡海赴台,福州更为快捷,怎么舍近求远来上海了?这个问题刘二喜也说不清楚。

"别管那么多,"他说,"咱们先做好自己的事。"

接着,他通报了电报的内容,然后吩咐说,咱们的任务就是保护好爵帅,这是上边交办的差事,不能出半点纰漏。当然,上海地方也接到了指令,但刘二喜打心里瞧不上他们。"别指望那帮鸟人,他们屁事干不了。"他的话引来一阵笑声。刘二喜办事向来思虑周全,这一次事关重大,更是格外上心。按照他的部署,拱卫分为三层:第一层是贴身警卫;第二层是外围布防;第三层是在周边重要地段增加关卡,加强巡逻。对刘铭传的住、行等各方面实行全方位保护。此外,他还要求罗胖子多派便衣,便宜行事。

"都给我听好了,"他叮嘱说,"我再说一遍,这事不能出半点差池,谁要误了事,那就等着瞧吧,老子非扒了他的皮!"

会议结束后,众人散去。刘二喜把罗胖子留了下来。

"法国人那边,你要盯紧了!"

"那是!"

"有事随时禀报!"

"那是!"

罗胖子连声应承着。等刘二喜交代完毕,他才问了一句:"孩子的事咋办？"

"唔……"刘二喜沉吟了一下，然后挥挥手说，"这事顾不上了，先顾这一头吧！"

"那是！"

"等等，"就在罗胖子转身离去时，刘二喜又叫住了他，"冯日升，还有那个孔怀仁，你要继续盯着，不要放松！"

"那是！"

7月11日，即刘二喜接到电报的第二天，刘铭传抵达上海。他的到来受到各界欢迎，各大报纸都进行了报道，法国方面更是关注有加。

此时，和谈进行得并不顺利。由于法方胃口太大，一开口便向清政府索要两亿五千万法郎的巨额赔款，中方自然不能接受。虽然分歧很大，但法方一直信心满满，他们高层认为在武装威胁面前，中国除了束手就范别无他途。法国公使、首席谈判代表巴德诺在致总理茹费理的电报中一开始语气乐观："我深信，中国现在惊恐万分，如果我们表现得十分强硬，他们就会在所有的问题上做出让步。"法国总理茹费理的看法与他完全一致。

就在这时，传来了朝廷起用刘铭传的消息。其实，这一任命早在和谈开始前四天就下达了。消息传到法国，立即引起各种解读。其中一个看法是，中国正在加紧战争准备。他们派刘铭传去台湾，明摆着是要打啊。因为这时法国已把台湾作为首选进攻目标，而且这已不是秘密。

法国军方开始不安了。他们认为不能再拖延了，应该迅速展开攻击,以免延误战机。7月6日,法国远东舰队司令孤拔将军致电海军及殖民地部长裴龙:"我恳求立即行动。(中国)各港口的鱼雷防御正在着手准备,(我们的)行动宜于在近期内进行,否则将会造成更严重的困难。"法国公使巴德诺的思想这时也发生变化,认为不排除中国利用和谈,"力图赢得时间"。

然而,法国高层仍然坚持先前的看法,认为只要继续施压,便可得到他们想要的东西。茹费理总理在给巴德诺的电报中说:"调动舰队和坚持最后通牒看来大概会取得我们预期的结果。"

7月12日,在刘铭传抵沪的第二天,巴德诺便代表法国政府向总理衙门递交了最后通牒。通牒的最后日期为7月19日。如果中方不接受条件,法国将以大炮说话。

与之相呼应的是,法国远东舰队也立即行动起来,摆出了随时开战的姿态。舰队司令孤拔亲率战舰开赴闽江一带,短短几天,便有七八艘战舰和多艘鱼雷艇云集福州海面。

气氛骤然紧张。

然而,让人意外的是,刘铭传到上海后,并没有像人们预料的那样,秣马厉兵,积极战备,相反倒是一副优哉游哉的样子,整日在公馆里宴请宾朋,诗酒会友。报纸上还登出他被委以谈判副使的消息。有访员问他何日赴台,他则说这要视谈判结果而定。有人问他台湾防务问题,他则避而不谈,相反却表示对和谈抱有信心。

沈庆也一头雾水,有一次,他悄悄问刘二喜,爵帅真不去台湾了?刘二喜却含糊其辞,说也许吧。

那段时间,罗胖子带着人一直在盯着法国方面的动静。他们发现刘铭传的住处,有不少暗探活动,其中也包括孔怀仁。刘二喜曾把这些情况报告给了刘铭传,爵帅听了哈哈大笑。"这帮小兔崽子,"他说,"让他们忙活去吧。"

刘铭传到上海没几天,曾九帅也到了。曾九帅是湘军大佬曾国荃,他是曾国藩的四弟,族内排行为九,故有"曾九爷""曾九帅"之称。曾国藩去世后,湘军领袖除了左宗棠,便轮到他了。这次和谈,他被委以谈判正使,以钦差大臣、两江总督兼南洋大臣的身份全权代表朝廷。

一天晚上,曾九帅举行欢迎宴会,宴请法国公使巴德诺一行。刘铭传也参加了。席间,觥筹交错,谈笑甚欢。可刘二喜忽然回到大帐,召集手下开会。

"爵帅要走了。"他宣布说。

"去哪儿?"

"台湾。"

"天啦!"

"怎么说走就走?"

众人颇感惊诧,因为在这之前并没有发现爵帅要走的丝毫迹象。

"啥时候走?"

"明天。"

"从哪走?"

"金山。"

看来这事早有谋划,只有极少数人知道。按照刘二喜的布署,众人立即行动起来。刘二喜下令封锁码头和沿途街道,不准走漏任何风声。是夜大风雨,一直持续到第二天。等到刘铭传登船而去,法国人还蒙在鼓里。据史料记载,刘铭传走时只带了一百多名亲兵和少量装备,可谓轻装简从,神不知鬼不觉。

法国人万万没想到刘铭传会在他们的眼皮底下悄悄离去,更想不到刘铭传会给他们唱了一出瞒天过海之计。显然,这是一套完整的计划。首先刘铭传取道上海而不是福建,就造成了假象,似乎他并不急于赴台,而实际情况是因为福建水域早有法舰巡航,难以通过,不得不舍近求远,绕道上海。此外,朝廷委以他谈判副使,也是为了掩人耳目,从而骗过了法国人。显然,这些布局没有高层部署是做不到的。

刘铭传一走,刘二喜便轻松下来。前段时间,他天天围着爵帅转,毕竟兹事体大,现在任务完成了,他便重新腾出手来,全力查办虎子失踪案。此时,离孩子失踪已过去了六七天。金宝琦几乎天天登门催促,这让他头痛不已,好在这时一条线索已经进入了罗胖子的视野。

左阿四

发现左阿四,罗胖子颇费了一番周折。冯家报案后,上海县随即展开了追查。很快,各处关卡都接到命令,严密盘查过往行人,不放过任何蛛丝马迹。虎子的画像和那个卖糖人的画像也悬挂于大街小巷。冯家还高价悬赏,凡向官府和冯家提供线索协助破案者都将得到重赏。但是一连七八天过去了,案情毫无进展。

金宝琦急了,四处活动,动用各种关系。不久,上海道衙门和巡抚衙门也被惊动了,一边督促上海县,一边也派出侦缉人员帮助破案。

罗胖子这时压力山大,刘二喜限令他十日内必须查出结果。五黄六月天,他带着人明察暗访,拖着肥胖的身躯,像狗一样张着嘴,呼呼直喘气,一天衣服不知要汗湿多少遍,那模样也实在够辛苦。不过,功夫不负有心人,他的辛苦没有白费。

早在案发之初,刘二喜就给黑道送了话,让他们查问一下此事。本来以为不是什么难事,因为黑道办事有黑道的规矩,不论什么案,只要上边发话,下边都会如实具报,不会有半点隐瞒。可结果是查无此事。

这怎么可能?

除非做这事的不是上海地界上的人。

于是,罗胖子扩大了搜索范围,重点放在排查做糖人的行当上。这项工作十分浩大。上海周边十一个县,如要挨个儿查一遍,短期内不可能完成。罗胖子把老猫找来仔细询问,忽然发现了以前忽略的一个细节,即那个卖糖人的随身携带了一个水葫芦,上边刻有青浦字样。

"那就从青浦查起!"

罗胖子立马派出探员,进行排查。根据经验,卖糖人的一般都会在县城或集镇上叫卖,偶尔也会有走村串户的,但并不多。于是,探员们便分头在县城或集镇上打听。很快从练塘镇传来了消息,说是发现了一个嫌犯。

负责在练塘镇侦缉的探员姓石,名不详。《纪事》中称他为"石某"。他在探访中得知北亭村有个卖糖人的叫左毛阿,最近忽然歇手了。

"为啥?"

"听说发了一笔财,要做米店了。"

"有这事?"

"可不是!"

"咋发的?"

"这谁晓得!"

石某感到这个左阿毛有些可疑。开米店可要一大笔钱,他哪来的钱?光凭做糖人那是不可能的,而且不早不晚,这米店恰好开在孩子失踪案发生之后。按照人们的指点,石某悄悄来到镇东头,发现那里正在开工建房,瓦工木工进进出出地忙着。有人告诉他,这里正在筹建的就是左记米店。石某说他想找左阿毛。

"哎,那个就是——"有人指着一个在工地旁指手画脚的人,并朝他喊道,"阿毛,阿毛,有人找。"

石某走了过去,那个叫左阿毛的人三十来岁,个头瘦小,这不仅不像老猫所描述的人,而且右胳膊上也没有明显的血痕。

他有些失望,勉强上前打了个招呼。左阿毛却很热情,因为石某自称是米商,想与他们做生意。"好啊,好啊!"左阿毛连声说道,并称小店初开,还盼多多关照。石某应付了几句,就打算离开了,左阿毛却拉着他不让走,一定要他见见他大哥。

"你大哥?"

"是的,这店是我们合伙开的。"左阿毛说。

"哦,他人呢?"

"在村里哩。"

石某问他大哥多大,左阿毛说四十来岁,名叫左阿四。石某一听,心里动了一下:"也好,那就见见吧!"

当晚,他便在村里见到了左阿四。左阿四是左阿毛的堂兄。他方脸,黑皮肤,一边抽旱烟,一边用草帽扇着风。石某心中一阵狂喜,因为这家伙不仅和老猫讲得很像,而且他的右胳膊上也有块鸡蛋大小的血痣。

我的天!他压制住自己的情绪,不动声色地与他谈起生意。左阿四还请他一起喝了酒。由于天色较晚,他便宿在左阿四的家中,第二天早上才告辞。

罗胖子接到报告,立即带人赶往北亭村。他们到达时已是黄昏时分,这时却联系不上石某。石某早上离村后,来到镇上,找到同来的另一位探员,让他赶紧向罗管带禀报,自己则留下来监视。由于情况不明,罗胖子没有贸然进村,而是等到天黑之后,派人进村悄悄打听。这一打听不要紧,发现左氏兄弟早已不知去向。

"坏了!"

罗胖子暗暗叫苦,当即派人一边包围村子进行搜查,一边向码头、要道追击。罗胖子还审讯了左阿四、左阿毛的家人,可他们一问三不知,但据村里人说,那天上午有人看见左氏兄弟出村了,走时十分匆忙,也没说要去哪儿。

第二天傍晚,进行搜索的兵丁在村外的河滩上发现了石某的尸体,他是被利刃割喉而死。从手法上看,一刀毙命,显系老手所为。

刘二喜下令通缉左氏兄弟,并让各地进行协查。两天后,传来消息,在朱泾镇,即金山县县治所在地发现两具无名尸体,经确认系左氏兄弟。罗胖子带着老猫赶往该地,认出其中一个就是那个卖糖人的。从尸检情况看,两人均为洋枪所射杀,凶器有可能是国外产的新式膛线手枪。

罗胖子大为沮丧,眼看到手的鸭子又飞了。刘二喜气得大骂他蠢货。问题的严重性还在于,这是唯一的线索。由于它的中断,使案件彻底陷入僵局。

孔怀仁

孔怀仁回上海肩负了秘密使命。从我找到的资料看,他的任务主要是搜集有关中方军备与和谈情报,特别是和谈中清政府的态度,这对法国的决策至关重要。

关于孔怀仁的间谍活动,目前尚无比较完整的资料。不过,通过一些材料七拼八凑,大致可以勾勒出他那段时间的活动轨迹。和谈开始前,他虽然不在上海,但并没有闲着。他的身影曾出现在琼州、舟山、台湾和福州等地。

法国当时的战略,史家称之为"踞地为质"。啥叫踞地为质?就是先通过和谈,向清政府施压来达到目的。如果谈不拢,便占领一地为质(抵押),然后逼迫清政府就范。至于选择何处为"质",法国曾有多个选项。其中包括琼州、舟山、台湾和福州等地。对于这些地方,法国都曾派出暗探进行了侦察,最后选定了台湾。此后,法国暗探多次以观光为由,或以买煤为借口,靠近基隆炮台进行刺探,并绘制了有关地形图及炮台位置图等。从以上材料分析,孔怀仁的身影出现在那些地方绝非偶然。

据《中法战纪》一书称,马江之战前,法国暗探曾去福州一带搜集情报,其中就有孔怀仁,他参与绘制了马江水域图,以及马尾造船厂和福建水师周边的地形图。后来,法军进攻马江,福建水师全军覆没,举国震惊。这其中就有孔怀仁的"功劳"。

和谈开始前,孔怀仁回到上海,这期间他多方搜集情报。这些情报无所不包,涉及各个方面。这从他致法国远征军司令部的部分电报中可以看到。如他在电报中报告,近期,中国朝廷发生人事变动,左宗棠占了上风,他与李鸿章因《天津条约》争吵不休;曾纪泽(中国驻巴黎原公使)致电北京,法国根本没有决心和中国打仗,应该顶住,在东京(越南)有力地打击法国,才能最后取得胜利;中国已向德国订购鱼雷一百枚,五十枚已启运,但因缺乏专门人才,目前尚难启用;中国遇到罕见旱灾,这是中国政府自六月以来特别关切的事情之一;等等。

在孔怀仁搜集的情报中,还有不少关于和谈的。比如他在一份电报中说,中国政府第一全权代表曾国荃属温和派。据说他是个和蔼可亲的老人,希望达成谅解,但因年迈体衰,害怕担责,故其良好意愿可能为其左右所掣肘。第二全权代表陈宝琛、第三全权代表许景澄,都是主战派,而且一向反对欧洲人,情况不容乐观。

除了搜集情报,刘铭传抵沪后,孔怀仁还派人对刘的住处和活动场所进行盯梢。后来,刘铭传突然去了台湾,法国情报部门居然毫无觉察,这让孔怀仁大丢颜面。他在给朋友的信中称这是一个"莫大的耻辱","我们的无能和麻木带来了极大的被动"。

刘铭传走后,和谈陷入僵局。7月12日,法国送交最后通牒后,本以为清政府会随即软化,没想到事实却相反。中方代表虽然做了让步,同意从琼山撤军,但对赔款仍然拒绝接受。他们坚称法国没有理由要求赔款,中国也毫无毁约(指之前商定的《李福协定》)意图。况且中国应安南(越南)国王邀请前往驻防,没有任何过错。法国即使要求赔款,也不应该找中国而应该去找安南。他们甚至提出,本着和好的精神,中方可以不向法国提出赔款。

中方的态度让法国感到恼怒。从北京传来消息,湘军大佬左宗棠入直。他是主战派的代表,一向以强硬著称。这些都明显不利于法国。法国内部本来就有人不看好和谈,此时更对和谈前景产生疑虑。特别是军方,认为不应该再浪费时间,而应立即开战。但法国当局,包括总理茹费理,仍然希望通过和谈达到目的。

孔怀仁接到指令,要尽快摸清中方的底牌。在他的来往书信中,有一封是写给一个名叫弗朗索瓦的人,此人是法国海军及殖民地部的官员。"我会采取一切手段,力争完成任务。"孔怀仁在信中写道。他所说的任务就是指摸清中方在和谈上的意图。"请您放心,我亲爱的同事,我可以欣喜地告诉您,目前我们已经取得了进展。"

孔怀仁所说的"进展"是什么?信中没有说明。我怀疑这会不会与冯日升有关?事实上,那段时间,孔怀仁与冯日升在教堂(疑似)碰面并没有减少。在孩子失踪后就有三次。有一次,罗胖子手下发现冯日升与孔怀仁发生激烈争吵,甚至还产生了拉扯和肢体接触,后经杜神父劝阻才停止。当时争吵的地点就在礼拜堂后边的走廊里,罗胖子手下看得很真切。如果说,以前还不能确定他们两人是否有过接触,那么,现在可以确定无疑。至于他们为何争吵,虽不清楚,但可以看出,他们之间一准发生了什么事情。联想到其他种种疑点,罗胖子认为不能再等下去了,如果冯日升确实与孔怀仁有勾结的话。刘二喜何尝不知道这些,但他向高头请示后,一直没有回话,他也不好乱动。

"再等等!"他说。

"贼娘的,这样下去就怕要坏事。"

"那也没办法。"

就这样,又过了几天,高头的回话来了。一共两句话:第一句是:"不要动他!"第二句是:"继续盯着,但别惊动他们!"

罗胖子大惑不解。

"这是啥意思吗?我不明白……"

"有啥不明白的?"

"他们咋想的?"

刘二喜摇摇头,其实他也揣摸不透。

"也许,"他说,"高头有高头的想法吧!"

说来这事的确有些奇怪,这么大的事,高头居然如此漫不经心,而且没有采取任何防范措施。对此,沈庆也感到困惑不解。

这之后,又发生一件怪事。失踪的孩子忽然回来了。送回孩子的是杜神父,据他说,前一天夜间,一个杂役听见院子里有响动,便出去查看,竟发现一个孩子在哭泣,于是把他抱回了教堂。由于时间已晚,杜神父早已入睡,只好等到第二天才向他禀报。然而,谁也没想到的是,这个孩子竟是失踪多日的虎子。

保罗

保罗是冯日升的教名,据说这个名字是他受洗时杜神父替他起的。保罗是教会历史上的圣者,采用圣徒的名字作为教名较为普遍,这是一种致敬,也是一种传统。这些都是巩翔教授告诉我的。我后边还要专门说到巩翔教授。据巩教授说,关于冯日升,国外资料多用保罗而很少用他本名,这与国内正好相反。难怪呢,我很长时间都不知道冯日升还有一个教名。在查找资料时,偶然看到保罗的名字也会被我轻易地滑过。应该说,这是一个不小的疏忽。多亏巩翔的提醒,我后来再找资料时,果然有了一些新的发现,这是后话。

自从虎子失踪后,前后共九天——从 7 月 10 日至 7 月 18 日——始终没有音信。官府多方查找,罗胖子更是花了九牛二虎之力,但收效甚微。就在大家绝望时,孩子突然回来了,而且事前没有任何征兆。这太蹊跷了!

罗胖子得知消息,立即赶到冯家了解情况。据虎子说,那天,姐姐回去讨钱后,卖糖人的给了他一个糖人,把他骗到边上一个弄堂内,那里停了一辆马车。这时他听见远处传来姐姐的喊声,正要答应,那个卖糖人的却用衣服蒙住他的头,把他抱上了马车。开始他还拼命哭喊挣扎,可渐渐地就什么也不知道了。等他醒来时,已被关在一间屋子里,四周黑黢黢的。那个卖糖人的威胁他不准喊叫,他怕得要命,什么话也不敢说。

后来,他又被转移过几个地方,看管他的人也换了。好在他们对他还算好,不缺吃,不缺喝。有一天夜里,他睡着了。醒来时,发现自己在一个院子里,周围一个人也没有,只有满天星斗,此起彼伏的虫鸣,以及凄厉瘆人的猫叫声。他害怕得哭起来,这时有人发现了他,把他抱进屋内,第二天又将他送回了家中。

虎子断断续续前言不搭后语地说着。由于他才五岁,表述起来十分费劲。在冯太太的帮助下,罗胖子费了好大劲,才把他语无伦次的叙述大致捋顺了。之后,罗胖子又去找杜神父询问。杜神父的回答与他先前说的完全一样,并无过多的补充。

"感谢主吧!"他说,"这都是上帝的仁慈,才使孩子安然无恙。"他一边说着,一边在胸前画着十字。

应该说,从他的神态和语气看,没有任何可疑之处。罗胖子接着找来了当晚发现虎子、把他抱进屋内的杂役。那是一个长着大脑袋、细长脖子的年轻人,一双金鱼眼鼓鼓的,说话时不停地扑闪。他的回答印证了杜神父的说法。"这孩子吓坏了,浑身直打哆嗦,实在太可怜了。"他对罗胖子说,声音里带着同情。

"你还发现其他什么了吗?"

"没有。"

"昨晚院门关了吗?"

"是的。"

"那他们是怎么进来的?"

"不知道。"

杂役鼓着金鱼眼,头摇得像个拨浪鼓似的。罗胖子查了一圈,毫无头绪,便回去向刘二喜复命,当时沈庆也在场。

"这事太奇怪了,"罗胖子说,"我办过那么多案子,这种事还是头一遭。"

"你说他们图个啥?"他咂巴着嘴说,"绑票的非钱即仇——图钱吧,这么多天过去,既没叫牌子,也没下帖子(索要钱财);为仇吧,更不像。哪有花那么大的劲,甚至不惜杀人灭口,啥也不图的?"

"说的是啊!"沈庆附和道。

"这里头怕是有鬼啊?"罗胖子说着,抬起头来看着刘二喜。

"行了,你就少说几句吧!"刘二喜没好气地打断他。孩子回来了,本来可以松口气了(省得金宝琦天天催他),可孩子以这种方式回来,又让他脸上无光。罗胖子没有看出他的心思,还想往下说。刘二喜眼一瞪:"这事还不都怪你?要是抓住左阿四,哪来这么多事?"罗胖子听他这样一说,便不吭声了。

虎子是7月18日回来的,第二天,即7月19日,法国的最后通牒到期了。不过,在这前一天,中方已派员斡旋,希望延长期限,以便取得满意的结果。尽管巴德诺对中方的诚意表示怀疑,但当他请示国内后,得到的答复是同意将最后通牒的期限延迟至月底,即7月31日。

不难看出,法国仍寄希望于和谈,并希望通过延期来达到自己利益的最大化。然而,此后的谈判依然不顺利。虽然清政府同意一个月内从东京撤出军队,但在赔款问题上还是坚持己见。法国有些迫不及待了,并开始做出让步。茹费理电告巴德诺,他不再坚持原有的赔款数额,可以适当降低——尽管在这之前他曾强调过两亿五千万法郎是"最低数目"。巴德诺回电称,他担心共和国主动让步可能会被视为软弱,而且是否能达到效果也不一定。

可是,为了打破僵局,茹费理已顾不得许多了。他电告巴德诺,他已把这事通知了清政府驻巴黎公使,让他在谈判中灵活掌握。巴德诺提议将赔款数额从两亿五千万法郎减至两亿,分三年付清。茹费理回电称:"赔款数字问题我让您掌握,但您得注意,中国人比我们所想象的更吝啬……我觉得,从他们手中取得数亿法郎的赔款是很难的。"

果不其然,中方代表并不接受巴德诺的方案。7月29日晚,中方送来一个照会,重申不接受赔款的原则,并称中国同意从琼山撤军,已表现得十分通情达理,法国不应以赔偿作为唯一谈判条件来破坏彼此融洽关系。

巴德诺听到这个回答,十分气愤,当即中止了会议,拂袖而去。事后他在致茹费理的电报中称:"在这样一个不严肃的回答面前,我只有退席。"

第二天上午,重开谈判。这一次,中方最高代表曾国荃亲自出席。在这之前,英国人曾作过调解,巴德诺希望中方能有所改变。但他没想到的是,曾国荃虽然态度友善,但仍然坚持赔款是不合道理的。不过,他也做了一点让步,表示本着热爱和平与和解的精神,他愿意提供五十万银两(约合三百五十万法郎),作为对法军死难家属的抚恤金。

三百五十万——是的,巴德诺没听错。

他又一次愤怒了。

"这无疑是戏弄我们!"在给茹费理的电报中,他表达了强烈不满。"是时候教训他们了,"他说,"很明显,我们的优柔寡断使他们不相信我们会采取军事行动。"

但是,他的愤怒还是没有使茹费理改变主意。后者回电称,中国提出三百五十万法郎的赔款虽然少了点,但至少说明他们已承认赔款原则。直到这时,茹费理依然对谈判抱有希望。"你去告诉他们,"他对巴德诺说,"我们只要五千万,但不容许对这个数字再作讨论。"

从两亿五千万到五千万,在茹费理看来,已经做了最大的让步。如果中方再不接受,那就只有诉诸武力。为了实现这一目标,他还下令最后期限一到,即攻占基隆,以此作为抵押品,直到中方答应赔款。

7月31日,就在最后通牒即将到期的日子,中国公使又一次向茹费理提出希望再延长几天期限,理由是他们需要时间奏请皇帝。茹费理当即表示同意,他致电巴德诺称,我们的原则是延期可至8月1日,您可视情延长一两天。

军方对最后期限一拖再拖感到不满。孤拔多次致电外长和巴德诺,声称半个月来,敌人一直在加固炮台,构建工事,准备火船,安置漂移水雷。我们给了他们太多的时间。现在,每拖延一日,进行军事行动的困难就增加一分,他请求立即展开行动。可上边对他的请求并不理会,海军部长裴龙回电称:"政府不批准你开战,谈判还在进行,有可能取得成功。"

这份电报发于8月5日,直到这时,裴龙还没接到开战的命令。需要说明的是,当时电报从巴黎到中国需三十多个小时。就在他发出这份电报时,上海传来和谈破裂的消息。于是,就在同一天,法军接到命令,向基隆发起进攻。

中法战争开始了。

值得注意的是,就在这当口,保罗突然被抓了。

事情发生在8月4日上午,保罗做完弥撒,从天主堂出来。那天孔怀仁也来到天主堂。和往常一样,他们在后院待了好一会儿。后来,保罗便离开了天主堂。他是先走的,出门后,乘坐了一辆东洋车离去,但刚出法租界便被抓走了。孔怀仁在向法国远征军司令部的报告中提到了这件事,不过说得相当简略。

从我搜集到的资料看,保罗,即冯日升被抓的过程大致可以还原如下:那天,他刚出租界就被一队官兵拦住了。他们显然是早就等在了那里。领头的是一个年轻的军官,他上前询问,他是不是冯大人,冯日升说是的。

"请随我们走一趟!"

"去哪儿?"

领头的也不回答,一挥手,兵丁们便一拥而上,三下五除二地将他拿下了。罗胖子的手下一直在跟踪监视,发现这个情况,连忙回去禀报。罗胖子吃了一惊。

"什么人抓的?"

"不清楚。"

刘二喜也感到纳闷。事后打听,得知是上海县派人抓的。他派人询问原委,得到的回答是奉上边之命。再去上海道衙门打听,却说不知此事。刘二喜感到一头雾水,他马上吩咐沈庆拟文向上禀报。哪知电报发出后,迟迟没有回音。后来,他又去电请示机宜,不久,高头的回电终于来了,却让他更摸不着头脑。电文大意为:此事勿再管,亦勿外传,相关呈文电稿一并销毁。云云。

"这是咋了?"刘二喜大感不解。

"会不会案发了?"罗胖子推测道。

"有可能……"

"贼娘的,"罗胖子骂道,"忙活了半天都瞎忙了。早知如此,还不如咱动手哩!"话语中透着深深的懊恼。

巩翔

现在要说到巩翔了。巩翔是著名教授、清史专家,尤其对晚清历史研究颇深。我们曾经都是省政协委员,开会时常常在一起,关系很熟。几年前,我写《淮军四十年》时曾向他请教过,受益匪浅。但是这几年他一直在国外做访问学者。拍摄纪录片《刘铭传在台湾》时,导演曾想采访他,可因他在国外无法实现。

寒露过后,天气渐渐转凉。这天,我参加一个饭局,遇见了一位在社科院工作的朋友,他对我说,巩翔回来了。

"啥时候?"我问。

"已经到国内了。"

"是吗?我正要找他哩!"

"有事吗?"

我便说起了冯日升案,正想找他请教哩,也不知巩翔能否帮上忙。"啊,"那位朋友说,"那你可能找对人了。我听说,巩翔正在写一篇关于中法战争期间法国间谍活动的论文。"

"是吗?"我说,"那太好了!"

回家后,我立即拨通了巩翔的电话。巩翔听出我的声音,很高兴。当时,他正在隔离期间,他已隔离了半个多月,憋得够呛,不过现在已经进入居家隔离的最后阶段。"马上就要解放了!"他在电话里说。我们聊了几句闲话,便转入正题。"冯日升?"巩翔说,这事他知道,手上也有一些资料,不过,这事说来话长,电话里讲不清。于是,我们简单说了几句,便约好等他结束隔离后见面详谈。

"那就说定了,我等你电话。"

"OK!"

又过了十来天,巩翔的电话果然来了。我们约好了见面时间,地点就在我家附近的一家土菜馆。这家饭店新开不久,环境优雅,菜也烧得不错。我特地点了几个特色菜,如干煸猪大肠、杂鱼锅、糯米鸡翅、金汤老鸭煲等,都是巩翔爱吃的。他大呼过瘾,说这些日子简直憋坏了。

"所以嘛,"我说,"今天我特意给你搞几个杀馋的,怎么样?"

"好,好极了!"他连声赞道。

巩翔是个爽快人,虽然读过不少书,但身上没有一点知识分子的酸文假醋。他很健谈,酒量也不错。三杯酒下了肚,便滔滔不绝起来。我急切地向他请教起有关冯日升案的事,特别是冯日升被抓后,又发生了什么?此案后来如何了结?冯日升的命运又如何?我一口气问了很多。巩翔微笑地听着,等我说完了,他才开口道:"关于保罗案,这事很有意思。"

"保罗?"

"是的。"

顺便说一句,就是这次谈话,我第一次听说冯日升还有一个教名。谈及保罗案的情况,巩翔认为保罗案很复杂,主要是资料缺乏。关于他是否是奸细,目前尚有争议。

"那你的看法是?……"我说。

巩翔笑了:"奸细不好说,但他向法国人提供情报却是不错的。"

"这么说有根据吗?"

"当然。"巩翔端起酒杯。我们碰了一下,他一饮而尽,"有本书不知你可看过?"

"什么书?"

"《1884年:我的回忆》。"

"谁写的?"

"法国人。"

巩翔从身边包中取出一本书。原来是法文书,国内尚无译本,这还是我第一次听说此书。巩翔说,这本书的作者名叫吉尔·弗朗索瓦,时任法国海军部高等秘书。我想起来了,在孔怀仁的来往书信中有与他的通信。巩翔打开书,指着其中的一段对我说,弗氏认为,莱昂中尉的情报工作是失败的,因为保罗向他提供了虚假的情报,从而误导了他。

"这个莱昂中尉就是孔怀仁。"巩翔可能是怕我不知道,对我解释了一句。我说:"这个我知道,有的书上说他是少尉。"

"是的,说他少尉也没错,"巩翔说,"他后来晋升为中尉,这是他来中国之后,所以两种说法都对。"他夹了一口菜放进嘴里,一边嚼着,一边补充道,"这家伙后来死在台湾,中尉是他的最高军衔。"

"哦,他是咋死的?"我替巩翔满上酒,随口问道。

"说法不一。"巩翔道,"一说是在狮球岭侦察时被当地人的毒箭射中,不治身亡。还有一说是他患瘴疠而死。"

就这个话题,我们又聊到莱昂在台湾的情况。据说他很得孤拔的信任,搜集了不少有关台湾的布防情报,但最后死得很惨。有资料说,他死时浑身溃烂,痛苦不堪。"这也是罪有应得吧!"巩翔说道。

不得不承认,专业的与业余的就是不同。巩翔作为专家,看过的史料不知比我多多少。他说研究历史,某种意义上说,就是比史料,你有的我没有,你就比我强,相反亦然。这倒也是,我表示赞同。我们随意地聊着,巩翔那天兴致很高,不仅喝了不少酒,而且对我点的菜也十分满意。特别是那道干煸猪大肠,他说是他吃过的最好吃的。我说:"你算是说到点子上了,这道菜是该店的招牌菜,最受欢迎,来晚了可就点不到了。""是吗?"巩翔说,"那算我有口福了。"他还说这几年在国外,很难吃到正宗的中国菜,这次回来可得好好地找补回来。

大约是憋久了,需要得到释放,巩翔比平时更健谈。谈到《纪事》,他对这本书的史料价值予以了充分肯定,认为虽是野史,但多为亲历,具有较高的可信度。他正在写的关于中法战争期间法国间谍活动的论文,也参考了这本书。"当时法国派了不少间谍,"他说,"当局有所觉察,这都是事实。"

"那为什么不抓呀?"我说。

"不敢啊,"巩翔说,"当时清政府腐败无能,当官的最怕洋人。所以像孔怀仁这样的,明明知道他是间谍也不敢动他。"

顺着这个话题,我们又回到了冯日升案。我说:"从现有的资料看,冯日升暗中与孔怀仁有来往,应该是有根据的,但仅凭这些,他的嫌疑能否坐实?此外,提供假情报又是怎么回事?这是他个人行为,还是有高人指点?"

"这个很难回答。"巩翔夹了一口菜放进口中,一边吃着一边说,"有些问题我也在研究。"他掏出一根烟,也递给我一根。我们点上烟后,他又继续说:"当时,法国急于想从谈判桌上捞到好处,可中方虽然做了让步,但始终不肯答应赔款,这让法国很着急,因此多方打探,想搞清中方底细。从孔怀仁提供的情报看,给法方一种错觉,那就是中方的底牌不是不同意赔款,而是赔款数额过高。似乎只要把数额适当降低,就会达到目的。但实际情况并非如此,所以,弗朗索瓦抱怨莱昂受到虚假信息的误导。"

"这个虚假信息是冯日升提供的吗?"

"应该是的,"巩翔说,"起码弗朗索瓦是这么认为的。他在书中提到的保罗就是冯日升。当然,法国的情报来源可能是多方面的,莱昂的情报只是其中一个渠道。法方的误判也是多种原因造成的。"

围绕这个问题,我们的谈话逐步深入。巩翔推测说,冯日升向孔怀仁提供情报,最大的可能是受到了胁迫。儿子失踪给他很大的压力。为了救孩子——我们姑且认为孩子就是孔怀仁绑架的,这种可能性很大——他不得不屈服于孔怀仁,但他良心未泯,不愿这样做,所以没有提供真实的情报。"这是一种假设吧,"巩翔分析说,"但还有一种假设,那就是他这样做,可能是得到了某种授意。"

"授意?"

巩翔点点头。

"依你之见,哪种可能更大?"我问道。

"不好说。"巩翔笑了笑,弹了弹手中的烟灰,又端起酒杯喝了一口,"这里还有一些盲点。历史研究需要依据,没有依据便没有说服力。"

"不过,"他停了一下,又说,"凡事都有动机和效果。冯日升的动机不说了——不管是受到胁迫,还是收买,或者其他什么原因吧——单看效果,从他提供的情报看,恰恰是对我方有利而对法方不利的,是不是这样?"

"对啊。"

"那么,"巩翔继续推论道,"我们要问了,当时中方的策略是什么?法方的企图又是什么?这么大的问题,仅凭冯日升个人,他能把握吗?不可能,对吧?"

"那是啊!"我频频点头。

"还有,"巩翔重新点燃一根烟,深吸了一口,然后慢慢吐出来,"你看《纪事》中多次提到'高头'。这个高头是谁,沈庆虽然没有说,但看得出,他们对冯日升的举动并不意外,一再指示刘二喜不要动他。后来,冯日升被抓了,他们的态度也耐人寻味,好像这一切他们早有预料似的。"

"可不是!"我说。

"不仅如此,"巩翔用手指点了点桌子,仿佛在强调什么,"最奇葩的是,你知道他们抓冯日升的罪名是什么吗?"

"什么?"

"杀人!"

"杀人?"

"是啊。"巩翔向前欠起身子,挥了一下手,用意味深长的口气说,"你想不到吧?"

"可不是。他杀谁了?"

"左氏兄弟。"

"怎么可能?"这也太离谱了。

巩翔看着我,嘿嘿一笑,似乎对我的反应毫不意外。"想不到吧?"他说,"你说冯日升杀左氏兄弟,动机可能是有的,因为左氏兄弟绑架了他儿子。可他一介书生,也不会打枪,一下杀了两个人,你信吗?况且,这个左阿四可不是一般人。"

"他是什么人?"我连忙问道,因为关于左阿四的资料我一直没有找到。巩翔说,这人在洋枪队干过,是个悍匪。所谓洋枪队,最早是一支洋人雇佣军,因使用洋枪而得名。洋枪队初期招募的成员均为洋人,后因兵员不足,也招募华兵。这支部队向以凶悍著称,但因纪律太坏,不听调遣,后被强行遣散。

"难怪呢!"我一拍桌子说,"这就对了。"

按巩翔的说法,一切都变得顺理成章了。首先,洋枪队里有很多外国人,孔怀仁找到左阿四并非难事。其次,雇用左阿四来做这事,不仅具有隐蔽性,也可以避开官府的耳目。难怪连黑道也查不到哩。

"没错。"巩翔用筷子敲了敲桌子,表示赞同。"这个姑且不论,"他接着刚才的话题继续说,"洋枪队里都是些什么人啊?大多是兵痞流氓,左阿四肯定也不是个善茬儿,就连罗胖子手下的探员石某也没能逃脱,就凭冯日升能杀得了他吗?"

"根本不可能。"

"就是啊!"巩翔看着我,会心地一笑,"但这个罪名为什么要加到冯日升头上呢?"

"为什么?"

"抓人总得有个理由吧?"

"你是说,"我一下醒悟过来,"他们想隐瞒真相?"

"一点不错!"巩翔猛拍桌子。

"那后来呢?"

"后来就更奇了,"巩翔按灭了烟头,"人抓了却没有下文了。既没有审判,人也不知去向。"

"会不会被杀了?"

"这个说不清,还得进一步研究。"

话说到这里,这事又进入了死胡同。不过,巩翔的倾向已不言自明,那就是他认为这事有人授意的可能性较大。其实,我也是这么看的,只是没有巩翔分析得这么详细罢了。围绕这个话题,我们又探讨了好久。我问巩翔,如果这事有人授意——我是说如果——会不会是淮军所为?因为刘铭传、刘二喜等都是淮军人物。

"那可不一定,"巩翔说,"当时主持和谈的可都是湘军人物,曾国荃就是湘军大佬。你说抓冯日升能瞒着他吗?还有像刘铭传从上海去台湾,这样的操作,光凭淮军也办不了。起码谈判副使,就得朝廷来任命。"

"这倒也是!"

"说来挺有意思,"巩翔接着说,"虽然湘淮一向对立,彼此难容。但在中法战争时,他们有时也会放下前嫌,一致对外。比如任用刘铭传,都一致赞同。包括一向与刘不和的左宗棠也是支持的。"

"这就是所谓的兄弟阋于墙,外御其侮吧!"我说。

"有点这个意思吧。"巩翔大笑起来。他端起酒杯一饮而尽,然后抓了一张餐巾纸抹抹嘴,"你别看晚清特别腐败,可是能人也不少。有些人要是放到别的朝代,说不定就能大放异彩。"

说到这里,巩翔便大发感慨,谈起个人与时代的关系及局限。这家伙爱侃,而且思维发散,常常从这个话题跳到另一个话题,不过许多话到他嘴里便变得很有意思。我们边吃边聊,不知不觉三四个小时过去了。这次谈话,我收获不小,虽然仍有许多盲点有待解开。巩翔也感到无奈。

"这是没办法的,"他说,"历史上有许多谜,由于种种原因,它们淹没在历史的长河中,也许永远不会有答案。"不过,他认为,就这件事而言,拖延时间对我们有利,起码从客观效果上是如此。事实上,法国也有人看到这一点,如巴德诺、孤拔等,认为中方可能在利用和谈拖延时间。当时,台湾防务极为薄弱,这也是朝野极为担心的,可和谈却为刘铭传、为台湾争取了二十一天时间。就在这段时间里,刘铭传为台湾防务做了不少事,比如加固炮台,修筑工事,还炸毁了基隆煤矿,使法国占领煤矿的企图成为泡影。

"二十一天啊!"他强调说,"二十一天虽然很短暂,但对台湾来说却是极为宝贵的!"

贾民

听说贾民是一年多以后的事,这让我大为惊喜。自从和巩翔谈话后,冯日升案再无进展,只好放下了。2021年元旦过后,我的长篇小说《群山呼啸》顺利出版。这本书前后写了好几年,我感到有点累了。这时,朋友相约去徽州一游,我便欣然应允。

出发那天,天气很好,我的心情也不错,坐在车中迷迷糊糊打起盹来。就在这时,手机响了。我一看是老程打来的。自我上次去五湖后,我们已经好长时间没联系了。

"老程啊!"我按下接听键,还没来得及寒暄,老程便兴奋地说:"好消息,好消息!你要找的冯家后人找到了!"

"什么?"我连忙询问具体情况。老程说:"这事也巧了,前不久,冯家的后人回国寻祖,找到了统战部。"

"真的?"

"那还有假?我亲自接待的。"

"他们人呢?"

"就在五湖。"

"你等着!"我立马吩咐车子掉头,赶往五湖。同时打电话给朋友,说临时有事,不去徽州了。朋友们都很扫兴,说:"你这不是拆台吗?掼蛋三缺一,你说咋弄?"我只好连声道歉。这时,我也顾不上那么多了。冯家后人的出现让我又惊又喜,我迫不及待地想马上见到他们。

给我开车的是我的学生小黄。他问我什么事让我这么兴奋,我便给他讲起了冯日升和冯日升案。小黄还是第一次听说这件事,不禁连声称奇。

车到五湖已是晚上七点多,老程在宾馆里等候多时。略作寒暄,我们便去了餐厅。因为时间不早了,老程说,咱们先吃饭,然后再去房间。我忙不迭地问起冯家后人的情况,老程说,已和贾先生约好了,明天见面。

"贾先生?"我说,"他是冯家什么人?"

"据他说,是第六代。"

"怎么姓贾?"

"说起来,这里边故事不少——哦,对了,贾家大院你知道吧?"

"知道啊!"

老程说的贾家大院就位于五湖金斗街上。这是一座徽派建筑,面积有四千多平方米,前后有两个院落,房子二三十间。主人姓贾,是一个茶商,抗战时期去了国外。解放战争时,这里曾被国民党征收,一度成为驻军司令部。新中国成立后又先后做过粮库、学校等。直到前几年,五湖发展旅游,才把这里重新修缮,对外开放。我以前来五湖时,老程曾陪我去参观过。我记得院中有两棵高大的银杏树,已有百年历史。我们去时正值秋天,满树黄叶,耀眼夺目。

"你恐怕想不到吧,"老程看着我说,"这里就是冯家的旧居。"

"是吗?"

"可不是,我们也是才知道。"老程说。原来冯日升来五湖后改了名字,叫贾民,所以这座大院也就成了贾家大院。

"这么说,冯日升没有死?"

"肯定啊,"老程说,"听说他来五湖生活了二十多年,民国后才去世,这座宅子也是他兴建的。"

老程的话让我大感惊奇。冯日升被抓后便没了消息,原以为他死了(我甚至想到他也许是被秘密处死,对外封锁了消息,这种可能完全存在),现在看来,他不但没有死,而且还从牢里放了出来。他是怎么被放出来的?又是怎么来五湖的?这期间又发生了什么事?我脑子里冒出一连串的问题,急切地想知道。可老程知道的并不多,只知道冯日升当年来五湖正是因为那桩案子。为此,他隐姓埋名,外界并不知道他的真实身份,他自己也秘而不宣。"好了,好了!你也别急!"他对我说,"我已帮你约好了,贾先生答应明天和你见面。"

第二天,我如约见到了冯家的后人。会见的地点在统战部的会议室,约好时间是九点半,我和小黄先到了。不一会儿,老程带进来两个人。一个六十来岁,头发花白,中等身材,微胖,戴着一副白框眼镜,面相和善。老程介绍说,他叫贾承宗,是哥伦比亚大学教授。他身边跟着一个二十来岁的年轻女子,长着一副外国人的面孔,十分漂亮。"这位是艾莉卡女士,"老程说,"是贾先生的孙女。"后来我才知道,艾莉卡是贾承宗的儿子与美国妻子所生。

谈话一开始免不了有些拘谨和客套。我们先聊了几句无关紧要的话。贾先生说,他在美国出生长大,这是他第一次回国,家乡与他的想象完全不一样。哪里不一样,他没有说,我也没有问,但从语气看是赞赏的。贾先生汉语说得很好,尽管他是在美国长大的,艾莉卡也是如此。"我们在家里都说汉语。"贾先生解释说。

"难怪哩,"我说,"你们的普通话比我说得还正宗!"

听到我的夸奖,贾先生和艾莉卡都笑了。老程准备了特级祁门红茶,他知道贾先生喜欢红茶。但艾莉卡不喝茶,她只喝可乐,老程也为她准备了。这家伙一向做事心细。我问起贾先生在美国的生活情况。贾先生说他们家族现在美国已有几十号人,分散在各个城市,可以说完全融入了美国的生活,但他们并没有忘记自己的根。这次回来,主要是为了寻祖。昨天他们去了贾家大院。"我们的祖上曾经就生活在这里,"贾先生说,"这让我们备感亲切。"

"艾莉卡还拍了不少照片。"老程插话说。

"哇,太漂亮了!"艾莉卡说,"那两棵树好大好美喔!"她指的是那两棵百年银杏。老程说:"它们没准就是你们祖上种下的。一百多年前,你们的祖上很可能经常在树下散步、休息。""真的?"艾莉卡叫了起来,"你的想象力太丰富了吧!"

我说老程可是诗人。"不敢当,不敢当!"老程连连摆起手说,"我充其量也就写写打油诗。"众人都笑了。

谈话逐渐轻松起来,我把话题转向冯日升案,起先还有些小心翼翼,哪知贾先并不回避。他说,这件事老祖(指冯日升)问心无愧,他是冤枉的,我们都为他感到自豪。他拿出一些资料,其中有老祖留下的口述,还有一些他们家族人写的发表在美国报刊上的回忆文章。

据贾先生说,甲申和谈,法国人软硬兼施,想套取情报。他们绑架了老祖的独子,逼其就范。老祖痛不欲生,不得已向金老祖(即金宝琦)求救,决定向法国人提供假情报,以换回孩子。

"这也是不得已,对吗?"我插话道。

"当然,"贾先生说,"开始是这样。"

他一边说着,一边把玩着手中的烟嘴。老程看出他想抽烟,便找来烟缸,但他摆手谢绝了,可能是他看到会议室里有禁烟标识。

"没事的,您抽吧!"我们劝他。

"No,No!"贾先生耸耸肩,坚持不肯。看得出他是一个很自律的人。

艾莉卡看在眼里,便微笑着从他手中取过烟嘴,似乎在说:别这样。贾先生看了她一眼,两人相视而笑。艾莉卡虽然长着一副外国女孩的面孔,但性格却像中国女孩,十分文静。在我们谈话时,她很少插话,除了用手机拍照外,大多时间都一言不发。

"其实,孩子丢了,"贾先生接着说,"老祖马上就意识到了,这可能是莱昂干的。因为莱昂找过他好几次,逼他合作,他都没有答应。于是莱昂便威胁说,如若不从,那你可得想想后果。"

"所以,"我说,"孩子失踪了,他才一开始并没有报案。"

"是的!"

"《甲申纪事》您看过吗?"

"看过,这方面的书我都查阅过。"

"沈庆的书中说到,冯日升发现孩子失踪了,第一时间去了咖啡馆和天主堂,是不是在找莱昂?"

"有可能是吧。"贾先生喝了一口茶,他说家里人倒没有说得那么细,毕竟时间过去太久了。

"那提供假情报是谁的主意?"我说,"是金宝琦吗?"

"也算是吧!"

"也算?"我有些不解。

贾先生笑了起来。不知啥时,他又把烟嘴拿在手中把玩起来,"听家里的长辈说,这是金老祖首先提出来的,但这并不是他的主意。"

"那是谁的?"

贾先生微笑地看着我,略作思索,仿佛是在斟酌怎么措辞。"这么说吧,"他停了停,然后开口道,"金老祖为了救外甥,也就是虎子,四处找人,后来这事不知怎么就被有关方面知道了,决定将计就计。当时,刘铭传还没去台湾,上边想利用和谈拖延时间。他们想了很多办法,这大概也是一个吧!"

"有关方面?"我说,"具体指什么?"

"这个不清楚,"贾先生摇了摇头,"听老辈们说,金老祖的能耐很大,关系也很多,上上下下认识很多人,其中有南、北洋,还有总理衙门的高官。具体是谁让他这么干的,他没说,可能是不便说吧!"

我想到《纪事》中多次提到"高头",便问这个人会不会就是所谓的"高头"?贾先生摊开手,撇了一下嘴巴,表示无法回答,但他认为这个人的地位肯定不会低,因为他能够掌控一切。

"你家老祖知道这事吗?"

"开始不知道,后来才知道。"

"后来?是什么时候?"

"孩子被放回来之后吧,"贾先生说,"本来孩子放回来,这事不就完了吗?老祖想连夜把家里人送走,可金老祖劝住他,让他继续向莱昂提供假情报。老祖有些不解了,说你想干吗?难道真想当内奸啊?金老祖说没事,一切包在他身上。这是犯罪啊,老祖说,欺师灭祖之事断不可为。金老祖见状才说明真相,说这样不独无罪,还有功于社稷,但千万不能为外人道也。这些在老祖的口述中都写了,你可以自己看。"说着,他把几张纸抽出来摆到我面前。那是一份复印件。我匆匆扫了一眼,口述的时间是民国十三年(1924)。

"那年,老祖是六十八岁,"贾先生说,"当时他病得很重,自知不起,便把儿子叫到跟前,让他记下了这份口述。"

"他儿子就是虎子吗?"

"是呀,他是我的高祖,大名叫贾永翰。"

贾先生接着讲了一下口述的过程。他还说道,老祖当时身子很虚弱,讲话时不断喘气,中间不得不停下来休息,等缓过气来又接着讲。整个过程持续了一个下午。高祖写好后,第二天又拿给他看。他一字一句看了一遍,还改动了几处,最后让高祖重新誊抄后才签了名。

"看来他很重视这件事。"

"是啊,"贾先生说,"这是他的一块心病啊。"说到这里,贾先生停顿下来,好像是在缓和自己的情绪。老程走过去替他续茶,他说了声谢谢,然后礼貌地端起杯子喝了一口。

我顺着刚才的话题接着问道:"莱昂一直没有发现吗?"

"看样子是没有。"贾先生微笑道,"不过,他有过怀疑。听长辈们说,他曾几次威胁过老祖,让他别耍花招,否则决不放过他。当然,他还给了老祖不少钱,这些钱老祖都交给老祖转给上边了。"

"那后来老祖怎么又被抓了?听说抓他的理由很莫名其妙。"

"是这样,"贾先生摊开双手,耸了耸肩,"他们说他杀了人——哦,上帝啊!"说着便忍不住笑起来,"其实,这都是障眼法,做给外边看的。"

"左氏兄弟是怎么死的,你知道吗?"

贾先生摇头。

"家里人从没讲过吗?"

"没有,"贾先生又摇了摇头,"不过,老祖怀疑是莱昂干的,他曾对家里人说过。左阿四在洋枪队当过兵,你也知道,这支队伍中藏污纳垢,什么人都有。后来,事情败露了,莱昂当然不能留活口。"

"说得是,这种事莱昂做得出来。"我表示赞同。谈话继续下去,我问贾先生这个杀人罪名后来怎么加到了老祖的头上。贾先生没有直接回答,而是反问道:"你知道上边为什么要抓老祖吗?"

我摇了摇头。

贾先生又问:"你注意到他们抓老祖是什么时间吗?"

"什么时间?"

"不早不晚,恰在和谈破裂前一天。"

"这倒是的。"

"为什么?"

我看着贾先生不说话,等着他的答案。

"这么说吧,他们是为了保护老祖。"

"保护?"我问,"是怕莱昂报复吗?"

"也不全是,"贾先生把烟嘴放到鼻下闻了闻,又说,"你知道吗?当时法国人挑起战争,国人殊为痛恨,对于主和派人人喊打,对内奸更不会放过。老祖的事情传出去,这对他非常不利,但又无法对外解释。"

"所以,"我说,"你们全家才来到五湖,而且隐名埋姓。"

"是的!"

"那是什么时候的事?"

"老祖出狱后吧,"贾先生说,"这都是金老祖一手安排的。听家里长辈说,老祖刚被抓,金老祖就连夜把老祖的家人送走了。等到老祖来到五湖时,家里人已在五湖落了脚。"

"看来,这事早有计划。"

"应该是的。"

贾先生说到这里,停顿了一下,神情有些愀然。

"不过,令人遗憾的是,"他接着说,"当时说好了,先委屈一下,以后是非曲直自有分辨。老祖也认为清者自清,这不是什么问题。可后来这事却没了下文。中法战争结束后,老祖很着急,还想出来做点事,金老祖也帮着活动了好长时间,但都没有结果。几年后,金老祖因病去世,这事也就不了了之了。"

说到这里,贾先生叹了一口气,显得十分无奈。

"这是为什么?"我感到有些不解。

"谁知道呢?"贾先生又一次撇了撇嘴,耸耸肩膀。"这事谁也没想到,"他接着说道,"老祖没想到,金老祖也没想到,为此两人都很郁闷。金老祖气得大骂这帮混账王八蛋,说他们用人朝前,不用人朝后,过河拆桥,全不认账了。可骂归骂,又有何用?"我问上边为何会如此?贾先生说他们或许担心这事传出去对他们不利,毕竟事涉外交,谁也不想担责任。说着,他又感叹了一番。不过,让他欣慰的是,老祖的功绩并不是所有的人都忘了。一些知情的亲朋好友都为他抱不平,就连刘铭传出任台湾巡抚后,还专门书赠"赤心可鉴"四字,对他高度评价。可惜的是,由于战乱和迁徙,家里的书信字画大多已不知去向,只在老祖的诗文中留下了只言片语。说到这里,贾先生的表情不无惋惜。

那天上午的谈话进行了整整三个小时,中间除了上洗手间,连休息一下都没有。我们谈了很多问题,方方面面,无所不包。我还问到贾先生对杜神父的看法,他是否参与了此事。贾先生的回答完全是否定的。他说,杜神父是一个很正派的人。他虽是法国人,但一直反对莱昂的一些做法。孩子失踪后,他还找莱昂进行交涉,劝他不要行恶事,但莱昂极力否认与此事有关。

艾莉卡坐在边上一直没说话,这时插话道:"神父爷爷是我们家的大恩人,我们家现在还挂着他的画像。"说着,她还从手机中调出了杜神父的画像。画像上的杜神父面带慈祥,神情严肃。这还是我第一次见到杜神父的画像,应该说与我想象中的大致相同。我让艾莉卡将照片发给我,她欣然应允。

中午,我们在宾馆酒店里共进午餐,还一起喝了酒。贾先生兴致很高,毫无倦意。他表示将代表家族把贾家大院赠送给国家,这事来之前,家族已经统一了意见。程部长高兴地起身连喝了三杯酒,向贾先生表示感谢。席间,贾先生答应把带来的资料都复印一份给我,其中包括老祖的口述,以及回忆文章。他还把电子信箱告诉了我,表示今后有什么问题可以随时联系。谈到老祖的诗抄,他说这次没有带来,我请求能否寄我一本,他也爽快地答应了。

午餐后,顾不上午睡,我便兴奋地给巩翔打电话。巩翔当时正在北京参加一个重要的学术会议,无法分身,十分遗憾,但他认为这些材料很有价值,让我设法整理出来。至于那些发表在外国报刊上的回忆文章,他也让我交给他,他可以找人翻译出来。

春节过后,我收到了贾先生寄来的资料,其中有一本诗集,书名为《金斗诗抄》,收录了三百余首诗词,署名为贾民。其中有《感怀二首》,序曰:"丙戌秋月,顷接刘爵帅赠书赤心可鉴,百感交集。抚今追昔,怆然泪下。此语足慰余生,死而无憾。特赋诗记之。"诗共二首。其中一首云:

> 将军百战驱胡虏,得复金瓯壮志酬。
> 银杏树旁空读月,草堂窗下独悲秋。
> 匹夫自有兴亡责,乡野已无名利忧。
> 爵帅赐书天降喜,临风一醉效秦讴。

按:丙戌即1886年,这是台湾建省的第二年。这年,金宝琦受巡抚刘铭传之请,前往台湾帮助整饬军备,带回刘爵帅手书"赤心可鉴",转交冯日升。

又按:《金斗诗抄》刻于民国九年(1920),这一年离案发已过去三十六年。

老耿的春天

1

老耿不老,今年刚四十,按时下分类属于"80后",可不知为啥别人都叫他老耿。在学校里被这样叫,到了单位还是被这样叫。和他年龄相仿的,包括"70后",在单位都被叫作小某,只有他是例外。他也搞不清为啥,兴许是长得老相。的确,老耿长得黑,皮肤粗糙,脸上皱纹多,特别是额上的抬头纹,像刀刻似的。如果戴上草帽,活脱脱就是个地道的农民。

我和老耿认识是在五湖农大。当时我在生物系,老耿在林学系。当时农大有一个京剧票友会,由一些爱好京剧的师生组成,业余时间经常开展活动,我和老耿都是该会的成员。老耿是个戏迷,参加这个会理所当然,而我参加却是因为朱丽。

朱丽和我是五湖一中的同学,同级不同班。想当年,她可是一中的校花,不仅长得漂亮,学习成绩也好。有人说她长得像演员舒淇,当然只是有点像而已。其实像不像舒淇倒在其次,关键是看上去的确顺眼。男生们提起她来都不免心旌摇荡,估计暗恋的不会少。那些不怀好意的,还故意说她将来不知要便宜了哪个乌龟王八蛋。至于我,当然不会入她的法眼。高中三年,她连句话都没和我说过,估计也从没注意到我。

但凡事都有定数,该来的总要来,不该来的求也求不来。我在中学成绩非常一般,主要是数理化拖了后腿。高三分科时,我想改文科,可父母不同意。理由一:文科哪有前途?毕业后连工作也不好找。理由二:在他们看来,成绩不好的才上文科(我们大院里成绩好的学生无一例外都报了理科),如果我上文科,他们就觉得颜面无存,接受不了。于是,在他们的逼迫下,我只好赶鸭子上架被绑上了理科战车。

高考的结果可想而知,我差点连二本线都没达到,如果二本线再高一分的话。我父母急得四处找人,最后找到了农大的招生办主任,他答应帮忙。当时该院最好的系是生物系,我父母希望我能进这个系,这当然有点得寸进尺(因为生物系在全校录取分数最高,我的成绩明显差得太远)。不过,那个主任表示全力以赴。后来,他果然说到做到,我顺利进了生物系(顺便提一句,这个主任是我们家的亲戚)。我父母千恩万谢,后来请他吃饭时,他安慰我父母说,其实,学校并不重要,重要的是专业。有了好专业,将来可以考研嘛,找工作也好办,前途依然光明。他的话又燃起了我爸妈的希望,他们一再给我打气,让我振作起来。

可话虽这么说,我还是好长时间打不起精神,高考后一直闷在家中,不出门,更不见同学,连电话也不愿接。后来听说朱丽和我被同一个学校录取了,而且是一个系,我顿时心理平衡了不少,心情也好了起来。因为朱丽的成绩不知比我好多少,每次摸底考试成绩排名总在第一序列。天晓得她怎么也考砸了。事后听说她虽比我高出几十分,但也未达重点线,而且倒霉的是,第一、第二志愿都未录上,最后是服从分配才到了农大,而且和我在一个班。比比朱丽,我真是赚大发了,还有啥磨不开的?"每个人都有命啊!"后来我与朱丽结婚时对她说,"你晓得当年同学们都咋说你吗?"

"咋说?"

"他们说你这样漂亮的妹子,将来还不知便宜哪个乌龟王八蛋!"我一脸得意地说,"可他们谁也没猜到,这个人居然会是我!"

朱丽一听又气又恨:"难道你是乌龟王八蛋?"

"那又怎样?"我说,"他们想当还当不上哩!"

这话扯远了,还是言归正传,说说京剧票友会。在我入学的第二年,省京剧院来校演出了。这是有关部门组织的戏剧进校园活动的一部分。演出时间前后一周,来了不少名角,其中还有两个梅花奖得主。学校很重视,进行了有效的动员和组织。那段时间,校园里贴满了欢迎标语,广播里也不断宣传,一时间声势造得很大。学生们热情高涨,每晚大礼堂里都人满为患(估计大多是赶热闹的)。媒体报道称"反响热烈"。专家接受采访时更是高度评价,认为古老的艺术魅力不减,戏曲的未来在青少年,这有利于传承发展,大有必要。可我对此并无兴趣,怎奈朱丽兴致很高,每晚都要拉我一起去看戏,我只好奉陪。要知道当时我们的关系已有了初步进展。为了取悦于她,别说看戏,就是赶杀场我也不带含糊的。

然而,让我没想到的是,这一看倒让我渐渐喜欢上了京剧。那次演出的剧目有传统戏,也有现代戏。演出间隙,还举办了一些京剧讲座。慢慢地,我看出了一些门道,兴趣陡增。到后来,每次看戏不是朱丽来找我,而是我去找她。最后加入京剧票友会也是我把她硬拉进去的,但她三天打鱼,两天晒网,热情并不高。相反,我倒成了京剧迷。

就这样,我与老耿熟悉起来。

2

老耿名叫耿强。有道是人如其名,老耿的个性又耿又强,用他老婆的话说就是茅坑里的石头又臭又硬。这话说得有些难听,不过老耿有时确实很"轴",让人难以理解。

据说小时候邻居家一只鸡跑入他家院子,晚上来找鸡时,老耿妈把鸡送还人家。本来这事做得挺好,可老耿却和他妈吵了起来。原来那是一只母鸡,在他家院里逗留期间下了一个蛋,老耿认为他妈光还鸡不还蛋是不对的。"这有啥呢?"老耿妈搪塞道,"不就一个蛋吗?也不值什么钱。再说了,咱也没亏待它,不是还喂了它好几把米吗?"可老耿不依不饶,非说这是不义之财,是贪小便宜,硬要把鸡蛋还回去不可,搞得他妈好没面子。

老耿家在五湖北边一个县城。他爸是中学教师,他妈是县京剧团的台柱子,唱青衣的。我曾和老耿去过他家,见过他妈,当时她正在和一群大妈跳广场舞。老耿唤她回家开门,只见他妈满脸是汗地走过来,身材臃肿,衣服松松垮垮,活脱脱一个街道胖大妈,看不出半点当年台柱子的影子。不过,从老耿家陈列的剧照看,他妈当年的风采可不一般,不论是扮王宝钏(《三击鼓》)、李艳妃(《二进宫》),还是罗敷女(《桑园会》),都俊俏秀丽,仪态万方,只是时过境迁,风光不再,用网络语言说,岁月是把杀猪刀,刀刀无情不见血——生活就是如此残酷。

不过,受他妈的影响,老耿从小就泡在剧团里,受到戏曲的熏陶,唱、念、做、打以及手、眼、身、步,比画起来都有模有样。剧团团长是个唱老生的,说这小子是块料,有心培养他。他妈也表示赞同,让老耿拜团长为师,还打算送他报考戏校。但老耿爸坚决反对,说唱戏的没文化,也没前途,咱可不能耽误了孩子。他妈一听他爸说唱戏的没文化就很生气,认为这是贬低艺术,而艺术本身就是文化。两人发生激烈的争吵,最后一贯强势的老耿妈却做了妥协。因为戏曲越来越不景气,特别是市场经济和改革打碎了剧团铁饭碗,县剧团常常连工资都发不出来,这是不争的事实。

就这样,老耿考上了大学,不过对京剧的痴迷并未改变。农大戏剧氛围浓郁,有不少戏迷,其中包括一些校领导和名教授。不知从哪年开始,学院成立了票友会。历届校长都很支持,还经常拨经费,以供开展活动。学院里的各种业余团体不少,但能够享受这种待遇的并不多。

我和朱丽参加票友会后,第一次去就碰上了老耿。他听说我们是报名参加票友会的便很热情,忙不迭地拿表让我们填,一边介绍票友会的情况,一边自我介绍说他是林学系某某届的,姓啥名谁。他的友好给我留下了不错的印象,但我起先没有把他太当回事,因为他那黑不溜秋的模样实在不起眼,而且在他身上也看不出有多少艺术细胞,我认为他在会中充其量也就是跑腿打杂的。这种人在各种团体中都有,而且不可或缺。谁知有一天,我和朱丽去参加票友会活动,老远便听见屋里有人唱"我本是卧龙岗散淡的人……"——这是《空城计》中孔明的经典唱段,一般喜爱京剧的都耳熟能详——那声音苍劲有力,略带嘶哑,听上去很好听,也很有味道。后来我才知道这是周派的唱法,曾经风行一时。

票友会的活动地点在老图书馆的一个阅览室内。新图书楼建成后,老图书馆改作他用,这间阅览室便给了票友会。那天是周六,正是票友会活动时间,因为系里学习,我和朱丽来晚了。进去一看,屋里满是人,站在中间唱的居然是老耿,给他伴奏的竟是老校长卢少鸣,卢少鸣是农大恢复重建时的第一任校长。坐在卢少鸣身边的有高先生、温先生,都是名教授,而且是票友会的元老级人物,已经八十多岁,一般活动轻易不露面。这是啥情况啊?我心里正纳罕,朱丽捣捣我说:"看,瀚老也来了!"我顺着她的目光看去,只见一个瘦高个老头,戴着眼镜,站在老耿旁边,右手拿着扇子轻轻地往左手上打节拍,满头飘逸的白发随着旋律有节奏地摇晃着。果然是他!

瀚老名叫苏瀚,是著名诗人,他的诗受到许多人的追捧。瀚老是老革命,在部队就从事文艺工作。他是老牌票友,戏曲造诣相当高,对古典剧目耳熟能详,不仅能唱能写能讲,而且出过剧本集(有老戏,也有新戏),在大学开过传统戏曲欣赏课程。有几次义演,他还粉墨登场,唱过《打渔杀家》《失街亭》等剧目,而且与他配戏的都是省内外著名的京剧腕儿。据说他是唱老生的,表演有马连良的神韵。难怪他的到来受到如此重视,农大票友会的重要人物几乎倾巢出动。

我对瀚老十分崇拜。进入农大后,我对所学的专业毫无兴趣,相反倒是迷上了文学,一有时间就抱着文学书刊看。后来写了几首诗,居然在地市级报刊上发表了,我大受鼓舞,而且历史上早有先例,鲁迅不就是由学医改行从文的吗?这给了我很大的信心。况且医学与生物也差不太远。我父母一直鼓励我考研,希望打个翻身仗,我表面应承,实际上压根儿没做这打算,心想熬过这四年,混个学历(这很重要),然后走自己的路。

老耿唱完了,引起一片掌声。接下去过门儿又起,瀚老接着唱道:

有本都督马上观动静,
诸葛亮在城楼饮酒抚琴,
左右琴童人两个,
……

这是一段西皮原板,系《空城计》中司马懿的唱段。瀚老的声音低沉,韵味十足,果然是老票友,不是浪得虚名。我心里正想着,瀚老已唱到"打扫街道都是老弱残兵,我本当领人马杀进城",周围的人齐声呼应:

"杀!杀!杀!"

接着是一片掌声、喝彩声和笑声。演唱告一段落。接下去瀚老进行了讲座,其间他对老耿的演唱进行评点,大加好评。这一来,我对老耿刮目相看了。这家伙不简单啊,我心里想,能给瀚老配戏已属不易,何况还能得到瀚老的褒奖,更是莫大的荣耀。

打这,我对老耿佩服起来,虚心求教。老耿倒也没什么架子,一来二往,我们的关系便慢慢近了。在他的影响下,我对京剧越来越感兴趣,很快成了票友会的骨干。大学四年里,我们经常在一起活动。老耿虽然耿直,但极好相处。我这人也比较憨厚,没什么心计,与老耿一见如故。老耿基本功较好,用他的话说是"咱是童子功",但我也有自己的强项,因为看的书比较多,谈起戏来总能说出个子丑寅卯,这又是老耿所不及的。用老耿的话说,我的理论比他强。因此,他也对我高看一眼,尽管在演唱上他是我名副其实的老师。

老耿比我高一届,是我的师兄,他为人豪爽,每次票友或朋友聚会,他都抢着买单。而有些人一到这时候不是装傻,就是上卫生间,除了我之外。每次我与老耿抢着买单时,总要拉扯半天,而多数是他占先。那时我们都没什么钱,老耿家境也不富裕,但每次他都不甘落后。有一次,我们闲聊天,老耿说:"做人要甘于吃亏,小事上最见人。"他还说:"你老弟可交,我早看出来了。"我心里高兴,嘴上却反驳他说,管仲最小气,却是大才。老耿说:"也许吧,但这种人我肯定和他搞不来。"接着便昂起头,念了一句白,"可恨哪!可恨!"接着唱道,"陈豨不该反边界,空有韬略大将才……"我用手在桌上打着节拍,轻声和道。唱完后,两人相视大笑。

3

老耿毕业后,被分配到五湖市农业局。这个结果比上不足比下有余。因为能留在五湖已属不易,何况还是政府机关。当然,这事多亏了农业局的沈副局长。该局长是老耿爸的学生,在县里工作时分管过文教,与老耿妈也很熟。在他的帮助下,老耿顺利地进了农业局,安排在经管科(全称"农村经济体制与经营管理科"),这是农业局最大也最重要的科室,老耿很满意。事后老耿妈对他说,经管科很难进的,这得感谢沈局长。事实也是如此。局里人也都知道老耿是沈局长弄来的,一般也把他看作沈局长的人。不久,农业局局长调走,沈副局长扶正成了一把手,大家都认为老耿前途无量。哪知老耿却干起了傻事。有一次,单位集资分房,这是房改后最后一次分房,僧多粥少,吵得不可开交。最后公布名单,沈局长和另外一个副局长都榜上有名。那个副局长刚从县里调来,属无房户,符合分房条件,倒也无话可说,但沈局长不同,他在林业局工作时曾分过一个小套,只是面积不够。于是大家意见很大,就写联名信告到市纪委。老耿也在信上签了名。

这事伤透了沈局长的心。原先每年过年,沈局长回乡都要去拜望老耿爸妈,打这以后再也不去了。开始,老耿爸妈还有些纳闷,后来得知老耿干的好事,气得差点吐血。我和朱丽得知这件事后也认为老耿不该。滴水之恩当涌泉相报,何况你把沈局长拉下来,自己也得不到任何好处。因为按分房条件怎么排也排不到老耿,这不是损人不利己吗?我这样一说,老耿可能也觉得这事做得欠妥,但嘴上并不服输,说沈局长确实不符合规定,而且他即使不签名也改变不了结果。这倒是事实(因为联名信惊动了纪委,沈局长后来主动退出了分房名单),问题是别人这样做没问题,老耿这样做从情理上就有点说不过去了。事后,老耿老婆把他骂得狗血淋头,说他是白眼狼、猪脑子。"你是不是喝错药了?"她说,"竟干出这种糊涂事!好好的关系弄僵了,以后还咋混?"更让她生气的是,这么大的事居然也不和她吱一声,否则她还可以劝劝他。"他眼里根本就没有我!"老耿老婆拔出萝卜带出泥,把老耿不尊重她的历史罪状七扯八拉全都数落出来,桩桩件件,越说越气,并且上纲上线,抹起眼泪,声称这日子没法过了。我和朱丽好一阵子劝解,她才算平息下来,但仍后悔不迭。"真是脑子进水了,没见过这号的。"一边说一边不住地叹气。

老耿的老婆叫陆萍,也是农大的,比老耿低一届,与我们同届,是园林系的。陆萍她爸是市政府的小车司机,她妈是文化馆的舞蹈老师。陆萍从小跟她妈学舞蹈,练过形体,虽然长得不漂亮(主要是脸偏大,眼泡有点肿,这点随她爸了),但身板子挺挺的,细腰翘臂,走起路来有模有样,特别是从身后看还挺吸睛的。陆萍也是票友会的。她本来看不上老耿,嫌他长得老气横秋,后来相处久了,觉得人还不错,特别是共同的爱好使他们趣味相投,渐渐走到了一起。陆萍妈开始还不同意,认为老耿是县城的,家境也一般,配不上陆萍。后来,老耿毕业分到了农业局,她妈才勉强同意。

老耿得罪了沈局长,这事传到陆萍妈耳里。她也埋怨起老耿,当然是当着陆萍的面,甚至为他担心,害怕沈局长打击报复。一度她还和陆萍爸商量,能不能给老耿换个单位。可这事哪那么容易?虽然陆萍爸在市政府开车,认识不少人,办点小事没问题,但像人事调动这样的事他还显得有些力不从心。

好在天无绝人之路。不久,沈局长调走了,新来了一个郑局长。郑局长是学中文的,过去在文化局工作,对农业一窍不通,不知上边咋想的,竟派他来管农业局。郑局长中等身材,面色和善,瘦削的脸颊上戴着一副金丝眼镜,举止儒雅,一副知识分子的模样。他上任之后,便挨个办公室转了一圈,与每个人亲切握手,一再声称自己是外行,今后要仰仗各位,向大家多学习。众人也都说领导谦虚,今后多指教之类。只有老耿不冷不热,事后咕哝道:"知道是外行还来干吗?这不是耽误事吗?"其实,局里不少人都有这种想法,但都搁在心里,谁也不说出来。当时老耿也不过是顺嘴一说,却说出了大家的心里话,于是大家都爱引用老耿这句话,以浇心中块垒,当然前边总要加句"老耿说"云云。

结果,这事七传八传便传进了郑局长耳里。有一次,老耿去局长办公室送文件,郑局长说:"你就是耿强同志吧?"老耿说:"是啊。"心里挺别扭的。因为不是正式场合,很少有人在名字之后加同志的。"我听说你蛮有个性的。"郑局长是南方人,说话软绵绵的,他笑眯眯地看着老耿说,"有个性好啊,我就喜欢有个性的。"老耿听了这话感到莫名其妙,也不知他是啥意思。

回到家里,他把这事与陆萍一说,陆萍便警觉起来,觉得新局长话中有话。她悄悄地一打听,得知了事情的原委,气得五内俱焚,回来后又与老耿大吵起来。"你是死人啊?"她跳着脚喊道,"过去的教训咋不接受?外行就外行,关你屁事啊?现在外行多着哩!五亩地出你个能豆子,就你能看出来,你当别人都傻啊!"她又急又气,饭也不烧了,锅灶敲得乒乓乱响。事后她对我和朱丽说:"你们见过这种缺心眼吗?咋一点心眼儿也不长?好不容易沈局长调走了,新局长来了正好改善关系,他又这么瞎搞,这不是找死吗?"他岳母得知这事,也跑来叽叽歪歪,说:"领导得罪不起,人家小指头动动就有你好看的,你的前程可都捏在人家手里,难道你甘心一辈子就当个跑腿的小职员不成?"老耿被吵得头昏脑涨,只好认怂,表示以后一定注意。

可是好景不长,没多久,老耿又惹事了。有一次,郑局长带着经管科的几个人下去调研。五湖周边几个县都是山区,不适合机械作业,农业耕作和运输仍以骡马为主。在调研结束时,照例要开座谈会,听取汇报,然后领导做重要讲话。这是固定的程式。事前,经管科的黄科长给郑局长准备了一个稿子。但郑局长是学文科的,喜欢发挥。他的口才确实也好,古诗脱口而出,名言警句不绝于耳。听过他报告的人都说郑局长文化功底深厚,读过不少书。这也是事实,可问题是郑局长尽管博古通今,但知识毕竟有局限。视察一个畜牧站时,站长领着他们一行参观,向他们介绍了骡子配种情况,谈到驴骡个头小,不如马骡经济实惠,因此他们把配种主要放在马骡上。

骡子是当地最受欢迎的役畜。因为它兼具驴与马的优点,既有驴的负重能力和耐力,又有马的灵活性和奔跑能力,而且个头大,力量也强。这个大家都知道,郑局长也清楚。至于驴骡与马骡的区别,稍微专业一点,黄科长便解释说,驴骡是公马与母驴交配产下的骡子,而马骡是公驴与母马交配产下的后代。郑局长脑子很快,而且概括能力也强。他说:"干吗这么绕?说白了,不就是以母的为算吗？驴生的叫驴骡,马生的叫马骡。""对了,"黄科长说,"局长说得太对了,而且简洁明了!"郑局长受到夸奖,微微一笑,接着又说:"我看驴骡也好,马骡也好,干吗不让骡子直接生?"此言一出,在场的人全愣了。黄科长反应快,马上圆场道:"郑局长和你们开玩笑哩。"哪知郑局长并不领情,更正道:"我可没开玩笑。"但他满脸和善的笑容,在场的人都以为他在说反话,愣了片刻也都笑了。事后,站长还悄悄地对黄科长说:"你们郑局长真优麦(幽默)!"

本来这事到此为止也就过去了,哪知在调研座谈会上,谈到创新发展时,郑局长丢开稿子即兴发挥,又谈起了这件事。他说骡子育种问题,不要因循守旧,要敢于创新,既然有驴骡、马骡,为什么不能有骡骡? 让骡子直接生产效果岂不更好? 他的话刚落地,全场一片哗然,接着便是一阵哄笑。起先他还很得意,以为他的话引起共鸣,后来才知道出大糗了。因为骡子是杂交畜生,公骡和大部分母骡均无生殖能力。科学解释是染色体不成对,生殖细胞无法正常分裂。

这事很快传开了,人们茶余饭后都当作笑话来讲。有人还给郑局长起了个外号,叫骡骡局长。这事本来与老耿关系不大。虽然那次他跟郑局长一起下去调研,这事发生时他也在场,可郑局长闹笑话是在大庭广众之下,知道的人也不是他一个,按理说怪不到老耿头上。偏偏老耿多嘴,当时说了一句:"丢人真丢到姥姥家了!"这下好了,老耿的话随着这个笑话被广泛传播,以至于这个笑话不是老耿传播的也成了老耿传播的。有一次,他和我谈起这事也感到好不冤枉，说他跳到黄河也洗不清了，因为那句话确实是他说的，而且是当着好几个人的面，他无法否认。

这事发生后，他入党被推迟了，升职也没了希望。陆萍对他彻底失望了，两人的关系一度紧张。后来多亏我和朱丽调解，才渐有缓和。

那段时间，老耿也有些消沉。由于得罪了局长，人们开始疏远他。科里许多事也把他撇在一边。黄科长原先对他不错，但这时为了撇清自己也故意与他拉开距离。据说，那次调研后黄科长一度也很紧张，担心地位不保，还专门去郑局长那里解释，声称自己从没传谣，而且对这种歪风深恶痛绝。有人说，老耿那句话就是他向郑局长汇报的，但他自己坚决否认。

老耿受到冷遇后，无所事事，便把精力放到票友会上。五湖票友会的会长是瀚老，他的创作任务很重，当时正在写一部长诗，加上年事已高，便提议由老耿担任秘书长，负责具体工作。老耿履职后，把票友会搞得有声有色，隔三岔五开展活动，排练剧目，举办学习班，开设讲座，影响越搞越大，市里一些重大活动都必邀票友会表演，媒体不断宣传，电视台也来录像。瀚老非常满意，经常夸老耿是个人才。我把这话转告陆萍，要在以往陆萍肯定会很高兴，但现在她听了却说："邪屁魑魅，这能当饭吃啊！"老耿听了也不计较，一笑了之。不久，我听说老耿被调到机关服务中心，该中心主要任务是搞三产，这意味着完全被边缘化了。老耿表面上满不在乎，对我说这样好，更清闲了。那天，票友会正好有活动，晚上餐叙时自然要轮流唱一番。老耿唱了一段《打渔杀家》，唱到"清晨起开柴扉乌鸦叫过,飞过来叫过去却是为何",不知是心理作用,还是其他原因,我总感到老耿的语调中别有一番滋味。

4

我毕业后没几年便调入省城。起先我在一家中学任教。那段时间,我的写作有了长足进步,连续在国家重点刊物上发表作品,还出了一部长篇。在瀚老的力荐下,我被调入省文联搞专业创作。又过了几年,朱丽也调入省城,在农委下边的一个研究所工作,家也搬到了省城,与老耿的联系便少了。

有一天晚上,朱丽忽然接到陆萍的电话,在电话中陆萍一边哭一边说,前后折腾了半个多小时,我在边上不知发生了什么事,心里挺着急的。直到朱丽放下电话,才得知局里决定派老耿下去扶贫,时间三年。本来这不算什么事,扶贫是大事,各单位都要派人下去,而且派下去的人往往是重点培养对象。可老耿情况不同,他在单位一直不受待见,派他下去便有压制、排挤之嫌,起码在陆萍看来是如此。

更麻烦的是,老耿的家庭负担较重。他和陆萍结婚后,陆萍一直未孕。检查结果说是老耿的精子活力不够,于是便四处求医问药。几年后,治疗取得效果,可陆萍怀上了又几次流产,于是又是四处求医保胎。这样七折腾八折腾,到了三十五岁,才产下一子。谁知倒霉的事接踵而至。陆萍产后大出血,经过抢救,母子总算保住了,但儿子却是先天智障,陆萍也得了产后风:关节酸痛,身上到处疼痛、麻木,到后来发展到关节肿胀、变形,发作时吃不下饭睡不着觉。本来形体是陆萍最大的骄傲资本,现在腰弯了,腿也直不起来,犯病时就连走路都费劲。更要命的是,这种病使人极易暴躁,动辄发火,难以控制。陆萍脾气本来就不好,现在更是易怒,发作起来常常歇斯底里。

我和朱丽得知情况后立即赶往五湖进行劝解。她一见我们便哭天抢地,说她上辈子不知作了啥孽,跟了这个丧门星,没过过一天好日子,真是倒了血霉!"我早想眼一闭就过去了!"她说,"可我走了,大毛咋办?"大毛就是她那个傻儿子,此时已两岁多,正咧着小嘴巴,瞅着陆萍傻呵呵地笑,一副没心没肺的样子。我心里一酸,朱丽早把孩子搂在怀里,眼泪扑簌簌地往下落。

我把这事告诉了瀚老,瀚老很生气,当天下午便拉我一起去了农业局,指名道姓要找郑希平(即郑局长)。瀚老是五湖名人,省政府参事,就连市委书记和市长都对他十分敬重,优礼有加,郑局长岂敢怠慢?他把我们请进办公室,得知情况后,也认为老耿这个情况下去不合适,是他们工作有欠缺,说着便抓起电话把分管副局长叫了过来。分管副局长就是当年的黄科长,他一路小跑地来到办公室。郑局长问:"老耿家里的情况你了解吗?"黄副局长支支吾吾地不做正面回答。郑局长脸上平静,但语气已经很不高兴了。"扶贫工作固然重要,"他说,"但群众的实际困难也要考虑嘛!"

"是,是!"黄副局长连忙应承道。

"我的意见是,马上换人!"

"这个,这个,"黄副局长解释说,"名单已经报上去了,也公布过了,这时候换人有点不便。"

"不便也得换!"郑局长语调仍旧不紧不慢,但口气已是不容置疑,"好了,马上去办吧,办好了向我汇报!"

黄副局长走后,郑局长又向我们一再表示工作没做好,并说他不知道耿强同志家里如此困难。据事后了解,郑局长倒也没说谎,这事他事先确实不了解,都是黄副局长一手操办的。黄副局长一向八面玲珑,堪称人精。那次跟郑局长调研后,他提心吊胆,生怕牵连到自己,影响仕途,便极力洗刷自己,包括甩锅老耿,以向郑局长示好。不知是不是这一招起作用了,郑局长依然很重用他,而且没几年便推荐他当了副局长。

从农业局回去后第二天,我便赶回了省城,因为接到宣传部的电话,有个创作会议要我参加。朱丽在五湖又住了几天,主要是陪陪陆萍。她俩的关系一直不错。朱丽她妈当年在群艺馆工作时就与陆萍妈是好姐妹,多年来两家像亲戚一样走动,算得上是世交。几天后,朱丽回省城了,我问老耿情况咋样了。朱丽说老耿下去了。我一听十分惊讶,难道郑局长在耍滑头,明一套暗一套?"这倒没有,"朱丽说,"是老耿自己要下去的。"这是咋回事啊?我有点摸不着头脑。朱丽说,老耿得知我们去找郑局长后,感到这种做法不符合组织程序,十分不妥。特别是瀚老和我都不是农业局的人,这有点假借外部势力干涉内政的意思,于是便去局里解释,而且坚持要下去。

这时,黄副局长已经按郑局长的要求把人换了,当然不能同意,因为现在问题的性质已经变了,不再是老耿要不要下去,而是郑局长指示要不要执行。最后,老耿只好去找郑局长,表明态度,声称家中困难可以克服,还说谁家没有困难?他有别人也有,如果他不去,别人就得去,而这个人是代他去的,这让他心里不安。"他咋这样想?"我感到有点不可思议,"这个老耿还真他妈的耿,想问题咋和别人都不一样?"

"谁说不是呢?"朱丽道。

"那家里咋办?"我是说陆萍她能同意吗?

"不同意也没法子,"朱丽说,"陆萍脾气暴,但她是刀子嘴豆腐心,脾气发过了也就算了。这十来年每次吵架都是如此。"据朱丽说,老耿找到郑局长后,郑局长开始也不同意,认为老耿家确有困难,换人是应该的,别人也能理解。可老耿坚持不接受,他说如果先前没有他怎么都行,现在定下来了再换人这话不好说。郑局长对他说:"这事是我们工作不细致造成的,我们会向大家解释。"然而,老耿认死理,说啥也不同意。最后郑局长说:"我看这样吧,这事你说了不算,我说了也不算,由你夫人定。她要同意,你就下去。"

第二天,郑局长带了慰问品亲自来到老耿家,当面征求陆萍意见。陆萍看到局长亲自登门大为感动,心想领导如此重视,她还有何话可说?当时陆萍妈也在场,她们一致表示支持老耿下去,决无二言。至于家中困难,她们自己设法克服。郑局长也很感动,当即从身上掏出五百元钱(只带了这么多),说:"这些慰问品是局里的,这点钱是我个人的一点心意,你们给孩子买点东西吃。"老耿和陆萍当然死活不肯要,你拉我扯搞了好半天,后来还是黄副局长接过去,趁人不注意,悄悄塞到茶盘底下,把这事解决了。

5

农业局的扶贫点在松县石井乡小杨岭村。这个村位于大山之中,自古就是穷山恶水,山是秃山,村是穷村,地少且贫,交通不便。全村69户人家,大多属贫困户。农业局派下来的扶贫工作队共三人,队长谭斌,兼任驻村第一书记。谭斌是一名营职转业干部,今年刚分配到局里,炮兵出身,说话高门大嗓,为人豪爽,但做事稳重,粗中有细。还有一名是去年刚考进来的,名叫楚明,一米八五的个头,喜欢打篮球,今年刚二十七岁。在三人中老耿到局里时间最长,资历最老,加上他的故事谭斌和楚明早有所闻,因此对他十分敬佩,凡事都尊重他的意见。

他们到村后,立即开展调研,走访村民,了解情况。接着又开了几次会,研究问题。当务之急要解决两件事:一是对全村贫困户进行摸底建档,这是上边的要求。二是修路。交通不便是经济发展的一大障碍,要想富,先修路,这个问题不解决,其他都无从谈起。说干就干,立即行动。村委会主任杨发奎对于修路十分支持,但在建档上却与工作队发生了矛盾。主要原因是他的两个侄子不符合建档条件,却被列入了贫困户,享受扶贫资金,这一点村民们很有意见,当面不敢说,背后小声嘀咕。工作队接到反映后,经过核实觉得情况属实,决定把他们从名单里拿下来。杨发奎一听便急了,连忙找工作队说情。谭斌耐心地给他讲解中央的政策,老耿在一边早不耐烦了,他半认真半开玩笑地说:"杨主任啊,你就别为难我们了。中央有明确要求,你不怕犯错误,咱们还怕呢。"这话一出口便把杨发奎噎了个半死,但他并不死心,知道老耿难讲话,便找谭斌单独叙话。在谈话中,他退了一步,提出能不能晚一年再取消,这样他面子上好看,而且把他们列入明年脱贫数字,还可算作工作队的成绩,岂不都好？谭斌回来一说,老耿便骂道："屁大点官,也学会这套了！究竟是他的面子重要,还是民心重要？你去告诉他,趁早死心,不追究他已是网开一面。我们不会同流合污。不仅如此,他们过去冒领的钱也得吐出来,一个子儿都不能少！"楚明表示赞成,但谭斌不想把事情做绝,便劝老耿说,过去的就算了,这事与咱无关,即便查出来也好推脱。"不行！"老耿说,"这哪成？共产党最讲认真。"顺便说一句,老耿入党的事拖了两年,后来还是顺利地加入了。

这一来,杨发奎不高兴了。他说："你们究竟是来帮我们的,还是整我们的？"老耿说："当然是帮你们,否则还跟你废啥话？直接把材料送纪委得了。"杨发奎听了这话,便捏住鼻子不吭声了。

短短几个月,工作队迅速打开局面,修路计划也进展顺利。他们向上申请,又是打报告,又是多方筹措资金。农业局也全力支持。距小杨岭村十多公里有一家石河林场,该林场原系国营,后承包给个人,当初成立林场时就修有公路,如果把路从这里修过来,可以节约不少资金。尽管地形复杂,但技术上不难解决。经过有关方面勘探,很快立项开工。开工那一天,郑局长和黄副局长都赶来参加仪式。之后,他们还去村里看望大家,听取了汇报,对工作队的成绩予以充分肯定。谈到下一步帮扶计划时,郑局长指出建档、修路这些工作虽然有难度,但还不是最难的。最难的是如何确立方展方向，为乡村发展建立造血功能。所谓授之以鱼不如授之以渔。在汇报时，老耿谈了自己的想法，并就因地制宜、优化产业等问题提出了一些思路，认为当地山多，适合种树，从经济价值讲，果树生长快，经济效益高，是很好的脱贫致富选择。郑局长表示认可，说，耿强同志是学农业的，是这方面的专家，相信他有能力做好这件事。"关键是态度和责任心，"他说，"只要有初心，有信心，就没有克服不了的困难。"他还要谭斌和楚明多向老耿学习，听取老耿的意见，并表示有困难可以找老黄，也可以找他，局里全力支持。

郑局长的话让工作队的同志大为振奋。谭斌当即表态不辜负领导的关心，对领导的指示精神，要认真领会，落到实处，全力做好工作。

此后，工作队做了具体分工：谭斌负责修路，楚明分管建档和群众工作，老耿则主攻今后发展规划。三人虽有分工，但分工不分家，重要事情一起商量。

老耿下去半年后，有一次我去松县采风，顺道去了小杨岭。老耿见了我十分高兴。当时他制订的发展规划已有眉目，抓住我便滔滔不绝地讲。如何调研摸底，如何外出取经，如何深入论证，不厌其烦，一一道来。他告诉我，经过详细考察论证，结合当地土壤、气候等综合条件，他已找到最适合当地栽种的果木，那就是橙树。他的这个看法得到了农大林研所童所长的认可。童所长是林学权威、农大老校长卢少鸣的研究生，也是老耿的老师。为了这事，老耿多次前往农大，向他请教，还专门把他请到小杨岭来进行实地考察。他的认可使老耿信心大增。

橙子营养价值高,经济价值高,而且广受市场欢迎,根本不愁销路。之后,老耿外出考察,前后跑了两个月,走了许多脐橙产地。特别是在四川、江西等地看到一种血橙,引起了他的极大兴趣。血橙是橙子的一个变种,从欧洲引进,品种有塔罗科血橙、西西里血橙等。因肉汁呈血红色,故名血橙。血橙皮薄肉厚,果大无核,脆嫩多汁,香味浓郁,而且富含维生素 C 和多种营养,堪称水果中的上品。在市场走访时,老耿还发现这个品种的橙子在春节前后上市,此时其他橙子正在下市,该橙错峰登场,独步天下,加上颜色红润,十分喜庆,极受消费者喜爱。在深圳、北京和省城的市场考察时,商场和超市的销售人员都说这种橙子供不应求,有多少要多少,就怕搞不到。

老耿大喜过望,回来后与谭斌、楚明一商量,大家都说好。于是让老耿做规划,准备申请资金和贷款。我去的时候,老耿刚做好规划,他兴致勃勃地拿出来让我看,还说:"你这个大秀才帮我把把关,润润色。"他嘴上这样说,实则早已成竹在胸,与其说是请我修改,不如说是向我显摆。我问他打算搞多大规模,他伸出三个指头朝我晃了晃,一副踌躇满志的样子说:"先搞个三百亩吧,至少的。"我说这可不少。他说那当然,要么不搞,要搞就搞出点样儿来。

我说:"你有把握吗?"

"那还用说?"他一边说,一边站起来,忽然——运气,抬脸,一声念白高亢有力——"得!开船啦!"而后嘴里哒哒地敲着鼓点,做起摇桨状,接着左脚独立,右腿向前抬胯,做了个英武的亮相。这是《打渔杀家》中老英雄萧恩出场的招式。我看得出来,老耿非常振奋,仿佛美好的憧憬正在向他召唤,使他陶醉其间。

当天晚上,我们喝了一顿大酒。老耿亲自上灶,搞了好几个菜。谭斌、楚明也帮着张罗。席间老耿三句话不离血橙,大谈特谈他的美好愿景。他还介绍说,血橙不仅好吃,而且营养丰富,能够促进血液循环,改善贫血,还能促进皮肤细胞再生,好处多了去了。我说:"八字还不见一撇哩,你老兄先别忙着打广告。"老耿哈哈大笑:"我老耿办事你还不放心吗?"谭斌和小楚都说,老耿这回下了不少劲,做足了功课。他们向局里汇报后,郑局长和黄局长都支持,还说要派专家来指导。老耿插话道:"啥专家?我老耿就是专家!还用他们派吗?"说着满脸得意之色。

那顿饭,我们喝了两斤五湖烧刀子,都有了几分醉意。饭后,老耿意犹未尽,又取出二胡,自拉自唱,吸引了不少村民围观。其中"借东风"诸葛亮的一段唱词被他唱得九曲回肠。这段唱词变化本来就多,先是二黄导板转回龙,再接原板,最后是散板收尾。唱到"谈笑间东风起,百万雄师,烟火飞腾,红透长江"时,老耿豪情万丈,声情并茂,一副指点江山、胸有丘壑的架势,大家齐声叫好。事后我对他说:"你老兄行啊,这段唱得真见功力啊!"老耿又是哈哈大笑,说:"你才知道啊!"

6

日子过得飞快,不知不觉半年过去,很快到了春节。我和朱丽回五湖过年,却没见着老耿。在去陆萍家拜年时,陆萍说老耿正忙着种血橙哩,吃完年夜饭就走了。"我看他比总理还忙。"接着抱怨起来,说他瞎忙一气,能忙出啥名堂?我们劝她说:"老耿的脾气你还不知道?他干事就这德行,不干则已,一干就特别顶真。""可不是,"陆萍道,"这头犟驴我真受够了!摊上这个货不知折了我多少寿。"不过,说着说着她又欣慰起来,告诉我们春节前郑局长专程来家里慰问,当她面把老耿表扬了一通,还说扶贫回来后要给他重新安排工作。说到这里,陆萍松了一口气,为了上次老耿得罪郑局长的事,她一直揪着心。"我真担心局长给他小鞋穿,"她说,"没想到这人还真不错,一点不记仇。"说着,脸上浮起了笑容。

在陆萍家,我拨通了老耿的电话。他正在山上安排挖垄,打算在春梢萌芽前把树苗栽种下去。我打趣他快成焦裕禄了,他说那可不敢当,树苗过几天就到,这事耽搁不得。老耿的这批树苗是由江西购进的,品种为塔罗科血橙,原产地为意大利,在江西、重庆等地种植都很成功,而那里的条件与五湖极为相近。他做了大量的比较,最后才选择了这个品种。他还对我说,塔科罗血橙挂果时间长,可至4月底结束,此时市面上已无其他橙子,塔罗科唯我独尊,价格也随之翻番。"你就等着瞧吧!"他说,"让他们后悔去吧!"

老耿这话是有所指的。几个月前,当工作队决定种橙时,村主任杨发奎带头反对,他说当地从未种过果树,以前有人种过苹果、桃子都未成功,何况这种外国果树听都没听说过。他还鼓动一些村民不配合。杨发奎做过多年村主任,在当地颇有势力。老耿耐心做说服工作,说他做过科学论证,有充分把握。过去种水果没有成功,是因为肥料和水源不足。这个问题他已找到解决方案。他还详细说明了肥料如何科学配备,并计划在山顶修建蓄水池以解决浇灌难题。可杨发奎根本听不进去,工作怎么也做不通。其实,杨发奎反对种橙只是表面原因,真正原因是对老耿有气,故意刁难。因此任你说破嘴,全是白搭。谭斌虽是驻村第一书记,也不好强行实施。最后,工作队的同志挨家动员,采取自愿的方式,好歹征集了100多亩山地。老耿开始还有些不甘心,但谭斌和小楚都认为先打开局面再说,万事开头难嘛。以后果子种好了,老百姓尝到了甜头,你还怕他们不干啊?到时只怕想拦也拦不住!老耿觉得有理,决定先干起来再说。

清明节过后,天气渐渐暖和起来。这天我从外地回来,一进家门,朱丽就对我说,老耿又不安分了。我说咋啦,朱丽说他到县里放炮,把县领导都得罪了。我问究竟咋回事,朱丽便说,新来的县长急于出政绩,要求各村拆旧房盖新房。新房统一格式,一律为两层小楼,白墙灰瓦。他还要求把新房集中建于道路两旁,以便参观。这明摆着是搞形式主义,大家都很有意见。老耿气不过,便跑去县里提意见,搞得领导很下不来台。后来有人说老耿大闹县里。其实,他只是提出要见县长,办公室的人拦着不让见,他便发了一通火,于是便被渲染成了大闹县政府。"你说这是何必呢?"朱丽对我说,陆萍打电话和她说这事,气得不得了,说:"这不是吃饱了撑的吗?关你屁事啊!真是狗改不了吃屎!你一个外来户,干好自己的事不就得了?何必惹是生非?"朱丽让我劝劝老耿,这也是陆萍的意思。

于是,我便给老耿打电话,刚提及此事,他便气不打一处来,余怒未消地数落起这种错误做法,指责县里这帮家伙光搞花拳绣腿,搞面子工程,这是投机取巧、沽名钓誉,名为扶贫,实为往自己脸上贴金,如此种种说了一大通。我劝他说:"这和你有啥关系?你不过就是一个小小的驻村干部嘛。""咋没关系?"老耿反驳道,"关系大了去了。他们把修路的钱削减了,还有修排水沟的钱也挪用了,这能说和我没关系吗?看着他们瞎糟蹋扶贫款,你不心痛啊?小小的驻村干部咋了?路见不平有人铲,他们这样乱来,就是不行!"我说:"不行又能咋样?你管得了吗?""管不了也得管!"老耿说,"哪能任由他们胡来?还没王法了哩!他们要是再胡搞,我就去市里、省里告他们!"

"好了,好了!"我说,"你就省省吧,别太较真了。人家盖房子,改善老百姓居住条件,也不是坏事嘛!"

"这是两回事,"老耿不接受这个说法,"他们动机不纯,光搞花架子。我跟你说吧,上边拨款铺设地下管道,这是为了排放污水,真正为老百姓着想,可那个领导硬是不同意。"

"为啥?"

"他说把钱埋地下,岂不白瞎了?你让上级检查看什么?你听听,这还叫人话吗?心里哪还有一点人民?最气人的是,他把这钱挪去刷墙、建广场。你说这事干得损不损?"说到这里,老耿又气又恨,连声骂着。

"还有,"他接着又说,"还有那个杨发奎,你还记得吧?我和你说过的,就是专门跟我捣乱的村主任。他的两个亲戚到现在还在拿贫困救济款。我找到县里,他们却敷衍我,明里一套,背里一套,成何体统?像这样下去,扶贫咋能搞好?别人能忍,我可不能忍。

我老耿眼里揉不得沙子!"

我无言以对。应该说老耿说得都对,按理我也应该支持他,可松县的人事关系比较复杂,我下去采访时也听说过一些。老耿没必要搅和进去,否则关系搞僵了,工作还咋开展?于是便劝他不要多事,更要注意方式方法。

说了一阵,老耿的态度慢慢缓和下来。之后,我又给谭斌打电话,让他也劝劝老耿。谭斌说:"我和小楚都劝了,可他不听,我们也拿他没办法。"还说县里已派人去局里告状了,至于啥情况还不清楚,只是听局里人这样说。

得知这一情况,我和朱丽都为老耿担心起来。我连忙给五湖的朋友打电话,让他们了解情况。不久传来消息,说是县里派了一个什么主任去了农业局,指责老耿无理取闹,并说县里扶贫工作有全盘考虑,老耿则站在个人角度,只知其一,不知其二,使县里的工作受到了干扰,县领导的威信也受到影响,这样不利于工作。他们还建议把老耿调开,但郑局长没有同意,指示黄副局长协调此事。于是黄副局长专门去县里调解,同时要求工作队尊重地方,搞好团结,尤其不要掺和地方事务。如有问题可向局里反映,再由局里通过一定的程序送交有关部门,避免直接发生冲突。老耿也接受了这个意见,事情就这样平息下去了。

听了这话,我便放心了,并让朱丽打电话转告陆萍。陆萍说:"天王老子,真是谢天谢地!只要他不惹事,我就烧高香了!"

然而,世事难料,老耿不惹事了,麻烦却找到他头上来了。

7

转眼到了7月,进入梅雨季节。一连二十多天,天天下雨,天都下烂了。天气预报称,今年的梅雨季节时间特别长,雨量也格外大,有的地方还暴雨成灾。随着汛期的到来,各地都传来险情,防洪抗灾也进入关键时期。这时,我接到任务撰写一篇反映我省军民抗洪救灾的报告文学,拟第二天出发,忽然接到老耿电话,问我是否认识律师。我说啥事,他说他被骗了。我吓了一跳,说:"谁骗你了?"老耿顾不上回答,说这事一两句话说不清,他正在去省城的路上,详情面谈。

当天晚上,老耿赶到我家,与他一起来的还有谭斌。外边下着大雨,他们浑身都淋湿了。朱丽赶紧拿毛巾给他们擦拭,又泡了茶端上来。几个月没见,老耿显得疲惫、憔悴,谭斌也情绪低沉。他们坐定后,老耿一开口便骂了起来,说:"这帮王八蛋龟孙子真把老子坑惨了,老子饶不了他们!"我连忙问起事情原委,方知是橙苗出了问题。

春节后,橙苗如期运到,并顺利栽下。小杨岭附近的山上过去种果树总是长不好,主要因为土地肥力不够,科学管理不到位。老耿根据这些情况,有的放矢:一是针对土壤条件,采取科学配方,合理搭配有机肥和无机肥,以增强土壤肥力;二是从种植开始便实行严格的科学管理。血橙需要充足水分,同时又害怕水涝。为了解决这个问题,老耿提前修了蓄水池和排水沟。凡是能想到的问题都想到了。在管理上,老耿也付出了极大的心血。树苗初期长势良好,5月里,我和老耿通电话时问及果树,他还说都很好,怎么突然就出了问题?

据老耿说,他发现问题是在5月下旬,先是树苗生长渐缓。当时正值春季,是树苗生长最快的时期,这种情况引起了老耿的注意。他把当地技术员请来,他们认为可能是施肥不够,抑或是水分不足所致,应适当增加施肥和浇水。老耿采纳了他们的意见,但情况并未好转,反倒加重。到了6月初,树苗出现了枯萎现象。开始是局部的,后逐步扩大。当地技术员也找不到原因所在。老耿开始还怀疑是不是施肥不当,或浇水过量,但技术员均以否定,因为从树苗的状况看并非如此。

老耿急了,连夜去母校搬救兵。农大的专家来了,他们一来便找到了原因,是树苗出了问题。"假苗!"童所长说,口气十分肯定。

"这咋可能?!"老耿说,买苗是他亲自去的,前后跑了好几趟。那是一家规模不小的脐橙种植基地,怎么可能作假?"这我就说不清了,"童所长说,"我只能说这个苗确实有问题,当然,准确地说,应该是坏苗!"为了证明他的判断,他还把树苗带回去进行了化验。

几天后,结果出来了,完全证实了童所长的判断。这一下,老耿气得跳了起来。他立马打电话给基地的销售经理,可对方手机先是忙音,再打里边传来一个悦耳的女声:"对不起,您拨打的手机是空号。"老耿急忙从抽屉里翻找,找出一张名片,上边有基地办公室的电话。这一次,电话很快拨通了,对方是一个男子,问他有什么事。

"我找徐经理。"

"徐经理?"

"是的,徐小林。"

"哦,他走了。"

"去哪了?"

"不干了。"

"不干了?"老耿愣了一下,"这是啥意思?"

"不干了就是不干了。"对方有些不耐烦了。再问下去,才知道徐小林是代销人员,几个月前就不做了。老耿心里一惊,第一反应便是:糟了! 这里边肯定有问题! 他一屁股坐在板凳上,半天说不出话来。谭斌和小楚都围上来问情况,然后又商量了一阵,决定暂不向局里汇报,先去江西跑一趟。

第二天,老耿便动身了。谭斌不放心,派小楚跟着一起去,特别叮嘱不论遇到啥事千万要冷静。一路上老耿都在盘算如何与对方交涉。他本以为这事并不复杂,很容易讲清楚,交涉的重点主要是如何赔偿和补救,关于赔偿的额度他也想好了几种方案。可到了那边之后才发现,他想得太简单了。对方看了他们带来的苗样后,首先否认这是他们家的货。"这咋可能?"老耿拿出发票和转款凭据,"这难道有假?"接待他们的是一个中年女同志,圆脸、矮胖,像是一个负责人。她承认发票和转款凭据都是真的,但又解释说,虽然发票不假,转款凭据也不假,但橙苗不是他们的。他们批出的都是好苗,有出货单为证,说着还领老耿他们到苗圃对两者进行比较。细看之下,果然有很大不同。老耿说:"这是咋回事? 我可是从你们徐经理手上买的。"对方说这就不清楚了,至于徐小林,她强调他只是代销,并非基地员工。所谓代销,就是从他们那儿拿树苗再转卖出去,从中赚取差价和提成。"反正我们批出的是好苗。"那个女同志说,言下之意,剩下的事就与他们无关了。

"这叫啥话吗?"老耿接受不了,"我买苗是冲你们公司来的,发票是你们开的,钱也是转给你们的,你们想不认账吗?"

那个女同志耐心解释说,徐小林作为代销,他的行为属于个人行为,与基地无关。至于代开发票、代收款这种情况在行业里很常见。那个女同志态度一直尚好,但始终推卸责任。于是双方开始扯皮:一个说东西是他们卖的,他们就得负责;一个说不是他们家的货,他们负责不了。说着说着,渐渐都有了火气,言语也冲撞起来。老耿心急火燎,早失去了冷静,大声嚷道:"别他妈的跟我扯犊子!我管你啥的代销不代销,姓徐的跑了,可跑了和尚跑不了庙,我只管找你们负责!这事讲下大天来也是这个理!"争吵声引来了不少人围观,其中有旅游参观的,也有来谈生意的,纷纷打听出了啥事。老耿说:"他们卖假苗,还不认账!"此言一出,众皆哗然。这时一个男子走了进来。他剃着平头,三十来岁,身上肌肉鼓鼓的,把一件蓝T恤撑得紧绷绷的。"你想干吗?"他气势汹汹地说,"想闹事吗?"

老耿说:"谁闹事了?是你们不讲理!"

"出去!"那人喝道。

"凭啥呢?"老耿说,"今天不把这事讲明白,我哪儿也不去!"那人火了,上前要扯老耿。两人推搡起来。小楚担心事情闹大,赶紧上前劝开他们。那个中年女人这时也采取息事宁人的态度,一边制止那男子,一边把老耿拉到外边,说:"你这样闹又有何用? 我不是都和你说了吗,这苗真不是我们家的。"

"但我是从你们这儿买的,这总不假吧?"

"可我们批出去的都是好苗。"

"那我们拿到的为啥是坏苗?"

"这你得问徐小林。"

"我上哪去问?"

"这就是你的事了。"

两人说着说着,又扯起皮来。这么无休止地扯来扯去,毫无结果。老耿感到秀才遇见兵,肚里的火气直往上蹿。"你们还讲理不讲理?"他大声嚷嚷道,"我要见你们老板!"可对方说老板不在家,在外地,又说有话可由他们转告。这明摆着是推脱。这时,那个平头男子又唤来几个男人,小楚担心吃亏,连忙把老耿拉走了。回到旅店,他俩给谭斌打电话,谭斌让他俩先回来,既然他们不讲理,咱就告他们! 于是老耿、小楚连夜往回赶,决定走法律程序。

听说这个情况后,我连忙四处打电话找人,最后辗转找到了省城一所大学法学院的院长吴毅,他是著名的民法和经济法专家。吴院长很忙,一般像这样的小案子根本不接,因是朋友所托,他才答应先见一面。第二天上午,我们赶到吴院长办公室。吴院长了解案情后,又听说事涉扶贫,二话不说,便接受下来。而且他还简单分析了一下案情,认为这个案子事实清楚,他有充分的把握。

我们听了都很高兴。老耿更是千谢万谢。当天下午,我便奔赴抗洪前线。几天后,我正在大龙河采访时,忽然接到谭斌的电话,说是出事了,老耿让县检察院带走了。我吃了一惊:"为啥呢?"谭斌说,检察院接到举报信,说老耿勾结他人侵吞购苗款。"这不是胡扯淡吗?"我说。"可不是!"谭斌道。我问是谁干的,谭斌说不清楚,据说县领导做了批示。我一听便明白咋回事了。"这是打击报复啊!"我说。"有可能。"谭斌表示赞同。我埋怨道,我早告诉过他松县复杂,他就是不听。谭斌说:"现在说这些还有啥用?"我问他打算咋办,谭斌说他和小楚正在回五湖的路上,准备向局里汇报。我说:"好,你别急,我打电话给瀚老,请他出面向市领导反映,我相信老耿是清白的。"

放下电话,我便给瀚老打电话,瀚老一听感到难以置信。"居然有这事?!"他说。老耿受骗的事,他前段时间已经听说。就在前几天,老耿还去找过瀚老,打算先向一个企业家借款。这个企业家也是票友会的,姓姜,与瀚老关系熟稔。老耿的意思是,想等秋季再进一批橙苗,进行补种,以弥补损失,等官司打赢了再还款。姜老板是做房地产生意的,瀚老与他一说,他问多少钱,老耿说连购苗费、肥料费和人工费等估计要15万元。他说没问题,老耿说要不要先立个合同,姜老板说用不着,估计这点小钱也不在他眼里。

就在老耿拿到款,准备东山再起时,先是部分村民闹了起来。他们听说橙苗出了问题,便要求赔偿损失。据说在背后挑唆这事的还是那个村委会主任杨发奎。他四处放风,说:"老耿的橙林完蛋了,他正准备抽身跑路哩。你们的损失如不赶紧要,晚了就没人认账了。"一些不明真相的村民信以为真,纷纷来工作队讨说法。谭斌感到又好气又好笑,解释说橙苗出了问题,正在解决之中,决不会让村民利益受到损失,"况且种橙是工作队的决定,不是老耿个人的事,你们要相信党,相信组织,不要听信谣传。"老耿也当众拍胸脯保证:"请大家放心,我老耿是共产党员,决不会言而无信,只要橙子一天不种出来,我就一天不走人。"

经过好一番劝说,风波总算平息下去,哪知就在这当口,检察院上门把老耿带走了。那天下午,一辆标着"人民检察"蓝色字样的吉普车开进村里,一直开到村委会门前。两个身穿制服的人进屋后,不一会儿便把正在开会的老耿带上了吉普车。这一来,村里轰动了,刚刚稳定的人心又浮动起来。谭斌眼看情况不妙,急忙拉上小楚往局里赶,并在车上给我打了电话。

我把这些情况原原本本都和瀚老说了,一再强调这是有人诬告陷害,老耿是冤枉的,他不可能侵吞购苗款。我还告诉瀚老,每次外出考察费用都是老耿自掏腰包,他咋可能干那黑心事?瀚老也很气愤,他说:"我去找书记,光天化日,朗朗乾坤,岂容他们胡来?"

8

第二天老耿从检察院回来了。检察院这么快放人,有人分析,可能是瀚老找市委书记起了作用;也有人说是市农业局把人保出来的;还有人说,检察院找老耿只是了解情况,没有发现问题只好放人了。当然,还有一种可能,就是这几方面因素共同起了作用,也未可知。

据谭斌说,在这件事上郑局长表现得很给力。他们去局里汇报时,黄副局长起先很生气,说:"你们咋到现在才汇报?"谭斌解释说他们想自己先解决,没想到事情闹大了。黄副局长更不高兴了:"你们太自以为是了,还有那个耿强,简直是个刺儿头!到哪都不安分,这下好了,进了检察院,我看他还炸不炸毛!"谭斌说:"老耿脾气不好,但他绝对是清白的,我们敢保证。""你保证有啥用?"黄副局长说,"这事得由检察机关说了算。"谭斌说:"那我们也不能不管不问。"

"咋问?"

"我们写了个情况说明,想请局里送给检察院。"

"胡闹!"黄副局长说,"这是干扰办案,你懂不懂?"谭斌看到黄副局长不同意,便又提出:"局里不方便,那我们以工作队名义送。"

"不行!"

"那可咋办?"谭斌说,"老耿是为工作,咱总不能见死不救。"

"救什么?你救得了吗?"

临走时,黄副局长又一再警告说不准胡来。谭斌十分不满,心里骂道:只顾自己不顾别人,真让人心寒!他走出局机关,给小楚打电话,小楚也十分愤慨。"什么玩意!"他说,"卖命的时候想到咱了,出了事就当缩头乌龟。平时大会小会讲得好,要有作为有担当,可到紧要关头只想保乌纱帽。他们怕,咱不怕。咱以个人名义送,老耿是咱患难兄弟,在这节骨眼上咱可不能装孬熊!"谭斌说:"好,我马上赶回去,咱们再商量。"说话间,他已来到公共汽车站,刚挂了电话,手机又响起来。这是一个熟悉的号码,像是局办公室的。谭斌一接果然是,打电话的是办公室梁主任。梁主任说:"谭斌吗,你在哪里?"谭斌说在车站。梁主任说:"你赶紧回来,郑局长找你!"谭斌问啥事,梁主任说还能有啥事。

谭斌一听便明白了,心想肯定是黄副局长向郑局长汇报了老耿的事,看来免不了又要挨上一顿批。他马上折转身,来到郑局长办公室。黄副局长和梁主任都在。郑局长说:"谭斌啊,你说说情况。"谭斌便把事情又讲了一遍,郑局长认真听着,又把谭斌写的情况说明仔细看完,然后说:"这是你们工作队的意见?"

"是。"

郑局长沉吟了一下说:"耿强同志身上有不少缺点,也有不少优点。他最大的优点就是耿直。这次下去扶贫,他克服了家中的困难,为脱贫付出了许多心血,外出考察都自掏腰包,这样的同志我们应该保护,不能让他受冤枉。有句话说得好:不能让英雄流血又流泪。"郑局长说话慢条斯理,但显然经过深思熟虑。说到这里,他瞅了一眼黄副局长,又说:"如果耿强同志有问题,我们坚决支持检察院办案,但如果我们了解情况,不加以说明,这也是对党对同志不负责。"他当即决定以局党组名义给市检察院和县检察院写报告,并要黄副局长亲自办理。黄副局长连连点头,表示马上执行。

这个结果让谭斌大感意外。事后,听梁主任说,他走后黄副局长去向郑局长汇报,郑局长对他的态度很不满意,马上叫回谭斌,还狠狠批评了黄副局长。这件事后来传开后,不仅老耿十分感动,局里人也交口称赞,都说人不能看表面,过去还真错看了郑局长。事实上,郑局长来了一段时间,大家才渐渐发现,他这人挺有水平,而且有胸襟,能包容。后来他退休了,很多人还常常念及他的好。

老耿出来后,我和他通过一次电话。老耿说检察院倒没把他怎样,对他态度还不错。"咱问心无愧,怕个啥?"老耿说,"我对他们说,你们查嘛,咋查都行,只要查到问题就枪毙我!"接着又骂,这帮乌龟王八蛋,奸佞小人,专门在背后使绊子,搞阴谋,不得好死。我知道他指的是谁,便劝他说:"好了,好了,别较劲了!这件事你也得接受教训。"老耿说:"这帮狗日的,老子辛苦干事,他们却拖后腿,中国的事都叫他们搞坏了。"我又劝他几句,说是见惯不怪,既然改变不了这个局面,那就甭管那么多了。"我知道,"老耿说,"我现在可没闲心跟他们斗气。再有几个月,又到了栽种季节,我得赶紧把橙苗种下去,春季这一茬耽搁了,秋季不能再误了。"

从电话中听,老耿的情绪很好,似乎没受到什么影响,我也松了一口气。又过了一个月,我的报告文学写完了,这天正在杂志社商谈修改之事,手机响了,是谭斌打来的。他说:"老耿情绪坏透了,你能否来一趟?"我说又出了啥事,谭斌说这下麻烦大了。我说又咋了?以为是检察院又来找老耿了,可谭斌说不是。我说难道是官司打输了?谭斌说也不是。

"那究竟为啥?"

"还是橙苗的事。"

"橙苗又咋了?不会又受骗了吧?"

"这倒没有,"谭斌说,"要是受骗还好办,现在比受骗麻烦大多了!"

我说:"到底咋了,你能不能快点说,真急死人了。"谭斌这才说出了原委。老耿决定秋季重栽橙苗,已与重庆的一家果木基地谈妥了。这一次,老耿接受了教训,要求直销,由基地直接运送橙苗,款子先付一半,验收合格再全额付款,合同由吴院长亲自把关,做到万无一失。在新苗运到之前,老耿打算把旧苗铲除。这时他发现叶片上出现块块斑点。这些斑点呈圆形疤痕状,指甲盖大小,周围木栓化隆起,构成黄绿色晕圈,圈内凹陷,颜色为灰白色和灰褐色,模样似细纹——这是明显的病斑。几乎每株树上都有,有时一个叶片上有两三个之多。"溃疡病?"老耿心里一惊。他的疑惑很快得到了技术员的确认。"天哪!这不是要人命吗?"老耿差点叫起来。

溃疡病被称作果树杀手,极为可怕。老耿是学林学的,知道这种病的厉害。事后回想起来,一个月前,叶子背面就出现了一些黄色或暗黄色的斑点,如针头般大小,这已是早期症状,但并未引起注意,后来老耿陷入假苗纠纷,被弄得焦头烂额,无暇他顾,不承想才二十多天,这些病斑便仿佛一夜之间陡然暴发,席卷而来。他连忙把样本送往农大化验,心里还抱着一丝侥幸,希望是技术员看错了,但结果非常无情,而且更绝望的是,童所长认为,这是一种原生性溃疡,也就是说是从橙苗中带来的,后天防治基本无效。

老耿几乎崩溃了。这批假苗真把他害惨了!最要命的是,这个结果使他东山再起的希望顿时破灭了。因为行内都知道,一块地如果发生溃疡,三年之内不可能再种同类果树。这就意味着老耿的重振计划成了一步死棋。

"能不能重找一块地?"我在电话里说,"比如用置换的方式,用这块山地换其他山地,进行改种。"

"估计难啊，"谭斌说，"村民们都失去信心，说啥的都有，加上有人在背后煽风点火，根本搞不成。"

"那可咋办？"

谭斌说："眼下工作队压力也很大，局里的意见想让老耿回去，另派人来，这也是为了缓解矛盾，保护他，可老耿坚决不干。他说他不能当逃兵。如今事情僵在那里，他的情绪坏透了！"

我非常理解老耿的心情，这个打击太大了。他又是个死心眼的人，我真怕他承受不了。当天晚上，我改完稿连夜驾车赶往松县。到达小杨岭已是伸手不见五指，天上下着小雨，四周蛙鸣阵阵，天气湿热，传来阵阵狗吠声。我把车停在村委会前的空地上，打开手机上的手电筒，摸黑进了村。由于来过多次，也算熟门熟路，转过几个巷道，前边就是工作队的住处了，忽闻一阵唱腔传来：

老娘亲请上受儿拜，
千拜万拜也是折不过儿的罪来。
……

这是老耿的声音，我不禁停住了脚步，只听那声音凄切悲壮，如秋风凄楚，又如寒风凛冽。这是《四郎探母》中的唱段，杨四郎被俘后久困敌营，有家难回，见到老母后，想起杨家将或死或伤，自己落到这步田地，其悲伤、忏悔和思念之情痛彻心扉。唱腔开始是西皮散板，而后转二六，最后是快板，节奏越来越快，声调也愈加激越，唱到最后一句"愿老娘福寿康宁永……"竟唱不下去了，声音中恍若夹杂着似有若无的哽咽。我心中一阵怅然,呆立片刻,才敲门进屋。屋里的桌上摆着两碟简单的小菜,谭斌和小楚正在陪着老耿借酒浇愁。见我来了,谭斌和小楚连忙把我拉到桌旁。老耿有些意外。

"你老弟咋来了?"

我说:"想你了,来看看!"

老耿苦笑了一下,看了看谭斌和小楚:"他们都告诉你了?"

我点点头,走过去,在桌边坐下来。"好了,"我拍拍他的肩膀,故作轻松道,"别想那么多了,你老兄问心无愧,何必和自己过不去?"

老耿说:"我倒没啥,就是对不起乡亲们。"停了停又说,"你说我咋那么倒霉?啥事都叫我摊上了!"我劝他说人生不可能事事如意,该做的咱都做了,也没啥好自责的。我还告诉他,刚得到消息,徐小林被抓住了,他伙同不法分子进行诈骗,骗了不少人,这个案子很快就会水落石出。老耿听了,没有一点高兴的样子。"唉,"他叹了一口气,"现在说这些还有啥用?"说完,端起桌上的茶杯,将大半杯酒一饮而尽,然后抹抹嘴巴又说,"我跟你们说,我是不会回去的,谁劝也没用。我说过不种出橙子决不走人,我不能说话不算数。"我们都劝他这事不急,以后慢慢再商量。

那晚,老耿喝了不少酒,我们怎么拦都拦不住。最后他喝高了,我和小楚把他架到床上,他嘴里还在一个劲地咕哝:"我是不会走的……决不会……我咋能说话不算数……"一边咕哝着一边倒在床上不动弹了。

9

我在小杨岭住了几天便回省城了。此后我听说老耿谢绝了局领导的好意,坚持不回去。他还亲自找了郑局长,郑局长看他态度坚决,便说:"如果你想好了,我们尊重你的意见。"并说服老耿不必在一棵树上吊死,脱贫之路多的是,咱们可另想办法。但老耿却认死理,非种橙不可,对别的不感兴趣,局里也拿他没办法。

不过,要想重新开始却困难重重,特别是找不到地。自从老耿栽了跟头,村民都心有余悸,加上这事本来就有阻力,更是难上加难。工作队做了许多工作都无济于事。忙了一阵毫无头绪,老耿心情十分苦闷。那段时间,他常给我打电话诉苦,抱怨地方复杂,村民思想太落后。"你说我苦口婆心为了啥?"他说,"咋就没人理解呢?"有一天深夜,他打来电话,情绪颇为沮丧,说这事没指望了,他真灰心了。"我图个啥啊?"他说,"算了,老子不干了!"

其实不干了也好,我心里想,这事难度不小,既然看不到希望,何必执着下去?我谈了自己的想法,老耿半晌无语,接着深深地叹了一口气。

此后好一段时间,老耿的电话渐渐少了。秋去冬来,元旦过后很快又到了春节。我和朱丽照例回五湖过年,去看老耿时,哪知他又不在家。陆萍说他又忙他的橙园去了。这事我曾听瀚老说过,老耿正与姜总(那个房地产老板)张罗合作开橙园哩。我当时正忙着写一部长篇,也没细问,难道这事弄成了?"谁知道呢?"陆萍说,"他成天瞎忙活,家也不顾,年也不过了,我们娘俩真是前世欠了他的。"说着又埋怨起来。

我抽身来到阳台上,拨通了老耿的电话,问他在哪呢。他说正在石河林场,准备栽橙苗哩。石河林场就离小杨岭十多公里路,去年10月,承包该林场的老板资金链断裂,有意转让,老耿得知消息,便去找姜总,因为姜总早有打算向绿色产业发展。他与老耿闲聊时曾说起这事,得知消息,老耿便去找姜总,鼓动他搞橙园,两人一拍即合。姜总决定搞一个生态旅游度假村,其中拿出500亩地搞橙园,由老耿出任总经理。老耿提出拿出100亩作为山地置换,让小杨岭村民以山地折算入股。至于原先那块山地因发现病灾三年内不宜再种橙树,老耿打算先改种苹果,同样可以获取收益,这样一举两得,村民们都大为满意。"这也是老天有眼啊,"老耿说,"天不灭曹啊!合该我老耿绝处逢生。"他在电话里显得十分兴奋,一口气说了将近半个小时。我当然为他高兴,一边向他祝贺,一边劝他悠着点,有空多回家看看陆萍和孩子。老耿说:"我会的,我欠他娘儿俩的,以后再补偿吧!"

3月里,春分过后,天气渐渐转暖。有一天老耿突然来电话,让我去石河参加开园仪式。他在电话里说:"你可一定要来,瀚老要来,卢校长也来。"还有某某,某某某,他说了一大堆熟人的名字,其中有不少票友会的。"对了,"最后他又提醒说,"别忘了喊上朱丽,陆萍也来。"他声音沙哑,略显疲惫,但精神极为亢奋。

几天后,我带着朱丽如约而至,果然见到了不少熟人。开园仪式上午10时举行,出席仪式的除了公司员工、当地村民数百人外,农大老校长卢少鸣,著名诗人苏瀚,农科所童所长,市农业局郑局长、黄副局长以及县里有关方面领导也应邀出席。谭斌、小楚也来了。他们说只要老耿种成功了,他们就向小杨岭推广。仪式简短而热烈。老耿发表了讲话,他说:"在哪跌倒就要在哪爬起来,我老耿说话算数,只要一天不种出橙子就一天不离开。"他的话引起阵阵掌声。

当天晚上,为了庆祝开园,票友会演了一出《群英会》。卢少鸣、瀚老和姜总都亲自登场,一个扮周瑜,一个扮鲁肃,还有一个扮蒋干,老耿则扮诸葛孔明。当唱到"谈笑间东风起,百万雄师,烟火飞腾,红透长江"时,老耿的声音穿云裂帛,气盖山河,引来阵阵喝彩。陆萍抱着大毛坐在台下也叫起好来,朱丽笑着说:"这下你该放心了吧?"

"放心啥?"陆萍一撇嘴笑道,"我都快给他怄死了!"

逝者如斯夫

我与老海打得火热,还是20世纪80年代。当时正赶上"文学热",一篇小说可以轰动全国,家喻户晓。那是文学的黄金时代,也是文学"害人不浅"的时代。所谓千军万马走在独木桥上,不知多少人挤在这条文学小道上,迷失了青春,直至碰得头破血流。

我和老海便是这众多文学青年中的一员。那时候,我们对文学的痴迷程度,简直难以想象。文友中有一位老桑,是我们几个人里年纪最长的一个,已经结过婚。他是矿机厂的工人,喜欢写诗,一下班就埋头笔耕,家里的事横竖不管,油瓶倒了都不扶。有一次孩子病了他也不问,老婆一怒之下,竟把一瓶墨水倒进了他的饭碗中:"肿!我叫你肿!"她气狠狠地说着,把一肚子的积怨全都发泄了出来。肿,是当地土话,意为吃的意思。这一来,老桑也恼了,两人大打出手,后来连婚也离了。我们劝过老桑,可老桑的回答义正词严:"婚可离,诗不可不写!"大有头可断、血可流,革命理想不可丢的味道。

这事一度成为笑谈,老海还调侃他:"家庭诚可贵,爱情价更高。若为文学故,两者皆可抛。"老桑听了也不生气。当时的情况就是如此,文学在我们的心目中比山高,比海深,比天大,比娘亲。就像时下一首歌里唱的那样:"我爱你,爱着你,就像老鼠爱大米。"

这种热情无法阻挡。用老桑的话说,啥事都好说,就是不让写诗,断断不可。

那段时间,我们经常聚在一起,以文学的名义,高谈阔论,纵横四海,常常一坐就是半天,甚至通宵达旦,彻夜长谈。内容围绕文学,似乎有永远谈不完的话题。我们谈作品,谈作家,指点江山,臧否人物,有时意见不合,还会争执不休,时常闹得面红耳赤,不欢而散。

在这些场合,老海永远是主角。一是他口才好,能说会道,二是他的创作成绩最大,已在国家级刊物上发表过中篇小说。这是了不起的成就。那时,我们这群文友中虽然多多少少也都发表过一些文字,但大多是在省市一级报刊上,而且多为散文和诗歌,偶有短篇小说发表,已属难得。相比之下,老海便显得鹤立鸡群,说话自然有了底气。一开口便旁若无人,有点俯视群雄的味道。他谈托尔斯泰、屠格涅夫、契诃夫,还有雨果、巴尔扎克、海明威、茨威格等。我们这些文友中大多是土鳖,上过大学或看过外国文学作品的不多,听他谈起这些作家唯有大眼瞪小眼的份儿。

为了显示自己的学问,在谈及这些外国作家时,老海喜欢说全称,如托尔斯泰,他会说列夫·尼古拉耶维奇·托尔斯泰;如契诃夫,他会说是安东·巴甫洛维奇·契诃夫……这当然有卖弄之嫌,老桑很不以为然,说:"你费劲不费劲啊!"老海说:"这你就不懂了,姓托尔斯泰多了去了,有列夫·托尔斯泰,有阿·托尔斯泰,不说清楚能行吗?"对于这些作家的评价,老海更是口气狂放,常常语出惊人。"托尔斯泰充满说教,"他说,"契诃夫也不行,格局太小。"谈到杰克·伦敦,老桑说,这是列宁喜欢的作家,临终前还让夫人在床边读《热爱生命》。老海却嗤之以鼻,说杰克·伦敦根本不入流。还有老桑喜欢的《钢铁是怎样炼成的》(这是老桑看过的唯一一部外国作品),老海更是不屑一顾。"那也叫文学吗?"他说,"充其量就是宣传,毫无文学价值可言。"噎得老桑半天说不出话来。总之,能入老海法眼的作家并不多。在他看来,雨果和海明威勉强凑合。至于国内作家,除了鲁迅还可以,其他的都不值一提。

对于老海的看法,我并不完全赞同,有时也会提出异议,但更多的时候并不表露出来。这样做只是为了避免争论,同时我也不想得罪老海。老海这人极要面子,对于任何不同的看法都视为异端,或对他的挑战,决不容忍,往往非要争出个高低不可,而这种无谓的争论毫无意义,只能徒伤感情。

我们文友圈共十来个人,经常来参加聚会的有五六个,其中有老海、老桑、小蒋和我。我们四人是在九龙山笔会相识的。那是1983年夏天,五湖市文联举办了一次青年作者改稿会,地点就在九龙山。九龙山是著名的风景区,山上有一座寺庙,叫九龙寺。寺后有一处院落,紧挨着山脚,笔会就安排在这个院落内。院内有一栋小楼,另有三五间平房。我们下榻的地方是那栋小楼,两层,木板楼梯,已很陈旧,踩上去吱嘎吱嘎响。参会的有二三十人,我和老海、老桑,还有小蒋住在一个房间,很快熟悉起来。

老海姓戚,名江海,老海是他的笔名。有人问他为啥要取这个笔名,他说也就是随便起起的,没啥意思。但我们推测,除了他的名字中有一个海字外,可能与海明威有关,因为有段时间,老海总爱把海明威的冰山理论挂在嘴边。

那时,我们都很年轻。我刚从大学毕业(那时大学生很吃香,但我顶着工农兵大学生的帽子,便矮了几分),分到市图书馆工作。老桑是矿机厂工人,小蒋是复员军人,退伍后在机要局开小车,老海则在一所中学任教。他是师范学校毕业的,当时师范生的毕业去向只能是学校,这是硬性规定,死杠杠。老海对教书没啥兴趣,但也不能不去。

那次笔会开了一个星期,每个人都带了作品前去,并在会上传阅、讨论。会上还请了一些作家、评论家来讲评。老海的作品得到了不少肯定,特别是市作协主席高河对其赞赏有加,认为他可能是本市,乃至本省最有前途的新星。高河主席是搞评论的,兼任市文联主办的文学期刊《文学之光》的主编。该刊虽属市级刊物,但在全国小有名气,时有"五小花旦"美称。他的赏识非同小可,老海的身价陡然飙升,在改稿会期间,他俨然成了焦点。高主席还专门安排他在会上谈了创作体会。就在这次会上,《文学之光》决定留用他的一篇小说和两篇散文,这让我们羡慕不已。因为整个改稿会上除了老海的作品外,几乎没有其他人的作品被留用。老桑本来有一首诗要用的,可让他改了几次,最后还是给毙了,这让老桑沮丧不已。老海则很得意,他对我们说,这几篇(指被留用的作品)原打算是给《当代》《中国作家》的,既然他们想用,就给他们吧。"没办法,"他耸耸肩,一脸淡然的样子,"老高开口了,总不能不给面子吧!"

听他那口气,好像他的作品被采用不是荣耀而是他恩赐似的,而且他一口一个老高(当面可是高主席长高主席短),一副牛皮哄哄的样子,让我们恨得牙痒痒。老桑说:"听他扯!鬼才信哩!"老桑这样说,一方面是心里有气,另一方面也是看不惯老海的德行。的确,老海太爱摆谱了,动不动就嘚瑟,这让我们很不舒服。

我们住的小楼传说闹鬼。这里曾是寺内的寮房,抗战时有人逃难到这里上吊自杀了,传说是殉情,死后阴魂不散,时常在院内游荡,尤其是阴雨天。开始时没人相信,可隔壁房间一个作者说,有天夜里睡觉时(那天恰逢阴雨天),他突然喘不上气来,睁眼一看,一团白色的气体,像鬼魂似的压在他身上。他拼命挣扎,试图喊叫,但浑身无力,一句话也喊不出来,眼看就要背过气去,这时,有人叫了一声(叫了什么没听清),那鬼魂似乎受到惊扰,倏忽而去。据那个作者说,叫声是边上一个作者在说梦话——谢天谢地,这才救了他。第二天吃早饭时,这事便传开来,起先人们只是当作笑谈,可当天晚上,有人在半夜里听到楼梯上传来脚步声——咯噔、咯噔——那声音阴森恐怖极了,但拉开灯后却不见一人。老桑也证实了这一点,有天夜里,他醒来时除了听见脚步声,还听到有哭声。那哭声一声长,一声短,像是上气不接下气。老桑当时就惊叫起来。

他的喊声惊动了大家。老海和小蒋都起身查看,边上几个房间的人也被吵醒了,好几个人都爬了起来,但除了淅淅沥沥的雨声,没有发现任何异常。这件事,我是第二天早上才听说的。我睡觉一向很沉(用老桑的话说,睡得像头死猪),他们闹出那么大动静,我居然一点不知。第二天,众人议论纷纷,将信将疑。我们住的小院,周围都是山林,十分僻静,夜晚到处一片漆黑,风一刮起来,树林里便哗哗乱响,有时还会传来不知什么动物的叫声,这样的环境很难让人不产生联想。闹鬼的事,大家嘴上说不信,可心里都有些忌惮。很多人夜间不敢起夜小便(老式房子没有卫生间,厕所在楼下),只好死劲憋着。

有一天早上,老桑发现自己的脸盆里不知让谁撒了尿,不禁气得大骂:"哪个王八孙子,太缺德,干出这种事,我操他祖宗八代!"听到老桑的骂声,我们都围了过来,只见老桑的脸盆里汪着一泡黄水,经过一夜发酵,泛着酸臭刺鼻的气味。

20世纪80年代,开会条件简陋,住宿条件也差,由于没有卫生间,报到时每人可领一个脸盆,用于洗脸、洗脚之用,放在各自的床下。昨晚肯定是谁憋不住尿,又不敢出去,便把尿撒在了盆里。问题是,你尿自己的盆不要紧,可你尿了老桑的盆,这就有些太缺德了(老桑骂得没错)。但屋里的几个人都赌咒发誓,拼命撇清,拒不承认是自己的干的。由于死无对证,这事最后只能不了了之。

不过,事后分析,老海的嫌疑最大,因为他的床紧挨着老桑的床。我们那间房东边摆两张床,西边摆两张床,中间摆着桌子和椅子。我和小蒋的床在西边,如果要去老桑那里,得穿过中间的桌子椅子,从逻辑上讲,这很不方便。后来,这事闹到了会务组,会务组的人员分别找我们谈了话,仍然无法做出结论。老海说,也许是老桑自己尿的,但他忘了。老海这话是对会务组说的,但不知怎么传到老桑耳朵里,他气得直跺脚:"我还不至于老糊涂吧?"

这事成了一桩悬案,好多年后,有一次老海对我道出了实情,他承认这事是他干的。我问他为啥要这样干,他解释说,当时睡迷糊了,拿错了盆。这种说法显然经不起推敲,因为他的盆就在床下,伸手就可以拿到,而老桑的盆却隔着一段距离,他不拿自己的盆反而拿老桑的盆,这明摆着有些说不通。

依我对老海的了解,这话八成是托词。他这人虽然聪明,但毛病不少,除了喜欢显摆,还喜欢占人巧,从不肯吃亏。有一次,小蒋对我说,老海这人简直不上道道。我说咋了?小蒋说,他早上刷牙老是挤别人的牙膏。我有些不信,心想牙膏能值几个钱。后来,老桑也对我说起这事,还把自己的牙膏藏起来,我才多少有些相信了。

随着交往的深入,我对老海的了解越来越多。我听说他家里兄弟姐妹多,从小就养成了精于算计的习性,凡是能占的便宜他都不会放过。比如,我们每次下馆子,只要一结账,他不是上卫生间,就是说忘了带钱;外出乘车时,不论是打的,还是乘公交,他都磨磨蹭蹭的,等到别人付了钱,他才把钱包掏出来说:"别呀,别呀!让我来。"对他这一点,我们都很看不上,但作为志同道合的文友,这并没有影响我们的往来。

改稿会认识后,我们经常聚在一起。那段时间,老海又发表了好几篇小说,有的在省内刊物,有的在省外刊物,这引起了省、市作协的关注。高主席打算把他调入《文学之光》当编辑,此事正在运作之中。因此,老海越发春风得意,他还放出话来,只要他进了编辑部,我们几位的作品他会重点关照。听了这话,我们都很高兴。

老桑更是巴结有加。他一边吹捧老海,一边说:"我的诗你一定要发,他们不懂,你肯定是懂的。"老海表面应承着,背后却说:"拉倒吧,你那也叫诗?什么破烂玩意!"老海对老桑打心里瞧不上,认为他的诗还停留在50年代,老得掉了牙,早被淘汰了。还说:"他什么诗不好写,偏要写爱情诗,他哪懂爱情啊?连老婆都留不住。那些'啊''呵'的,简直让人酸掉了牙。"对于小蒋,老海同样看不起,不过,有所保留。小蒋是写通俗文学的,写过一些公安和武侠小说。在老海眼里这类作品根本不入流,但小蒋在机要局开小车,手里握着方向盘(那时开车很吃香),老海常常有事求到他,因此当着小蒋的面,多少留有余地,说他讲故事还行,语言也凑合。

至于我,老海算是高看一眼,起码在我看来是如此。他常说,我们这帮人中他最看好的是我。理由是什么,我并不清楚,因为当时我的创作成绩十分有限,只在一些名不见经传的小刊物上发表过作品,也许他从这些作品中看出了我的潜质?或许是他常找我借书,碍着情面?

后一种可能性非常大。我那时在市图书馆采编部工作,这给老海借书提供了很大的便利。不论什么书,包括一些新到的期刊,只要馆里有的,我都能帮他借到,而且不限时间、册数。老海受益匪浅,自然对我十分感谢。

那段时间,老海常来图书馆,开始每次来借书都找我,后来时间久了,他和各部门都混熟了,便不再找我了。他最常去的是期刊阅览室,往往一坐就是半天。有一次,阅览室的吴娜对我说:"戚老师好爱看书的,听说他是作家,写过不少东西吧?"我说:"是啊。"吴娜说:"我看他挺有水平的。"我说:"你怎么看出来的?"她说:"听他说话呗,他懂得可真多。"我心想,准是老海在她面前天花乱坠瞎吹什么了。

吴娜是阅览室的工作人员,今年刚顶替母亲进了馆里。她长得姣小,身材很好,细长脸,皮肤白净,爱笑,面颊上有几粒细碎的雀斑,特别可爱,也特别单纯。老海要蒙她简直易如反掌。有一次,我去老海宿舍,一进门竟发现吴娜坐在那里,不禁大感诧异。吴娜见了我满脸飞红,有些不自在,半天说不出话来。还是老海反应快,他说:"真是巧了,小吴是给我送期刊的。"说着,用手指了指桌上放的几本杂志。

吴娜听了这话,马上顺杆爬道:"是的,戚老师急着要,我顺路给他送一下。"

显然这话并非实情。第二天,老海来馆里,我便问他:"你打什么主意,是不是看上吴娜了?老实交代!"老海先是装糊涂,后来看糊弄不过去了,便说:"我正要找你打听呢!"

"打听啥?"

"这丫头咋样?"

"你说吴娜?"

"是啊。"

"挺不错啊,"我说,"人也漂亮。"

"漂亮倒算不上,"老海说,"不过,长得还算有点味道。"

嘿,我心想,你他妈的眼光还挺高,也不看看自己长啥样!

老海长得黑粗,国字脸,浓眉大眼,虽说眉眼周正,但皮肤黑漆漆的,脸上也不平整(青春痘遗迹),乍一看像个搬运工,要不是满头长发,怎么看也不像一个舞文弄墨的。如单论长相,他根本配不上吴娜。

吴娜自那次被我撞见后便有些不好意思,看见我老是脸红。有一天,吴娜母亲给我打来电话。她母亲原是馆里的副馆长,现已退休,我到馆里工作后,她一直对我很关照。她来电向我打听老海的情况。我尽自己所知如实回答。吴娜母亲很满意,特别听说老海是作家,发表过小说,马上还要调进市文联,就更高兴了。

"看来这孩子挺有前途。"

"那是。"

她又向我打听老海家里的情况,这个我知道得不多,但我答应帮她了解一下。吴娜母亲说:"那就谢谢你了,这事你要多关照!"

"那是一定!"我回说。

就在吴娜母亲给我打电话后不久,有一天,在走廊上碰到吴娜,她便问我:"我妈给你打电话了?"我说:"是啊。"她的脸便红了。我问她怎么打算,她说不知道。

"啥叫不知道啊?"我问。

吴娜的脸更红了,低下头去小声咕哝了一句:"戚老师说,他喜欢我。"

"那你呢?"

"我? 我也不知道。"说着低下头,脸红得像烧熟的虾子。

我明白了,这就是喜欢了。其实我早该想到,凭老海的三寸不烂之舌,像吴娜这样涉世未深的单纯的小女孩根本抵挡不住。不过,他俩真要是好上了,倒也不错。虽然老海家在农村,兄弟姐妹多,家境差了点,但他本人条件还不错,中专毕业,有稳定的工作,况且还会写小说,所谓男才女貌也说得过去。

我在心里这样掂量着,满以为老海应该心满意足了,哪知有一天我和他谈起这事,问他的态度时,他却一副轻描淡写的样子。

"先处处吧。"他说。

这个回答让我有些意外。"你啥意思啊?"我问。

"没啥意思。"

"人家可是认真的。"

"我知道。"

"那你咋想的?"

"我不是说了吗? 先处处。"

老海的口气让我有些反感,也不掂量掂量自己几斤几两? 凭吴娜的条件,只有人家挑你的份儿,哪有你挑别人的份儿? 我当时就是这么想的,可老海却说这事急不得,他得先看看。他还大谈什么货比三家,普遍撒网重点捕鱼等等,一副不知天高地厚的样子。

我有些火了。"老海,"我说,"你少来这些,人家可是正经女孩,你要谈就认真点,不谈就拉倒,人家可没求着你!"

老海一看我认真了,便笑着说:"瞧你,瞧你! 我又没说不认真。"

"那你哪来那么多屁话?"

老海又笑了:"婚姻大事,我总得慎重点。"

"行啊,"我说,"我这就告诉吴娜,别让人家蒙在鼓里。"

"别啊,别啊!"老海一把拉住我。

"老海,"我正色道,"咱们是朋友,有些话可得当面说清楚,吴娜是我的同事,她妈是我的老上级,你要耍弄人家,就是给我难看。"

"知道,知道!"老海拍拍我的肩膀说,"你这人啥都好,就是太古板。"我说:"做人还是古板点好。"他便哈哈大笑。

就在那次谈话中,我把吴娜妈打电话给我的事告诉他,说她们对他还比较满意,他可别错过机会。我还告诉他,吴娜的家境不错,父亲在商业局工作,是个科长,母亲原是市图书馆副馆长,现已退休,家里只有吴娜一个独生女。我特别强调说:"她家有两套房子,一套是商业局分的,一套是图书馆分的,如果你们成了,婚后连房子都有了。"老海听了自然心动(我从他的眼神里看出来了),但他嘴上却说:"房子不房子的不重要,重要的是人好。"我想这货也太会装×了吧!

这次谈话后,老海和吴娜的事似乎进展顺利。老海常来阅览室,而且每次都是吴娜当班的时候(以前也是,只是我未注意到),吴娜也是一副幸福满满的样儿。

可是,有一天,我上街买东西,回来的路上,街对面有个熟悉的人影一闪,是老海。他骑着一辆自行车,后座上载着一个年轻女孩,两人有说有笑的。我原以为是吴娜,扭头一看却不是。尽管老海的车骑得很快,一下就过去了,但我还是看清了。那女孩的确不是吴娜,因为她戴着眼镜,而吴娜并不戴眼镜。我的脑袋一下子大了,心想老海骗了我。

其实,这事本来和我关系不大,但吴娜妈找到我,我就自觉有了责任。当天晚上,我便去找老海。老海住在学校的集体宿舍,那是一个筒子楼。同宿舍的一个老师说他还没回来。我便在楼下等,一直等到十二点多钟,老海终于回来了。我一把拉住他,责问他是怎么回事。我本来就很生气,又等了几个小时,憋了一肚子火。老海却不当回事,嬉皮笑脸道:"你咋知道的?"

"她是谁?"我问道。

老海起先支支吾吾地不肯说。

"吴娜知道吗?"我又问。

老海仍是一副嬉皮笑脸的样子。"你听我说,"他拍着我右肩膀说,"兄弟,别多想,不是那回事,我和她没啥,就是看了场电影。"

"什么电影看到十二点?"我说,"你哄老鬼啊?"

"这个,你听我说……"

"得了吧,"我打断他的话说,"你脚踩两只船,你想干吗?老海,我早对你说过,这事不能开玩笑。我把你当兄弟看,你却骗了我。你要瞎搞我不管,但对吴娜不行。这事你要对吴娜讲清楚,你要不讲,我来讲。我决不允许你耍弄她!"说着,我推起自行车转身就走。

"别啊,别啊!"老海追上来,伸手想拉住我。我用力甩开他,一骗腿骑上了自行车。我心里气愤极了,老海这么做太卑鄙了!他明明知道我和吴娜以及她妈的关系,而且他也答应过我,但背地里却另搞一套。吴娜和她妈要是知道了会怎么想?这不是陷我于不义吗?我气得一晚上没睡好。

第二天一早,老海便来找我了。他说:"兄弟兄弟,你听我说!

这事绝不是你想的那样。"他还向我解释说,他和那人就是普通关系,这事千万不能告诉吴娜。"我向你保证,"他赌咒发誓,"我要有一句话是假,就是他妈的小妈养的。"我看他态度诚恳,便说:"我就信你一次。"我还说:"你老兄知足吧,吴娜的条件这么好,追她的人可不少。"

那段时间,老海调动的事有了进展。20 世纪 80 年代,师范生是免学费的,这对一些困难家庭有一定的吸引力。老海家在农村,当年报考师范就是冲这个去的。但是国家有规定,师范生毕业后必须在教育系统工作满五年后方可调出,这就难住了老海,因为他毕业后到中学教书还不足两年,按规定无法调出,尽管高主席做了不少工作也无济于事。后来,还是靠吴娜的妈妈,她和宣传部一个副部长是同学。通过这位副部长的协调,市文联决定以借调的方式先让老海来《文学之光》上班,等到五年期满后再正式调动。

老海去了编辑部,势子一下大了起来,连走路都变了样子——常常背着手,迈着八字步,膝盖也不会打弯了,一副重要人物的样子。作者们众星拱月地捧着他,他的感觉越发良好,口气也越来越大。过去我们在一起,他总是说"我们""我们",而现在则成了"你们""你们",好像一下子和我们拉开了距离。平时说话的口气也变了,常常带着导师的口吻:"你们,我跟你们说过多少次了,要多看书,多思考,功夫在诗外,这是经验之谈","你们不要老想着发作品,对你们严格点没坏处。记住我的话,关键是打好基础","你们,我对你们讲,照顾你们发一两篇作品,这不是什么难事,但从长远看这可没好处"。听他那口气,活脱脱一副教训人的派头,甚至比主编还主编(高主席和我们说话也没他这么自以为是),这让我们很不爽,尤其是老桑。当初老海刚去当编辑时,大家给他摆酒庆贺,老海拍着胸脯保证:"苟富贵,勿相忘,有我吃肉的就有你们喝汤的。"可现在口气完全变了。"这才当几天编辑,就屁眼里插鸡毛掸子,装起大尾巴狼来了!"老桑提起这事便气不打一处来,何况他比老海年长好几岁,老海那副训孙子的口气也让他接受不了。

我劝过老海,认为大家都是朋友,没必要官腔官调。特别是对老桑,他是老大哥,更应客气点。哪知老海听了,眼睛往上一吊,"啥叫官腔官调,我是为你们好,要不是朋友我还不说哩。就老桑那货,"他说,"趁早歇,根本不是搞文学的料,他的稿子就是想照顾也照顾不了,他还有啥好抱怨的?"

有一次聚会,大概是多喝了几杯,老海竟当着好多人的面挖苦老桑,说有些人缺乏悟性,朽木不可雕也,写一辈子也写不出名堂。他还说老桑写诗写了这么多年了,越写越差劲,连起码的句子都不通。这让老桑勃然大怒,扔下酒杯,便冲过去要打老海。众人连忙劝解。老桑钳工出身,人虽长得瘦巴巴,可手上有劲,真动起手来,老海肯定不是对手。老海吓得向后直躲。

这件事后,老桑和老海彻底掰了。事后,我们想做些调解,毕竟文友多年,可老海毫无歉意,还愤愤不平道:"这种人不识抬举,我是为他好,他还和我犯相。要不是看他年长几岁,我肯定饶不了他!"老桑的脾气一向很倔,当年不向老婆低头,如今更不会向老海示弱。他大骂老海,说他子系中山狼,得志便猖狂。当个破编辑,还是借调的,眼睛就长到头顶上去了。"他算个屁啊!"老桑呸地冲地上吐了口唾沫,然后扯起脸说,"老子这辈子就是不发诗也不会去求他!"

在这件事上,老海明显有些不厚道——也许他说得不错,老桑可能缺少文学才华,这是事实,但也犯不着当众打人脸。老海过去虽有些轻狂,但还不至于毫无顾忌。很显然,自打去了编辑部,他开始变了。我们这些文友也越来越不在他眼里,他有了更大的圈子。老桑和他闹翻后,我们的聚会越来越少。有时聚在一起,通知老海,他也不来参加。即便来了,喝上几杯,点个卯,然后屁股一拍:"对不住了,我得先走一步,还要赶下一场。"说完,匆匆而去。

那段时间,老海混得风生水起,名字常常见报,不是参加这个座谈会,就是出席那个研讨会。我们和他的关系渐渐疏远。

有一次,小蒋对我说,有人正在告老海。我问告他啥,小蒋说老海到处借钱,影响很坏。那天,我正在逛书店,小蒋也来逛书店,我们有好一阵没见了。书店边上有一个街心公园,我们便找了一个安静的地方聊起来。据小蒋说,告老海的是一个作者,姓楚,在银行下边的一个服务公司工作,人们都叫他小楚。我曾在市作协举办的联欢会上见过他几次,见面点点头,也算是认识。老海先后几次找他借了一共五千元,一直拖着不还。那年头,五千元不是个小数字。关键是老海原答应给他发的稿子也落空了,这下子小楚不干了,到处告老海。上边一调查,发现被老海借钱的人还不少,而且大多是作者,有利用职权之嫌。其实,这早已不是秘密。我们这些文友都被他借过钱,而且至今未还。不过,他找我们借的钱并不多,因为我们也不富裕。他找我借过一千,小蒋的稿费多点(他的书畅销,还帮书商写过书),老海找他借过两千。

"他借那么多钱干啥?"我说。

"谁知道呢?"小蒋也不清楚。

按理说,老海一向抠门得很,哪来那么大花销?难道是结婚后老婆卡得太紧?但在我的印象中,吴娜可不是那样的人啊。

老海与吴娜的婚姻说起来并不顺利。老海和吴娜相处期间,其实一直没有消停过。就在我警告他后,他表面上答应绝不会再与别的女人来往,可事实并非如此。据小蒋说,他还打过他们局里一个机要员的主意,但并未得逞。在与老海交往的女人中有一个是百货大楼的史小红(就是那天他骑车带她被我撞见的那个女孩),老海不知怎么和她认识的,两人一直保持交往。尽管老海十分谨慎,但纸终究包不住火,况且那时的五湖城并不大。有一天,老海陪吴娜逛公园被史小红撞上了。她上去就揪住老海,吴娜上来拦阻,两个女人当场开撕。吴娜的衣服被扯破了,史小红的眼镜也被打掉了,老海当然也未幸免,脸上被抓了几道血痕,不知是吴娜抓的还是史小红抓的。

这事发生后,吴娜哭得像个泪人似的来找我。我也非常恼火,大骂老海不是东西,并说这种人不值得信任,趁早断了也好。吴娜听了这话更伤心了。她说:"那我咋办啊?"我说:"死了张屠夫不吃带毛猪,凭你的条件还怕找不到啊?只会找到更好的。"可吴娜说:"我有了,是他的!"我半天无语,这才感到事态的严重。

吴娜的父母很愤怒,他们要找老海算账。吴娜的父亲说:"我给老白打电话,把这小子抓起来。"老白是市公安局局长,与吴娜父亲是熟人。吴娜母亲说:"公安局凭啥抓人啊?"吴娜父亲说:"就凭他玩弄女性,耍流氓。"吴娜母亲说:"男女谈恋爱,这事公安可管不了。"吴娜父亲说:"那你说咋办?"吴娜母亲说:"我找他们领导去!"

这一招实际上是比找公安还管用,就在吴娜父母亲即将采取行动时,老海找上门来,二话没说,便扑通跪了下来。"千错万错都是我的错!"他先是检讨自己,请求二老原谅。接着又辩解说,这是一场误会,他和史小红之间啥也没有,是她得了妄想症,缠住他不放。他还口口声声表白,他心中只有吴娜,此生要对她负责到底。说到动情处,他声泪俱下,泣不成声。

吴娜父母起先态度坚决,说啥也不肯原谅他。老海情急之下,便抡起巴掌,左右开弓,啪啪地打着自己的脸。吴娜有些心疼了,从屋里冲出来,一把抱住了老海。

"别打了,别打了!"她泪眼婆娑地喊道,并冲自己的父母说,"爸,妈,你们就开开口,说句话吧!"

吴娜父母又气又恨,但也无可奈何,况且吴娜已经怀了老海的孩子,如果闹开了,不仅女儿的声誉毁了,他们也脸上无光。最后,只能坐下来,与老海约法三章:一是尽快与吴娜成婚,断了与史小红的关系;二是婚后好好过日子,不准再三心二意;三是婚后财权归吴娜掌管,具体做法是,老海的每月工资、奖金必须上交,除了留下少量的零花钱——这是吴娜妈的主意,她认为男人有钱就变坏,如果手中没钱,就难以兴风作浪。应该说,这是经验之谈。据说,吴娜爸年轻时也曾有过不安分的经历,但这危险的苗头刚萌芽,就被吴娜妈掐死在摇篮里。具体做法就是控制住他的经济来源,这才使他没有在危险的道路上越走越远。

老海这时一心灭火,对于吴娜爸妈提出的任何要求均不敢有半个不字,一概答应。但事后,他却有另一套说法。有一次他见到我说:"我才不怕他们告哩。主要是吴娜有了,我不能不管。""我最看不得女人哭,"他强调说,"吴娜一哭,我这心就软了。"听他那口气,仿佛是他在大发慈悲。至于下跪、打脸的事,他则提都不提,好像从没发生过。

不过,这事他瞒得了别人却瞒不了我。据我所知,公园撕架的事发生后,史小红发现他脚踩两只船便果断与其断了联系。老海这时已无退路,加上他也不得不考虑后果,真要闹起来对他可不利,说不定调动的事也会泡汤,到头来竹篮打水,一样也捞不着。在这种情况下,他才不得不去求吴娜的父母。可即便如此,这货仍不忘给自己脸上贴金。用老桑的话说,骆驼死了,架子不倒,他要不这样,就不是老海了。

老海借钱的事造成了不良影响。起先,老海还矢口抵赖,可人证俱在,他想抵赖也抵赖不了。高主席代表文联找他谈话,要他严肃地对待这件事。高主席还转告他,文联领导很生气,有人提出要中止他的借调。这一来,老海害怕了。他好不容易熬了两年多,马上就要熬出头了(高主席对他说过,年限一到,马上正式调他),如果这时出了岔子,岂不前功尽弃?一天晚上,他拎着大包小包去找高主席,请他帮忙。高主席说:"东西你拿走,该帮的我会帮,但前提是,这些钱必须马上还,并消除影响,以后严格要求自己。"

老海满口答应,可这两年,他陆陆续续借的钱可不少,加起来有小两万。这么多钱一下子从哪弄呢?他想挪借一下也难,因为所认识的人大多被他借了个遍,实在开不了口。无奈之下,他只好去求吴娜。

"你要这么多钱干什么?"吴娜一听便叫了起来。

老海早就想好了主意。他说:"农村老家要盖房子,爹娘开口了,我不能不给吧?过去他们省吃俭用,供我上学,现在求到我了,你说我咋办?设身处地,要是换作你的爹娘,你会咋办?"吴娜听了不说话。

老海说:"你不给也行,那就等着外边戳着脊梁骨骂吧!不过,人家骂的可不是我,而是你。"

"为啥呢?"

"因为钱在你手里,是你不想给。"

"你想要多少?"

"两万。"

"你不想过啦?"吴娜叫了起来,"我们结婚后总共也没攒下多少钱,孩子要找保姆,以后还要上幼儿园、上小学,总得留下点钱吧。"

"你放心,这钱很快就会还的。"老海说,他家里养了好几头猪,年底养肥了一卖,钱就有了。他还说,他正在写一本畅销书,书商答应了,交稿后就给一万。吴娜信以为真,第二天便把钱取了出来。

老海渡过了难关,又神气起来。一次饭局,他大骂小楚,说:"这狗娘养的不是东西,差点毁了我。五千元钱算个屁啊!我能不还他?"他发狠道:"这小子死定了!有我在他休想在《文学之光》上发一个字。"

我们听了他的这番话都有些不以为然。小楚告他是有些绝情,但他借钱不还难道还有理了吗?况且——据我所知——至今仍有一些人的钱他未还,包括我和小蒋在内。当然,他是为了家里盖房子,属孝顺之举,也情有可原。

春节过后,老海所说的卖猪钱,还有所谓的写畅销书的钱迟迟不见影儿。吴娜追问了几次,老海先是搪塞,后来就吵了起来。有一次大吵之后,老海竟离家出走,一去不归。

吴娜开始以为他是赌气,也没当回事,心想他气消了,自然会回来。以前这种情况也有过。哪知这次不同,老海走了半个月也没露面。

吴娜来找我,让我劝劝他。我拉着小蒋一起去找老海,可老海态度强硬。"回去?我才不回哩!"他说,"这个女人真让人受够了。"

"那你住在哪?"

"我有地方住。"

这时,桌上的电话响了起来。老海抄起话机,里边传来一个女人的声音:"这都几点了?你还不回来啊?"

"哦,回去,我马上回!"老海笑眯眯地说。

我听出他口气有些不大对,我问:"谁的电话?"

"是婷婷。"

"那个文工团的?"

老海点点头。

"你他妈的想干吗?"我说。

"别问那么多,"老海挥挥手,一脸得意的样儿,"这事你们以后会知道。"

老海说的婷婷名叫康婷婷,是市文工团舞蹈队跳群舞的。她的脸形一般,像个圆盘,眼睛挺大,但下巴有些短。不过,毕竟是学舞蹈的,体形很好,胸脯饱满,臀部后翘,腰板挺直,走起路来脚下一弹一弹的,加上会打扮,气质看上去非同一般。

我第一次见到康婷婷是在国色天香俱乐部,那是全市最高档的舞厅。有一阵子,交谊舞在社会上很时兴,一些单位和企业逢到开会,或过年过节什么的都要举办舞会。为了适应这种趋势,一些单位还办起了交谊舞培训班。这天,小蒋来找我,他搞了几张国色天香的门票,拉我们几个朋友一起去。我那时刚学会三步、四步,还是在市文化局工会举办的培训班学的。小蒋也比我强不到哪里去。在这之前,我们曾在单位礼堂里跳过几次,像国色天香这样的高级舞厅还从没去过。

一进去,我们几个全傻了。舞厅的装修豪华时尚,各种设施精美高档,激光镭射灯不停地旋转,伴随着丰富多变的音效,让我们眼花缭乱,有些不知所措。随着一首首舞曲响起,穿着入时的俊男靓女,成双成对地在舞池中摇来摆去。他们舞技高超,动作娴熟。我们几个顿时露了怯,谁也不敢下舞池了,更不敢去邀请女伴,只好一个个瞪大眼睛,傻不愣登地看着,心痒难耐。

"看!"忽然坐在边上的小蒋用手捣了我一下。

"什么?"

"老海!"

循着他的手指方向,我果然看见了老海,他正搂着一个舞伴在池里扭来扭去。"嘿,他跳得还不错嘛!"我说。

"那是,他经常跳。"

"是吗?"

"他啥时爱上这口了?"

"有段时间了。"小蒋说,"我听说,他经常打电话到处找票。"

正说着,老海转到我们面前了。我和小蒋都朝他招了招手,他也看到我们了,得意地扬起一只手。

一曲终了,他领着那个舞伴来到我们座位前。"这是婷婷,"老海介绍说,"文工团的。"我们都起身打招呼。那女人画着淡妆,烫着头,上身是一件黑T恤,绷着丰满的身躯,下身是一条黑长裙,动作雅致飘逸。她朝我们略微点点头,表情有些矜持。

"你们咋不跳啊?"老海说。

我摇摇头,小蒋说:"我们看看。"

"跳呗!"老海说,"来了就跳呗,要不让婷婷陪你们跳下一曲?"

我们都说:"不了,你们跳吧!"

婷婷没说话,轻轻一笑,显出一副老于世故的样子。这就是我第一次见到康婷婷。她给我的印象说不上好,也说不上坏。

但我万万没想到,老海居然和她搞上了。

后来,我才了解到一些情况,老海早和她有一腿了。他们还在外边租了房子,难怪老海到处借钱,花销那么大,至于给老家盖房子,全是胡扯。据文工团的一位驾驶员(与小蒋在部队时是战友)说,他们好了有一年多了。这么长时间,竟把我们全都蒙在鼓里,包括吴娜也毫不知情。

事情败露后,这一回吴娜和她的家人坚决不干了。是可忍,孰不可忍,他们大闹起来,事情一直闹到了宣传部。市文联决定中止对老海的聘任,退回原单位。原单位也接到投诉,认为老海品德败坏,已不适合担任人民教师。如果他要回来,只能另行安排去后勤做打杂工作,而且还要根据教师管理规定,对他做出相应的纪律处分。老海一怒之下,愤而辞职。

"狗改不了吃屎,"吴娜妈对我说,"这种人我们不抱任何希望。趁着年轻,还是让吴娜早点离开他。"

吴娜很伤心,她和我谈起这事,几度流泪。我试探地问她有无挽回的余地,她的回答异常坚决。"不可能了,"她说,"我们给过他机会。"我注意到她使用了"我们"而不是"我",说明在这件事上她已与家人商量过,并且达成了统一意见。

老海被扫地出门,虽然十分狼狈,但他似乎已有准备。老海与康婷婷好上后,曾经有过离婚的打算,但还没拿定主意,起码当时他认为条件还不成熟,他想等工作稳定后再谈此事。康婷婷也被他说服了,答应再等等。可没想到不慎走漏了风声。

老海本想稳住吴娜和她的家人。他故伎重演,但这一次却没能奏效,而且他也低估了吴娜家人的决心和能力。他们斩尽杀绝,没有给老海留一点退路。

老海辞职后,一度陷入低谷。那些过去围着他转的人一个个离他而去。老桑说:"他以为他是谁啊?人家过去搭理他是看在《文学之光》上,如今他离开那里,屁也不算!他还真以为他是海明威啊?"老桑说这话时有些幸灾乐祸,但事实正是如此。

有一次,我碰到老海,他大骂世态炎凉,人心不古。自打离婚后,他的工作丢了,开始陷入低谷。过去吃五喝六、呼风唤雨的他,如今早落得个古道西风瘦马,人也萎了,胡子拉碴,不修边幅。尽管如此,他嘴上仍不认尿。

"你也是自找的,"我替他惋惜说,"好好的日子不过,偏要瞎折腾!"

"你不懂,"老海说,"这种女人我受够了,早晚要和她离。"他指的是吴娜。我说:"吴娜对你多好,还有她的爸妈,简直把你捧上了天,你还不知足?"

"好有屁用?"老海说,"没有爱,婚姻就是坟墓。"我一听他又不说人话了,便说:"你和康婷婷就有爱情吗?"

"那是当然,"老海说,"你不知道婷婷对我有多好!"

"是吗?"

我哼了一声,心想,别臭美了!据我所知,康婷婷离过一次婚,有传闻说,她还和她们团的副团长有过一腿,这种人根本靠不住。

"你别不信啊!"老海看出我的质疑,连忙表白道,"我和婷婷是真爱,她肯为我奉献。"

"咋个奉献了?"

"这么说吧,"老海敞开心扉,"咱们兄弟,有话我也不瞒你。你知道,我干那事不喜欢戴套子。"

笑话,我咋知道?我说:"你想说什么?"

"吴娜生过孩子后,不戴套子根本不让我碰,"老海说,"可婷婷不同,哪怕冒着流产的危险。"

"这就是爱?"我听了后哭笑不得,"你他妈的太损了,光顾着自己也不为别人想想?"

"你不懂,这是两码事!"老海强词夺理道。

后来有一次,我把老海的套子理论讲给小蒋和老桑听。小蒋说这家伙干得出来,只图自己痛快,太自私。老桑则上纲上线,说他不尊重妇女,畜生不如。

老海离婚后,我们之间的来往越来越少。没几年,市场大潮兴起,文学开始不景气,文友们分崩离析,各自找起出路。我窝在小小的图书馆也看不到前程,于是,在妻子的鼓励下开始报考研究生。一天晚上,我从英语补习班出来,碰到了小蒋,站在路边聊了一会儿。小蒋这时已调进报社工作。那几年纪实文学风头正健,大受欢迎。小蒋及时转型,写了不少这方面的作品,开始小有名气,据说稿费赚了不少。他提议找机会聚聚,我说好啊。交谈中问及老海,方知他去了深圳,据说开了一家文化公司,混得还不错。

"那个康婷婷呢?他们还在一起吗?"

"在哩,"小蒋说,"老海是总经理,她是财务总监。"

"嘿,夫唱妇随嘛!"

老海去深圳不久,我就听说他和康婷婷结婚了。原以为老海落难后,康婷婷与他长不了,没想到还终成正果。小蒋笑道:"不是一家人不进一家门,他俩在一起还挺搭的。"

我问小蒋近来见过老海吗,小蒋说:"见过一次,不过经常通电话,他约我写书哩。"

"写啥书?"

"纪实方面的。"

"这你拿手啊!"

小蒋也不否认:"有钱干吗不赚?"

我们又聊了几句就分手了。我考研并不顺利,连续考了三年才考上,是省城的一所大学。有一年放暑假,我接到小蒋的电话,约我吃饭。我很高兴,当即答应,还调侃说最近是不是又赚了不少稿费。

"哪里,"小蒋说,"不是我请客,是老海。"

"嘿,这倒稀罕!"我有些意外。

"人家如今是老板了,不缺钱。"

傍晚时分,老海来接我。几年未见,他明显发福了,人胖了一圈,脸膛红扑扑的,泛着油光,肚皮也鼓了起来,把一件花格子衬衫撑得老高。他一只手握着大哥大,一只手伸出来与我握了一下。我本来说自己去饭店就可以,不用接,但老海执意要接。见了他之后才知道,他是要显摆他的车。那是一辆新款的黑色桑塔纳。那时,能买得起车的还很少,这是身份的象征。

"这车咋样?"老海拍拍了车身。

"不错。"

"刚买的,三十多万元。"他的口气轻描淡写。要知道,当时一般工薪阶层月工资还不足百元,三十多万绝对是巨款。

"上车吧!我带你兜兜风。"

小蒋和他一起来的。我们上了车,老海让我坐副驾驶的位置,小蒋坐后座。车子启动后,老海打开冷气,车里一下子凉快下来。"这车不错。"小蒋说,他是老司机,原先在机要局开北京吉普,对车略懂一二。

"深圳还有一辆,是大奔。"老海说。

"那得上百万元吧?"小蒋说。

"手续办齐了,一百五十万元。"老海说。

"你小子发啦!"我说。

老海轻轻一笑:"我只花了六十万元。"

"这么便宜?"

"走私货,"老海抹了一下嘴巴,得意地说,"公安局查抄的,我从内部拿的。"

"真有你的,"小蒋说,"海哥路子野啊!"

老海哈哈大笑:"这么跟你说吧,上到北京,下到地方,就没有咱玩不转的,你信不?"说着说着,他又牛皮哄哄起来,一副大言不惭的样子。瞧他那德行,与以前没啥两样,不同的是口气更大了。

晚宴在市内一家高档酒店。我们到达时,包厢里已经有十几个人了。屋里烟雾缭绕,声音嘈杂。有人看见老海,便迎了上去。

"啊呀呀,海老板来了!"那人一边走过来,一边大声说道。众人也都起身招呼,一一握手寒暄。

我一看,一屋子人没一个认识的。经过介绍才知道,大多是一些生意人。做东的是一个印刷厂的老板,姓郝,寸头,中等身材,皮肤黑黑的。搞了半天,我才明白,今天的饭局不是老海请客,而是别人请他,他借花献佛,把我和小蒋叫来了。

这顿饭吃得索然无味。面对这些老板,我几乎无话可说。但老海却如鱼得水,推杯换盏,高谈阔论。他酒量本来就大,如今更是见涨,兵来将挡,水来土掩,高兴起来还与人频频炸起罍子,引来阵阵喝彩。

几圈下来,老海便成了饭局的中心。他一边喝一边胡吹海侃。说到市委杨书记,他说:"老杨啊,我们的关系还用说,我现在打一电话,让他来他马上就会来,你们信不信?"当然没人说不信的。他还说他和黄涛关系非同一般。黄涛是副省长,主管经济的。"你们以后谁要有事,只管找我,我打个电话,或写张两指宽的小纸条就给你们搞定。"众人听了都纷纷向他敬酒,请他今后多关照。

席间,他还不停地用大哥大打电话,也不知是打给谁,但口气同样大得没谱。

"一千万元,算啥啊?我来和朱总说,让他马上办!"

"那块地我要定了,多少钱都行,你只管说!"

"什么?再宽限半个月?这话你说过多少次了?你给我住嘴,就三天,到时钱不到,别怪老兄不客气。"

他声音很大,唯恐周围人听不见。有人关心地问他是啥事,他一摆手说:"一堆破事,都来找我,整天没个清净,不谈了,喝酒,喝酒!"一副气派不凡的样子。我就坐在老海的边上,郝老板(就是那个做东的印刷厂厂长)来敬酒时,我听到他和老海说到贷款买德国设备的事,市行一个副行长卡住不批。老海说:"包在我身上,我让省行行长给他打电话,看他敢不批!"郝老板高兴坏了,当场炸了个罍子。

这场酒喝了好几个小时,我都快坐不住了,后来总算结束了。这时,老海已经喝大了,浑身酒气,舌头也捋不直了。小蒋要替他开车,他却不肯,执意要自己开。路上连闯几个红灯,还把一个骑车人给撞倒了。老海下车就骂,"你找死啊",还要动手打人。那个被撞的人吓坏了,半天不敢吱声(那时还没出台严格的酒驾规定)。我们劝住了老海,之后由小蒋开车把他送到了宾馆。

回去的路上,我对小蒋说:"老海势子也太大了,他啥时认识了杨书记,还有黄省长?"小蒋说:"你听他吹,驴子都会下蛋哩!家门口的塘,谁还不知道深浅?"

这次见面后,一转眼好几年过去,我再没见过老海。20世纪90年代,文学彻底陷入低谷,作家这个过去风光无限的头衔,那时早已黯淡无光。不过,我对文学依然十分喜爱。研究生毕业后,我被分到省煤炭厅工会工作。这份工作比较轻松,我又把文学创作拾了起来,陆续写了一些作品在省内外发表。在此期间,我爱人调来省城,家也搬了过来,于是我与五湖的联系越来越少,除了小蒋之外,其他文友几乎全断了联系。

小蒋那几年在报告文学创作上成绩突出,尤其是纪实文学,触及社会热点,广受读者欢迎。我还为他写过评论。小蒋来省城,时常来看我,平时空闲时也会通通电话。每次见面,我总会问起老海。

小蒋与老海的联系一直没有断,主要是老海找他写书。每本书三到五万,视内容不同而定。有一次,小蒋和我通电话,说老海约他写一本书,开价十万。我说什么书,小蒋说《汪精卫和他的三个女人》。我一听就十分反感:"这种书还是别写,太掉价,不要坏了名声。""我知道,"小蒋说,"我用笔名,先把钱弄到手。"这几年,小蒋买股票亏了不少,急于捞钱,我也不好多说什么。但小蒋听出了我的不悦,以后便很少和我说起这事。

有一次,小蒋来省里参加省报告文学学会的活动,晚上来看我,聊天时自然又聊到了老海。小蒋说,老海这段日子不好过,省扫黄办盯上他了,他只好四处躲藏。我说这是早晚的事,他这么干迟早要出事。小蒋说那是。我问他还在帮老海写吗?小蒋说有时写点。"还是别写了,"我说,"这种书都是垃圾,毫无价值。""那是。"小蒋说,表情有些复杂。我看他不想继续这个话题,便问起康婷婷。

小蒋说,他去深圳见过康婷婷两次。她越发时髦了,穿戴都是名牌,珠光宝气,像个贵妇人。我问他们有孩子了吧。

"没有。"

"怎么会?"

"康婷婷不能生。"

我一听便笑了,敢情当年她的"奉献"全是蒙老海的,难怪她不怕呢？"可不是。"小蒋听我这样一说，便也笑了。

日子过得飞快，转眼又是好几年过去了。那段时间，我人到中年，压力山大。一是父亲重病，在省城手术后，住在我家里，由我照料；二来，孩子上学了，沉迷于游戏，经常逃学，成绩直线下降。家里家外一大摊子事，搞得我疲于应付，大感头痛。我和爱人的感情也很不好，经常吵架，日子过得乌烟瘴气。在生活的重压下，我感到喘不过气来，文学创作不得不停下来。很长时间，我几乎一篇小说也没写，与小蒋的联系也断了。

就这样，又过了几年，父亲的病情逐渐稳定，回老家休养，由妹妹照顾，我肩上的担子一下子轻松了不少。孩子也慢慢转变，开始认识到学习的重要，用起功来。我和爱人都十分欣喜。不久，我在单位里得到了提拔，被任命为工会宣传科长。这当然得力于于主席的力荐。于主席不仅是工会主席，还是厅党委委员。他是我的顶头上司，当年也是文学青年。他看过我的作品，对我比较欣赏。

我的苦日子逐渐熬出了头。进入2000年，文学开始复苏，文学创作又热了起来。煤炭厅的文学创作在全省一直十分活跃，各个煤矿都有文学创作小组，每年都有数量可观的作品在省市报刊上发表。有几位作者还先后获得过省市的文学奖项，为煤炭行业赢得了荣誉。我上任宣传科长后，对文学创作更加热衷，提议成立省煤炭文学学会，创办文学期刊，这些都得到厅党组和于主席的大力支持。他们认为这样有利于提高企业的文化品位，凝聚、激励人心。

那段时间，正赶上煤炭行业的黄金年代，煤炭价格上涨，供不应求。因此,厅里对文化事业也格外重视,要钱给钱,要物给物。在我的运作下,厅里经常在各地煤矿举办笔会、研讨会,邀请省文联、省作协的老师来讲课指导。他们对煤炭行业的创作成绩给予较高的评价。有评论家认为,这种现象值得认真总结研讨。省市电视台和报刊也进行了报道。

厅领导也很高兴。有一次,厅里一把手见到我说:"你们干得不错啊,看看能不能再烧一把火,更上一层楼。"我把这事向于主席进行了汇报。于主席很高兴,不久他便对我说:"可以搞一套丛书,来展示我们的创作实力。"我问钱从哪来,于主席说他来想办法,先让我搞个预算。这套丛书计划出三辑,每辑十本,估计费用得四十万元。

报告打上去后,厅里批了三十万元,还有将近十万元的缺口。于主席出主意说:"你先征求意见,摸摸底。"哪知我一问,大家都愿意,而且十分踊跃。

于是,我加紧和出版社联系,争取年底先出一辑。就在紧锣密鼓之时,忽然有一天,一个陌生的电话打到了我的手机上。

"谁啊?"

电话里传来一阵笑声。

"你老弟当官了,连老朋友的声音都听不出来啦?"

是老海!我有些意外。"你从哪冒出来的?"对方又是一阵哈哈大笑。

"没想到吧?"

"是没想到!"

"时间过得真快啊,"老海说,"一眨眼,都十几年过去了。"

"可不是。"

"你老弟恐怕早把我忘了吧?"

"哪里话。"

"中午有空吗? 我请你吃饭!"

"你在哪儿?"

"我刚下飞机。"

"那你来我这里吧!"

中午,我在厅里的宾馆接待了老海。他到了我的地盘,我当然要尽地主之谊。老海很高兴,说到底是多年的兄弟,就是不一样。席间,我问老海这些年的情况。老海说好啊,好得很。我婉转地提及前些年扫黄办找他的事,他问听谁说的,我说是小蒋。"这小子,"他说,"太不地道,我把他当兄弟待,他却放我坏水。"我一听他误会了,便说:"没的事,小蒋是为你担心。"

"有啥好担心的?"老海大杯喝酒大口吃菜,"这事早过去了。这帮王八蛋,想找老子麻烦,他们还嫩了点。也不睁开眼睛看看,我老海是干什么吃的。老子一句话,就让他们下班!"

这次见面,老海似乎瘦了点,人也显得有些憔悴,但一张口依然豪气十足,牛皮哄哄。我问他这次来有啥事,他才说到正题。

"听说你们要出书?"

"是啊,你咋知道的?"我有些惊奇。

"这你别问,是不是有这事?"

我说不错,正与出版社联系。老海说:"这事你咋不找我啊?

我就是做书的,什么出版社我找不到?"这倒也是。不过,这么多年没联系了,我哪会想到。

"我给你找繁星。"

"北京的?"

"那是啊。"

嗬,这可是国家级出版社,影响比省里出版社大得多。我说:"我听说在他们那出书挺难的。"

"可不是,"老海说,"看谁去找啊。我们是多年合作单位,上到社长下到编辑,没有我不熟的。"

下午,我把这事向于主席做了汇报,于主席说国家级出版社好啊,影响更大嘛。作者们听说这事也很高兴。

出书的事很快定了下来。三辑书分批陆续印了出来,前后花了大半年时间。三十本书统一样式,印制精美,摆在一起厚厚的一摞,看上去别提多气派了。为了这套书,我付出不少心血,从编排、装帧、封面设计、校对到印刷,无不亲力亲为,光印刷厂就不知跑了多少次,现在大功告成,就像看着自己一手拉扯大的孩子,别提多高兴了。

于主席和厅领导也很满意。工会出面举行了隆重的首发式,除了厅长亲自出席,还从省里请来众多领导、专家和名流。省内外媒体蜂拥而至,会上长枪短炮,热闹非凡。这件事干得漂亮,各方面都感到满意。有一天,于主席悄悄对我说:"你在宣传科干了好几年,上边想给你压压担子,让你去办公厅。"

"搞什么?"

"先搞副主任吧。"

我心中一喜,办公厅副主任属处级。回来后,我把这事对爱人一说,她也很高兴,当晚做了一桌好菜,还特地开了一瓶茅台犒劳我。

好事接连不断,就在我去办公厅不久,省里决定对煤矿进行股份制改造,成立煤炭股份有限公司。中层干部以上开始拿年薪,副主任年薪十万,这让我的经济状况大为改善。公司董事长(原来的厅长)对我很赏识,尤其是对我的文字能力,外出开会经常带着我。他的讲话稿、报告,或公司的重要文件,都必须经我过目他才放心。有时,他直接把我叫到办公室,当面下达任务,甚至越过了办公室主任。外界都传我是董事长的心腹,将来前途无量。

我自己也是这样认为的,只要不出意外,我会再次晋升,而且我的年龄具有优势,别人想比也比不了。

就在我踌躇满志时,一件意想不到的事发生了。

那天,我正随董事长在矿里调研,于主席打来电话,说是咱们报奖的书全部被打了回来。

"咋回事啊?"

"书号全是假的。"

"什么?"

我头脑炸了一下。这次申报省政府文学奖,于主席信心满满,他从丛书中选定了十本报了上去,其中包括我的小说集。在于主席看来,我的这本,还有另外两本散文集,希望很大。他给省里的几位专家通过电话,他们也看好这几本。但是,万万没想到,在资格审定时发现我们申报的作品书号全是假的,按规定不符合申报条件,全部撤了下来。

"这是咋搞的?"于主席很生气,"你赶紧问问,这是怎么回事?这件事你要负责任。"

我急忙走出会议室,给老海打电话。当时已经十点多了,老海还在睡觉。他迷迷糊糊地说:"啥事啊,老弟?"

"书号是咋回事?怎么全是假的?"

"你说啥?这不可能啊!"

我把申报资格审查没通过的事告诉了他。"是不是弄错了?"老海说。"不可能!"我说,"评奖办公室与繁星出版社联系过,这事错不了!"

"这是咋回事啊?"老海做大惑不解状,"我来找他们!"

"那好,我等你电话。"

可是,老海一直没来电话。中午吃饭前,我又给老海打电话。他支支吾吾说,出版社那边正在查。"你放心,这事很快会搞清楚。"说着,他又大骂起来,"他妈的,这帮小崽子的,要敢要老子,我可饶不了他们!"

晚上,我又给老海打电话,他说已经给社长打过电话了,社长表态了,这事一旦查清会严肃处理。

"咋处理?"

"你放心,会让你满意的。"

"满意个屁!"我说,"你真把我害惨了!"

"他妈的,"老海说,"我也没想到会出这事。"

此后几天,我每天给老海打电话,很快我就发现老海是在敷衍搪塞。于是,我便直接给繁星出版社打去电话,进行交涉。对方一听便说:"你们受骗了,这个戚江海,我们正在找他哩。他冒充我们出版社到处招摇撞骗,我们已经报警了!"

我脑子嗡了一下,再给老海打电话,对方已经关机了。

很快这件事便传了开来,领导和作者都很有意见,影响也很坏。不久,纪委找我谈话。我如实交代了事情的经过,认真检讨。经过调查,组织认为这套书的接洽过程手续正常,没有发现任何经济问题,而且我也是受害者之一。因为其中也有我的一本书,这也证明了我事先确实不知道书号有假。不过,这事毕竟造成了后果,公司党委决定给我记大过处分。

这件事让我十分郁闷。后来,我听说老海骗的人可不少,涉及全国各地大大小小的出版社几十家,就连市作协的高主席也被他骗了。他的一本评论集这次报奖也被刷了下来。小蒋安慰我说,吃一堑,长一智,就当买个教训了。"人不作不会死,"他感叹道,"我看这小子是活得不耐烦了。"

这事之后,老海从此没了音信,好像人间蒸发。过了七八年,我差不多把他忘记了。有一天,小蒋来电话说,老海被抓了,判了十年。我问是啥情况,小蒋说,老海在深圳出事后,先是躲了几年,后又跑到海南重操旧业,再次遭到举报,这次可没逃掉。据小蒋说,这些都是听老海一个手下说的。这个手下原在老海公司里,后来出来单干。这次小蒋去北京出差,在机场见到他,交谈起来方知道以上情况。

"那康婷婷呢?"我问。

"早跑了。"小蒋说,"她在深圳就与一个老板勾搭上了,走时把老海的钱也卷了。"

又过了许多年,我回五湖办理房产过户手续。当年在市图书馆工作时,单位分给我一套福利房,位于桂花巷。这一片是老城区,房屋低矮、老旧。我把车子停在街上,步行进去。几十年没来,这里显得越发破旧。路边的一些房子上写着大大的"拆"字。一些违章搭建的房屋、阁楼和棚子横七竖八,随处可见。在巷口一处空地上,摆着几张桌子,一些退休老头老太太围在桌边打麻将。

忽然,有个人影在我眼前一晃,似有几分眼熟。我仔细看去,发现那人坐在一张麻将桌边,跷着一条腿,脚上趿拉一双塑料拖鞋,身上穿着一件已经看不出是白色的老头汗衫,下身是一条黑色的大裤衩——是老海吗?

他的长发已经剪成了寸头,头发稀疏,一片灰白,人也瘦了不少。我呆立片刻,正想着要不要上前打个招呼,忽然,手机响了。原来是有人让我移车——我的车挡了他的道。等我移车回来时,那人已经不在了。我默默地站了一会儿,然后转身离去。

暮色降临,夕阳的光影开始暗淡下来,巷子里电动车来回穿梭。几只猫在垃圾桶旁觅食,一只脏兮兮的流浪狗四处溜达。一阵风吹来,卷起地上的落叶、废旧塑料袋四处飞扬。

我的母亲田香梅

1

我母亲去世的那天早上,一切如常。起床后她先在院子里散步,然后回家吃早饭。这是她多年来养成的生活习惯,几乎雷打不动。吃早饭时她对我说,她又梦见了大雪。那段时间她常常梦见雪。"雪下得很大,雪片有巴掌那么大。"她这样描述。她还梦见我父亲在大雪中奔跑,她想追上他,喊住他,可怎么也做不到。"雪真是太大了!"她不止一次地这样感叹道。我清楚地记得,那天早晨她也说过这样的话。

我母亲身体很好,虽已九十高龄,但腿脚便利,行动自如。尽管她早年缠过小脚,走路时一摇一摆,但这并不影响她的正常生活。她的眼睛虽然老花,耳朵的听力却很好,这在她这个年龄的老人中并不多见。她的身体也无大病,除了高血压、腰椎间盘突出外,身体器官都很健康。她每天早晚都要出门散步半小时,还经常为门前的花草浇水。有时我们不放心,要陪她一起散步,她便会很不高兴,说自己还没有老到不中用的地步。不认识她的人都不相信她已是鲐背之年。不过,随着时光的流逝,衰老还是不可避免地在她身上显露出来。尤其是脑子不记事,前边说过的话、做过的事,很快就忘记了。她还常常忘记吃饭的时间。比如,你去叫她吃饭时,她会说不是刚吃过吗?有时刚刚吃过饭不久,她又会说怎么还不吃饭啊?都几点了?我们告诉她:"你刚刚吃过的啊。"她还似信非信,说:"是吗?我怎么不记得了?"弄得我们啼笑皆非。

尽管母亲的记忆力衰退严重,但对以前的事却记得十分清楚,而且事情越久远记得越清楚,包括一些具体细节,都能详尽道来。心情好的时候,她常会和我们絮叨一些往事。她说她的名字是她父亲给起的。她出生时,正是梅花盛开的季节,村子周围的山野上开满了大大小小的花朵。按田家族谱,我母亲这一辈是"香"字辈,她父亲便给她取名为田香梅。

我母亲说,她的老家在五湖西乡十里庙田家岗,离城关约十里路,家里是做茶叶生意的。我母亲是家里的长女,深得父亲的喜爱。在她之后,我外祖父膝下又添了两个女儿,就是我的大姨和小姨。兴许是长女的缘故,我母亲格外受到宠爱,就连一向严厉的外祖父也常常要让她三分。有时,母亲也会和我们谈起父亲,说起他们过去的一些事情,但对父亲的死却很少提及,甚至讳莫如深。

"他是被日本人杀死的。"如果有人提到这件事,她总是这样回答。"这事是日本人干的!"她的口气坚定不移。

可我总觉得事情没那么简单。关于我父亲的死,长期以来就存在各种说法。我曾问过母亲,没想到一向脾气很好的母亲一听这事便大为光火。"你怎么也相信这些说法?这全是乱编的,完全不负责任!"她气得浑身发抖,翻来覆去地说着这几句话。她还说这是栽赃,要去告他们。我大哥、二哥,还有三姐连忙安慰我母亲,并责怪我不该惹母亲生气。

事后,我曾向大哥说出了自己的疑惑,大哥沉默不语。他默默地抽着烟说,妈也许是对的,这事是她心中最大的隐痛。"有些事已经过去了,"他对我说,"还是不要再触碰为好。"

大哥的话中似有隐情,我说:"你能不能把话说得明白一点?"大哥看着我,慢条斯理地说:"你就不要刨根问底了。这事早有定论了,你就不要再惹妈生气了。"

他越是这样说我越感到疑惑。我父亲死亡的时间是民国二十六年十一月二十七日,即 1937 年 12 月 29 日。此时,正是日军进攻安徽的前夜。在之前半个月,日军占领了南京,并在城里进行血腥的屠杀,三十多万人倒在血泊之中。随后,日军主力第三师团、第十三师团等沿津浦路北上,侵入安徽境内。就在这个节骨眼上,我父亲突然死了。

这事在当时引起很大的轰动。我父亲名叫贺文贤,时任江淮保安司令兼新编第三十一军军长,担负着淮河一线防务重任,他的死自然引起各方关注。

我曾查阅过《民国日报》《申报》和《大公报》等有关报纸,上面都对这一事件进行了报道,内容也大同小异,认为我父亲是死于日本人的阴谋,目的就是瓦解国民党军防务,为进攻安徽做准备。《民国日报》上还刊登了江淮保安司令部暨新编第三十一军的公告。公告称,倭寇入侵,皖省告急,就在吾保安司令部暨新编三十一军全军将士秣马厉兵、严阵以待之时,吾司令兼军长贺文贤先生惨遭日本特务刺杀,身负重伤,于民国二十六年十一月二十七日夜八时不治身亡,令人殊为痛心。查凶手关口泽吉系日军第三师团谍报人员,毕业于日本士官学校,多次前来吾军进行拉拢策反,均被严词拒绝。公告最后还宣称,吾保安司令部暨新编三十一军全体将士将继承吾司令之遗志,誓与倭寇血战到底,与国土共存亡。云云。

在随后几天的报纸上还陆续刊有蒋介石的哀悼电,以及国民政府追认我父亲为烈士,并给予优厚抚恤的文告。

本来这事已成定论,随着时间的推移,人们也渐渐淡忘了这件事。直到新中国成立后,有人在《江淮文史》第五辑上发表了一篇《贺文贤死亡真相》,认为我父亲的死并非日本特务暗杀,而是他试图投敌,被部下秘密处决。至于对外公布的情况,不过是欲盖弥彰,为了稳定军心。这篇文章的作者名叫洪明柱,曾在新编三十一军担任营长。我母亲看到这篇文章非常愤怒,她先后找了有关领导进行申辩。她还让当时在三十一军担任卫队旅旅长的小五叔写了有关材料,一起交了上去。有关领导批示对此事进行调查。《江淮文史》的编辑人员找到了洪明柱,了解此文依据何在。洪明柱说依据倒没有,只是当时军中私下里有这样的传闻,他也是听说而已。领导认为,仅凭传闻便捕风捉影,很不严肃,要求《江淮文史》予以补救。于是,《江淮文史》便在第六辑上郑重其事地发表了一份调查,纠正了洪文的说法,并刊发了我母亲的声明和小五叔的回忆文章。

事情虽然平息下去,但余波未了。各种说法不胫而走,有的说法甚至十分离奇。"文革"中我母亲为此吃了不少苦头。1982年,有一家小报以《花心将军死于原配枪下》为题,杜撰了一篇文章,认为是我母亲杀了父亲,理由是情杀,因为我父亲娶了姨太太引起了我母亲的嫉恨。这个说法甚为荒唐。为此,我母亲委托我大哥将报纸和作者告上了法庭。虽然官司胜诉,但我母亲并不开心,好像一个旧伤疤又被揭了开来,旧疤新伤,痛上加痛。应该说,这件事对我母亲伤害很大。她大病一场,在医院住了很长时间。我曾问过我母亲,父亲究竟是一个什么样的人,母亲似乎不愿回答这个问题。她沉默很久,才摇摇头说:"人啊,都是会变的!"

在说这话时,她的表情十分感伤,让我颇受触动。我隐隐地有了一点预感,母亲心里一定埋藏着什么不为人知而又刻骨铭心的隐痛,而这个隐痛显然与父亲的死有关。

2

我母亲是个知书达理、温文尔雅的知识女性,她从小就受到良好的教育。我外祖父是个茶商,家境殷实,膝下有三女,即我母亲、大姨和小姨。旧时女孩读书识字的很少,但我外祖父走南闯北,思想较为开明,为三个女儿延师在家开蒙。后来我父亲流亡日本时,我母亲随同前往,又就读于东京女子学校系统深造。这所学校除了教授文化知识以外,还开设有一些关于女性行为规范和礼仪的课程。我母亲在这所学校受到熏陶,举止言谈自然不同凡响,见过她的人都被她的高贵气质所折服。

据我大姨和小姨说,我母亲年轻时极为漂亮。这话我毫不怀疑,我看过母亲年轻时的照片,是她和大姨、小姨三人的合影,照片上的母亲楚楚动人,气质高雅。虽然大姨、小姨也个个称得上是美人坯子,但与母亲相比还是略逊一筹。

我母亲八岁的时候,我外祖母便过世了。我外祖父续弦为丁氏,我母亲叫她二妈。二妈是小户人家出身,为人心胸狭窄,爱使一些小手段。她刚进门时,倒也老实乖巧,时间不长,便露出了本性。我外祖父每到茶季便会出外做生意,有时一走就是好几个月。每当这时,二妈便开始吆五喝六,借机欺侮我大姨和小姨。大姨和小姨与我母亲是一母所生,她们常常来向我母亲诉说委屈。二妈是个精明的人,进了田家后便发现,我外祖父最宠爱我母亲,因此她尽量不去招惹我母亲,而专拣大姨和小姨这两个软柿子捏。

我母亲对二妈的做法很不满,但她从不表露出来。有时,大姨、小姨与二妈吵起来,她也不露声色,视而不见,仿佛置身事外。二妈以为我母亲是支持她的,时常会对我母亲说:"大小姐,你来评评,这事究竟谁对谁错?"可我母亲很少表态。大姨、小姨都怪我母亲不仗义,还说她被二妈收买了。"她给了你什么好处?"有一次大姨气不过,指着她的鼻子骂她是叛徒。我母亲也不生气,她说:"走着瞧吧,以后你们就会知道了。"

有一次,二妈的母亲来看她了。二妈的母亲姓黄,家里人都叫她黄大姥。黄大姥家离田家岗七八里路,她常常来看二妈。据我母亲说,十里庙是通往五湖的交通要道,平时车来人往,非常热闹。那里还有一座佛寺,叫青龙寺,建于唐代,香火很旺。逢到集场,四里八乡的香客常常会赶来烧香磕头。每当这时,街上的人就像下饺子似的挤都挤不动。黄大姥每隔一段时间就要来赶集或进香,每次来都要到田家岗看女儿,吃餐饭,喝杯茶,逢上天气不好还会住上一晚。这是亲戚间的正常走动,谁也不会在意。可是,这一次,情况有些不同了。中午吃过饭后,我母亲突然把大姨、小姨找了来,除此之外,她还找来了宋妈。宋妈是我们家的奶妈,我母亲和大姨、小姨都是她亲手带大的,因此与这几个孩子很亲。

这一切二妈并不知情。她像往常一样,陪着黄大姥吃完午饭送她出门。一路走来,两人有说有笑,没想到走到门口却被我母亲拦住了。黄大姥和二妈措手不及,都有些慌张。二妈强作笑脸道:"大小姐,你这是唱的哪一出啊?"我母亲说:"把东西交出来吧。"

"交?交什么?"二妈装聋作哑道。

"这还用我说吗?"我母亲问。

"哎哟,瞧这伢哩,这都说些啥呢?"黄大姥打着哈哈,开口道,"快别逗猴了,时辰不早了,我还要赶路哩!"说着就想抽身离去。但大姨、小姨这时早就得到吩咐,二话不说,便一边一个地把她拉住了。

"搞什么?你们搞什么?"黄大姥急扯白脸地叫起来,一边叫一边躲闪。

二妈也火了。"放手,都给我放手!"她冲上来,凶巴巴地喝道。大姨、小姨被她那模样吓住了,手便松了开来。黄大姥乘机挣脱了,虚张声势地喊:"搞什么搞啊?一个个邪屁魑魑的,连个家教都没有!欺侮穷亲戚啊,这是谁教你们的?等亲家回来,我要好好地问问他,难道这就是你们田家的待客之道?"一边说着,一边做出愤愤不平的样子。

二妈也是一脸恼怒,说:"太不像话了! 敢对我妈动手动脚,这还有个上下尊卑没有啊?"她气呼呼地数落着,接着又对黄大姥说,"妈,你先走,别和她们一般见识。这事没个完,看她们爸回来怎么收拾她们!"

两人一唱一和,局势很快急转直下。黄大姥气鼓鼓地推开我大姨和小姨,一边向外走,一边嘴里咕哝道:"等着瞧,等着瞧,等你们爸回来我们再算账!"

大姨和小姨都傻眼了,不知怎么办才好。就在这时,我母亲开口了。她喊了一声"站住",声音虽不高,但充满了威慑力。

黄大姥下意识地站住了。

"先别走!"我母亲又说。

"搞什么搞?"

"我还有话要说。"

"说什么?"

"你心里明白!"

"我明白什么?"黄大姥叫了起来。

二妈这时上前道:"大小姐,你这是咋了? 你向来是个明事理的人,怎么好好的要与这两个没良心的搞在一起?"她用手指了指大姨和小姨,"二妈平时待你可不薄。"

我母亲说:"这是两码事。"

"大小姐,"二妈脸一沉,拿出长者的威严道,"你想怎样?"

"我不想怎样,"我母亲平静地说,"只是有些事,今天要讲讲清楚。"

"什么事?"二妈有些心虚,说,"我妈还要赶路哩,没闲工夫理你们。"说着便挥起手,冲着黄大姥说,"走,妈你先走,我看她们敢怎搞!还要翻天不成?哼哼,我就不信了!"

黄大姥一听这话,便想脱身。我母亲冷冷地笑了一声,看着二妈说:"看来你想把事情搞大,是吗?"二妈愣了一下,说:"你啥意思?"我母亲扭过头来喊了一声:"宋妈!"

"哎!"一直站在旁边没说话的宋妈这时应了一声。"你去把九叔公叫来吧!"我母亲吩咐道。

二妈这时慌了:"你想搞什么?喊九叔公搞什么?"

我母亲说:"你不是想把事情搞大吗?"

"谁想把事情搞大了?"

"那就把东西交出来吧!"

"交?交什么啊?大小姐,这红口白牙的可不兴乱说啊!"二妈还想抵赖。

我母亲扭过脸去对宋妈说:"宋妈,还不快去?"

"哎!"宋妈应了一声,转身就向外走。

二妈这下子急了,连忙叫道:"回来,你回来!"她一边喊住宋妈,一边惊慌失措地看着我母亲,用一种告饶的口吻说,"小祖宗,你究竟想怎搞啊?"

显然,二妈也知道这件事的后果。九叔公是田家的族长,如果九叔公到场,那事情就不再简单了。新中国成立后有一年,大姨住在我家,她对我说,那一次二妈被我母亲彻底制服了。"志明啊,"大姨叫着我的名字,"别看你母亲平时不哼不哈的,心里可有数了!"她眉飞色舞地说着,尽管这事已经过去了许多年,说起来依然让她兴奋不已。她告诉我,以往黄大姥每次来,家里总要少东西。下人们少不了要议论,可议论归议论,谁也没有证据,况且事涉二妈,更没人敢乱说。这话传到了我母亲耳中,她表面上不动声色,暗中却留了个心眼,终于那一次抓住了黄大姥的把柄。二妈开始还想以势压人,蒙混过关,可我母亲早有准备。她把宋妈找来就是要做个见证,不过她也不想把事情闹大,毕竟家丑不可外扬。事后,她让黄大姥交出了东西,并保证以后不再犯,而且她还与二妈达成了协议,从此善待大姨、小姨。当然,作为交换,她们也承诺保守秘密,不让外祖父知道此事。那一年,我母亲才十四岁。打那以后,二妈一直怵着我母亲,直到去世。"你母亲从小就老骨骨(当地方言,老成之意)的,说话做事心里可有数了!"大姨吧嗒着嘴,那口气是打心里佩服。

3

我母亲嫁给我父亲是在她十七岁那年。

这门婚事从一开始就遭到我外祖父的反对。虽然我父亲后来飞黄腾达,官至一方大员,不过年轻时他的家境并不好。我父亲的父亲,即我祖父,是个剃头的,虽说也算个手艺人,可在当时却是个下九流的行当。所谓"一流戏子,二流推,三流王八,四流龟,五剃头,六擦背,七娼,八盗,九吹灰",可见地位之低下。我父亲从小就跟着祖父学手艺,一年到头挑着个剃头挑子,走村串户给人剃头修面掏耳朵。开始是打下手,后来便独当一面,手艺渐渐超过了我祖父。尤其是掏耳朵掏得好,掏得人欲醉欲仙,舒服得不得了。乡里人常常夸赞他,说这孩子灵醒得很,是把好手。

听我大姨说,我外曾祖母是大贺村的人,也姓贺,与我父亲家有一点亲戚关系,因此我外祖父和我父亲来田家岗剃头时,常在我母亲家吃饭。不知怎么一来,我父亲就与我母亲对上眼了。"那时候,我和你小姨都还小,"大姨说,"有些事也搞不懂。不过,你父亲倒是挺招人喜欢的。"

据我大姨描述,我父亲长得一表人才,大眼睛,高挑个子,口才也好,常年行走乡间,肚里装满了各种奇闻逸事,说起来一套一套的。我父亲还会拉二胡,休息的时候便吱呀吱呀地拉上一段。我母亲爱唱黄梅戏和小倒戏,有时候我母亲唱,他就在一边拉。大人们都说,这两个孩子一拉一唱,还蛮像那么回事的。

记不清哪一年了,据大姨说,不是光绪三十二年(1906),就是三十三年(1907)。那是一个秋天,我父亲来我母亲家了。他穿着一身蓝布军服,腰上扎着皮带,看上去十分英武。我外祖父看到他那副装扮不禁十分诧异:"文贤啊,你怎搞这身打扮啊?"

"伯父,我投军了。"我父亲把手里提着的糕点盒子放到桌子上。

"投军?"

"是的,安庆讲武堂招生,我已经被录取了。"

我父亲在说这段话时,目光中充满了兴奋和期待,原以为会得到我外祖父几句夸奖,没想到却被当头泼了一盆冷水。

"文贤啊,"我外祖父摇着头说,"好铁不打钉,好男不当兵。你好好的有门子手艺,怎搞要去吃兵饭啊?这不是瞎胡闹吗?"

我父亲听了这话好不扫兴,这也激起了他的自尊。他开始婉转地反驳我外祖父,说我外祖父的看法是一种过时的偏见,并阐述了军事对我们这个积贫积弱的国家是如何重要。他还说到甲午之耻,凡我血性男儿,岂能甘于沉沦?"他说得真好!"我大姨和小姨后来对我说,当时她们就在客厅板壁后面向里边偷看。我父亲的这套新思想对年轻的女孩子来说充满了魅力,可我外祖父却对这些夸夸其谈不感兴趣。他打断我父亲说:"伢哩,说这些大话有甚用啊?你还年轻,别弄那些花里胡哨的,好好的有口饭吃就不错了。外边的事不是你管的,你也管不了。记住我的话,不听老人言,吃亏在眼前哩。"说完摇摇头,瞅了一眼桌上的糕点盒子,问,"你今天来还有什么事吗?"

我父亲听他这样一问,便拘谨起来。他低下头去,瞅着自己的脚尖,两只手握在一起搓个不停。

"文贤啊,你有话就说吧!"

在我外祖父的催促下,我父亲便鼓起勇气,抬起头来。他脸憋得通红,一向伶牙俐齿的他变得结巴起来。不过,尽管如此,他还是把想说的话说了出来。

"什么?你说什么?"我外祖父一听他的话,就差点跳了起来,"你想打香梅的主意?就凭你?"

"伯父,我是真心的。"

"真心?亏你真敢想,我家香梅也是你想娶的?这绝不可能,门儿都没有!你也不撒泡尿照照自己!"

我外祖父的话越说越难听了。我父亲受到了羞辱,脸色变得极为难看。一时间,他的信心显然受到了打击,不过他并不甘心,很快又鼓起了勇气,向我外祖父说,虽然他现在很穷,但他会努力的,将来一定会让香梅过上好日子。

我外祖父的嘴巴向上一咧,笑了起来,那笑充满了轻蔑和挖苦。"伢哩,"他说,"我看你真有点不知天高地厚。喜欢?你喜欢得起吗?"

我父亲一下被噎住了,好一会儿没说话,尽管受到了极大的伤害,但他仍然保持应有的尊严,想做最后一点争取。"两年。"他向我外祖父说,问能否给他两年时间,如果他还是没有出息,他就放弃自己的想法。我外祖父一听又笑了,这一回笑得已经十分难看了。

"两年?歇吧!"他打断我父亲的话,"你将来就是大富大贵,我们田家也不稀罕。我今儿个就告诉你,你趁早断了这个念想!"说着,拎起桌上的糕点盒子,不由分说地往我父亲手中一塞,就向外撵人。

我父亲简直有些无地自容了,就在进退两难之际,我母亲不知从哪儿冒出来了。

"爸,"她叫了一声,"你让人家把话说完嘛!"

"说什么?"外祖父一脸焐燥地说,"还有什么好说的?我们田家闺女难道嫁不出去了?阿狗阿猫都想打主意了?这不是恶心我吗!"

外祖父的话刚落音,我母亲便接了上来。

"这是我的事,你问过我吗?"

"你……"

"是的,我愿意。"

此言一出,我外祖父的眼珠子差点没掉出来。"什么?你说什么?"他瞪着我母亲,以为自己听错了。但我母亲这时又说了一句:"我愿意,我愿意跟文贤!"

"什么?"我外祖父一下子跳起脚来,冲到我母亲面前,"你这个死丫头,还要不要脸?你再说一句,看我不抽死你!"说着扬起手来。我母亲却迎上去,仰起脸来说:"抽啊,你抽啊!"

我外祖父有些不知所措了,他的手举在空中晃了晃,打也不是,不打也不是,气急之下朝外喊了一声:"来人啊!"

宋妈应声而入,我外祖父气急败坏地指着我母亲说:"快,快,快把这个不要脸的给我拖下去!"

这件事让我外祖父大为恼怒。这不光因为我父亲提亲让他感到了羞辱,更气的是,自己的宝贝女儿竟然让这个剃头佬的儿子勾了魂,他却蒙在鼓里。事后,他把家里上上下下都问了一遍,想弄清楚这件事是怎么发生的,可这种事谁也说不清楚。为了打消我母亲的荒唐念头,他让二妈赶紧为我母亲说亲,不久便物色到一家,是个做巡检的,家境不错,儿子是生员。我外祖父很满意,当即拍板定了下来。事不宜迟,很快又请人选定吉日,男方家也下了聘礼。可是,就在定亲的前一天,我母亲突然失踪了。

我外祖父派人四处寻找,几个月后才传来消息,说是我母亲去了安庆,与我父亲住在了一起。我外祖父气得暴跳如雷:"这个搪炮子的枪冲的，"他连声大骂，"我没这个女儿，田家的脸都让她丢尽了！"从此宣布与我母亲断绝了关系。

4

我母亲去安庆时，我父亲已由讲武堂毕业，分配到六十二标任排长。在那里他认识了熊成基、范传甲等革命党人，并加入了岳王会。岳王会是当时安徽最大的革命团体，由柏文蔚、陈仲甫（独秀）等人发起。它成立的日期甚至比同盟会还要早。在我母亲去安庆的前一年，岳王会整体加入了同盟会。我父亲是其中的骨干之一。

我母亲到达安庆后不久，在我父亲的影响下也积极参与岳王会和同盟会的活动，帮助传递情报，参与联络工作。当时很多有名的革命党人，我母亲都见过，像柏文蔚、陈仲甫、倪映典、熊成基、范传甲等。我母亲心情好的时候，便会和我们聊起这些往事。她说，倪映典是合肥人，说话一口合肥腔，语速很快；熊成基相貌英俊，说话做事都很沉稳；而范传甲长相老成，表情严肃，平时不苟言笑。范是寿州人，说话总是带着"俺""啥"的北方腔。我问母亲见过陈独秀和柏文蔚吗，母亲说："当时他俩都不在安庆。陈独秀是岳王会的创始人，安徽巡抚恩铭遇刺后，他逃往日本。柏文蔚在南京任职。民国二年（1913），柏文蔚督皖，陈独秀任秘书长，那时你父亲在独立旅任旅长，他们俩都来我们家吃过饭。陈独秀先生还夸过我的厨艺哩！"母亲说到这里时，颇有几分得意。

我母亲到安庆半年后就怀孕了，有一次她去军营送会单（入会表格），遇到密探跟踪。当时，徐锡麟刺杀巡抚恩铭一案刚刚发生不久,安庆的形势很紧张。为了摆脱跟踪,我母亲加快脚步,由于天降大雨,路面湿滑,不小心摔了一跤,回来后便流产了。这事让我母亲很伤心。我父亲安慰她说,没关系的,孩子以后还会有的。熊成基有一次来杨氏会馆还专门看望母亲,说小妹是为革命做出了牺牲。由于我母亲年纪小,当时很多会内的同志都叫她小妹。

我母亲去安庆是光绪三十四年(1908)开春,之后不到一年时间,便发生了马炮营起义,这是一件震动全国的大事。

事情的酝酿早就开始了。一年多前,徐锡麟刺杀巡抚恩铭被捕后,被凌迟处死,刽子手割下他的头颅,剜其心脏,供祭恩铭。官府的残暴不仅没有吓倒革命党人,反倒激起了他们的斗志。有一次革命党在联络点杨氏会馆开会,与会者纷纷发言,都说革命党人的血不会白流,这个仇一定要报,而且要狗官加倍偿还。我父亲也发表了演说,他义愤填膺,慷慨激昂,最后还高声背诵了徐锡麟写的一首诗:"军歌应唱大刀环,誓灭胡奴出玉关。只解沙场为国死,何须马革裹尸还。"在场的人热血沸腾,我母亲也很激动。当晚,她对我父亲说:"文贤,我没看错人。做男人就得像你这样,顶天立地。我会永远跟着你,哪怕是死也会跟着你。"我父亲说:"你能这样想很好,革命就会有牺牲。我自打加入岳王会就做好了牺牲的准备,但你不能死,你得好好活着。"我母亲说:"如果你牺牲了,我活着还有什么意思?""不,你错了!"我父亲纠正她说,"革命是一代一代前仆后继的事业,一个人倒下了,另一个人再站起来。你还要为革命养育后代,十几年后这些后代长大了,又会成为革命党。革命党人是杀不完的,革命的胜利早晚有一天要实现。"我母亲听了热泪盈眶。那是一个激情如火的年代,我父亲的革命精神深深打动了我母亲,她紧紧搂着我父亲,泪流满面,对他爱极了,也崇拜极了。

11月,马炮营起义失败了。在那次起义中,我父亲担任第一行动队队长。我母亲等担任后勤的几位女同志则在迎江寺附近一个联络点印刷告示、传单等。这个联络点是马炮营杨排长的住所,杨的内人,我母亲她们都叫她杨大姐。"天刚擦黑,大家便早早地吃过晚饭,然后开始等待。"我母亲回忆说,这是一个令人激奋而又颇受煎熬的过程。虽然只有短短几个钟头,大家却仿佛过了一个世纪。时间几乎停滞了,屋里沉闷得就像要窒息似的。过了一个多钟头,有人来送信,说是安徽巡抚朱家宝从太湖赶回来了。当时朝廷在太湖举行秋操,朱家宝奉命率新军第三十一混成旅前往参加,现在秋操没结束就突然回来了,显然是出了什么问题。而且,他一回来就召集有关方面紧急部署,新军三十一混成旅协统俞大鸿要求各部严加防范,并对枪支弹药进行严格管控。城里也开始戒严了,巡防营和各衙门卫队都在城门口、重要机关和交通要道增加了兵力。来送信的同志说,从情况看,官府好像听到了什么风声,大家最好保持警觉,一有风吹草动就撤离。听到这个消息,众人更加紧张了。杨大姐吩咐大家赶紧收拾东西,做好最坏的打算。

九点多钟,城外终于响起了枪炮声。"一定是马炮营打响了!"杨大姐说,众人欢呼起来。可不知为什么,城内迟迟没有响应,而城外的枪炮声却越来越激烈。夜里十一点多钟,城外的枪炮声渐渐稀拉下来。就在大家紧张不安时,忽然传来了敲门声。杨大姐示意大家别慌,接着问了一声:"谁啊?"

"是我,快开门!"

我母亲一下子就听出来了。"是小五子,自己人!"杨大姐打开门,只见小五子满头大汗,一身灰扑扑地从外边走了进来。

"小五子,你怎么来了?"我母亲连忙问道。

小五子大口喘着气,说不好了,不知什么原因城内没有按计划接应,可能出事了。"现在没时间多说,队长让我通知你们,这里不能久留,赶紧转移。"我母亲说:"你们怎么办?"小五子说,他们准备冲出城去。

小五子是我父亲的勤杂兵,他是安徽霍山人,只有十五岁,自幼双亲亡故,沿街乞讨,连个名姓都没有,只知道小名叫小五子。有一次他在街上偷东西被人抓住吊打,被我父亲救了下来,并留在了军营。我父亲给他起了个名字,叫振武,至于姓便随了我父亲,叫贺振武。小五子虽然不识字,但人非常机灵,而且对我父亲特别忠诚。我父亲也很信任他,一直把他当自己的兄弟看待。据我母亲说,那天晚上,城内的部队没能按计划行动,致使起义失败。我父亲一看局势失控,便带着人冲向北门,并让小五子来通知我母亲她们转移。

我母亲一听这情况,便想和小五子一起走。可是,城里这时早已戒严了,我母亲又是小脚,行动不便,小五子根本无法带她,便劝她和其他同志一起转移,自己则赶去北门与我父亲会合。当时,城内的官兵正从北门口向城外开拔,奉命去弹压马炮营的起义,情形十分混乱。我父亲和小五子便趁乱混出城去。

第二天清晨,江面上的炮舰开始向起义军阵地开炮。"那炮打得轰轰响,房子都被震动了。"我母亲说。这之后不久,起义失败的消息便传来了。很多人遭到逮捕,薛哲、范传甲等先后就义。薛哲还被枭首示众。据说,那次死的人很多,被牵连受害的革命党人、士兵及进步学生,全省达三百余人。杨排长家也被查抄了。好在前一天晚上,我母亲就和几位大姐转移了出去。"你妈是捡了条小命,"二姨后来对我说,"多亏了小五子送信,你母亲她们才躲过一劫。"

马炮营起义失败后,我父亲随着起义残部退往桐城、合肥一带,生死不明。安庆陷入了白色恐怖之中。我母亲躲在省立政法学堂的一个教师家里。这位教师姓边,也是同盟会会员。他是扬州人,说话带着一口浓重的苏北腔。他的内人姓夏,我母亲管她叫夏大姐。边先生两口子人很好。我母亲在他家躲了半个多月,待局势平稳后,他们便雇了一辆车将我母亲送出了安庆。

我母亲回到了五湖,由于她没有与我父亲正式成婚,按习俗是不能进入夫家的,只好又回到田家岗。我外祖父大发雷霆,说:"你这个不要脸的货,还好意思回来? 我没你这个女儿,你有多远滚多远,别来给我丢人现眼!"我母亲一声不吭,任他骂个沸反盈天,等他骂累了,才说:"爸,你骂也骂了,气也出了,你不认我这个女儿,可我不是你的女儿又是谁的女儿? 难道我是从天上掉下来的吗?"

我外祖父一听这话,气得两眼直翻,从椅子上一蹦而起,火冒三丈地喊:"你个搪炮子的枪冲的,想给老子耍泼皮啊? 你给我滚,马上滚!"

我母亲一屁股坐在椅子上说:"我哪儿也不去!"我外祖父抄起鸡毛掸子就要打,我母亲说:"打啊,打吧!打死算了,反正我也不想活了!"

我外祖父举着鸡毛掸的手颤颤巍巍的,差点一口气背过去。大姨、小姨这时都跑过来,跪在外祖父面前哭着喊:"爸,爸啊,你让姐去哪儿啊!你就饶了她吧!"

外祖父的心有些软了。正踌躇间,二妈给他上小话了。二妈说:"大小姐回来倒没啥,只是她那个男人可是个革命党,官府要追究起来,只怕家里也要跟着吃挂落。"这话提醒了外祖父。前几天官府还差人来大贺村搜查,把贺文贤的爸抓进县大牢关了起来。外祖父本来就是个胆小本分的人,听二妈这样一说,心里便敲起了小鼓。

正在犯难之际,九叔公出面说话了。他说这伢也怪可怜的,男人男人,不知下落,夫家又去不了,毕竟是田家的后代,也不能不管。"这样吧,"他想了一个折中的法子,"让她去老屋住吧!今后各过各的,井水不犯河水。将来官府过问,你们也好撇个干净。"

这个主意倒是不错,我外祖父便就坡下驴,答应下来,说:"那好,那好!就照九叔公说的办吧,以后要是有事,九叔公可得出面替我们说话啊!"

"那是自然。"九叔公一口应承。

于是,我母亲便搬进老屋住了下来。老屋是我们家的老宅子,位于村头的一个山坡下,与村子隔了一条小河。这房子是外祖父的父亲修建的,后来外祖父造了新宅子,这个老屋便空置下来。有一年,村里有个老先生借这个房子办学,办了没两年,老先生身体不好,这学也办不下去了,房子又空了下来。

我母亲搬进去后,把屋子打扫了一番。屋子虽然老旧了些,多年没人居住,有些屋墙倒塌了,院里长满了杂草,有几间偏房年久失修,屋顶也开始漏水,但前院的几间正房还算不错,能够住人。我母亲为了收拾这个房子可没少花力气。宋妈偷偷找来家里的佃户帮着整理,几天下来便也收拾得差强人意。于是,我母亲就在老屋里住了下来。

住处有了,但生计仍是问题。我母亲积蓄并不多,原先有一些首饰,后来为了救我祖父花了去。安庆起义后,我祖父受到牵连,一度被关进县大牢。后来多方求人,总算被放了出来。不过,代价也很大。为了救我祖父,贺家把仅有的几亩薄田卖了,我母亲把自己的首饰等所有值钱的东西也都拿了出来,几乎到了身无分文的地步。为了维持生存,她不得不揽些女红来做。她还在院子前后开了一些地,种些蔬菜瓜果,勉强度日。那段时间,我母亲过得很清苦。不过,由于老屋与村子隔了一条河,平时倒也安静,除了宋妈和大姨、小姨隔三岔五过来看看,很少有人走动。

起义失败后,贺文贤一直没有消息。有人说他在起义当晚被炮弹炸死了,也有人说他被捕后被秘密处决了。据我大姨、小姨说,我母亲只要提起这事就抹眼泪,直到有一次,官差拿着通缉告示来找我母亲,我母亲才知道我父亲并没有死,至于下落,谁也不知道。官差来了两次,把我母亲左审右审,想审出一点名堂来,却毫无结果,只能作罢。"不过,你妈可高兴死了,"大姨说,"官差一走,她就兴奋地念叨,说文贤没有死,他还活着,活着哩!一边说一边抹眼泪,那模样别提多欣慰了。我们也都为她高兴,陪着她一起掉眼泪。她还专门跑到大贺村,把这事告诉了你祖父。"

但是,我母亲高兴没多久,就得到了一个不好的消息。据我大姨说,有一天,她和我小姨去看我母亲,当时宋妈也在。大姨说:"你母亲坐在那里,老长时间不说话,眼圈红红的,宋妈问她怎么搞的,她说文贤死了。我们吓了一跳。"大姨问母亲打哪来的消息,我母亲说,她去镇上碰上陶二狗了。陶二狗是小陶岭的人,在六十二标做文案,前两天回来探亲。因是五湖同乡,与我父亲相熟,我母亲向他打听我父亲的情况。陶二狗说,起事人员从安庆败退后,在三河遇到河南提督姜桂题的部队,被包围了,死了很多人,我父亲也在其中。我母亲似乎并不相信,问他打哪来的消息。陶二狗肯定地说,这事错不了,因为死亡人员名单后来上报到了标部,他亲眼看到上边有我父亲的名字。我母亲说到这里,便捂住脸哭起来。"我们一看不好,都赶紧劝她。"大姨说。

我父亲的死讯传开后,村里人都很同情我母亲,背后议论说,这伢年纪轻轻就守了寡,今后可怎么办啊?只有外祖父说,死了好,这个丧门星,不死将来还不知要怎么害人哩!显然,他对我父亲拐走我母亲一事还耿耿于怀,难以原谅。

这件事对我母亲打击很大。打这以后,她像是变了一个人,本来话就不多,这时就更少了。以前她常爱唱几句黄梅戏或小倒戏,现在也不唱了。人也变得诡秘起来,平时深居简出,一副神经兮兮的样子,就连大白天也门窗紧闭,有时要敲上半天她才来开门。她还对大姨、小姨、宋妈说:"没事你们就不要来了,我想一个人静一静。"对于我母亲的状况,我大姨、小姨都很担忧。她们说,姐是太痴心了,这样五迷三道地下去,非作出病来不可。不过,宋妈倒并不太担心,她说日子一长就会好的,她男人刚死那阵子她也是这样。宋妈守寡好多年了,一副过来人的口气。

日子过得说快也快,说慢也慢。转眼到了宣统二年(1910),这是我母亲从安庆回来的第二个年头。这一年开春不久,大姨便出嫁了。男方家是五湖东乡的,家里有百把亩地,五湖城里还开有一家粮铺,家境殷实,我外祖父很满意,便大操大办起来。那段时间,家里洋溢着一片喜庆,大家都忙忙碌碌的,谁也没有注意我母亲。然而,就在这时,一件塌天的大事发生了。

5

那是在我大姨出嫁的当天,我母亲在老屋里悄悄产下了一个男婴。当时,大家都忙着送亲,没有一个人发现这件事。我母亲居然一个人把伢生了下来,据说是她自己咬断了脐带,完成了分娩的全部过程。宋妈和我小姨去给她送大姨结婚的喜糕时,简直惊呆了。"你妈躺在床上,脸煞白煞白的,被褥上全是血。"小姨描述说,"那个伢在一边张着嘴哭个不停。"

我母亲怀孕的事当时谁也不知道,她一直瞒着大家,包括大姨、小姨和宋妈。我母亲身材小巧,当时是冬天,她裹了不少衣服,虽然身子有些沉,但谁也没有往那方面想。宋妈倒是说过,大小姐胖了不少,可谁也想不到她是怀了孩子。这下事情闹大了,我外祖父一听,简直羞辱难当。

"伢?哪来的伢?"他怒气冲天地问道,但这个问题谁也无法回答。我母亲从光绪三十四年冬回来,至今已有一年半时间了,显然这个孩子应该不是我父亲的。我外祖父捶胸顿足地哭喊起来:"家门不幸,家门不幸啊!怎么出了这种丑事啊?"

九叔公让人把我母亲带到了祠堂。由于失血过多,我母亲十分虚弱,连站的力气都没有,是宋妈把她背到了祠堂。那天村里来了很多人,大家都对这种风化案充满了好奇和兴趣。九叔公要我母亲老实交代,他还说:"你一个弱女子,受了人家欺侮,只要你说出奸夫是谁,可以饶你一命。"可是任凭九叔公一遍遍地盘问,我母亲就是一声不吭。九叔公有些恼了,在桌子上磕了磕烟袋,说:"你这个女伢死犟死犟的,好嘛,你搞死不说,那就别怪你九叔公了。"

"去,去把兴泉找来!"他接着又吩咐道。

兴泉是我外祖父的名字。那天祠堂断案时,我外祖父自觉丢脸,躲在家里没有去。现在九叔公派人来唤,他不能不露面了。

"兴泉啊,"九叔公对我外祖父说,"好话歹话我都说了,也算是仁至义尽了,可这伢就是搞死不开口,你说我怎搞?"

我外祖父说:"该怎搞就怎搞!我没这个女儿,田家也没这个孽种!"他咬着牙说,腮帮上的牙槽骨一鼓一鼓的,那模样实在气得不轻。

"唉,"九叔公叹了一口气说,"那好吧,兴泉啊,这事也怨不得我了,就只有按族规办了。"

"等等!"我母亲这时忽然开口了。

"你还有什么话要说?"九叔公问她。

我母亲道:"香梅死不足惜,但伢无辜,但求能饶他一命。"

九叔公沉吟了一下,走到我母亲面前说:"伢哩,九叔公也不想这样,但这么大的事,总得有个交代。我早对你说过,只要你说出那个野男人,一切都好办,我包你和伢都能够活下来。"

我母亲听他这样一说,又低下头去不作声了。九叔公轻轻叹息了一声,背过身去,朝族丁们摆摆手。

当天下午,我母亲便被剃了阴阳头,游村示众。她的脖子上挂了两只破鞋,由族丁们架着,一路走来。一个族丁敲着锣,一边敲一边高声喊道:"偷丁养汉,大逆不道,(咣咣——)伤风败俗,族规不容,(咣咣——)奸夫淫妇,十恶不赦,(咣咣——)沉塘下狱,罪有应得。(咣咣——)"

村里人都出来围观,人群里窃窃私语。有人说,这女伢平时不作声不作气的,原来是个闷骚货。还有的说,色胆包天,什么事都敢干,先是私奔,这男人前脚刚死,后脚就偷起人来了。"总之,什么难听话都有!"小姨说,"当时我们家的脸都让你母亲丢尽了。你外祖父更是感到奇耻大辱,在家拍桌子打板凳,连心脏病都气犯了。"

"这能怪谁呢?"小姨心里一点都不同情外祖父,她对我们说,"要怪只能怪他自己,当初要是把我姐留在家里,哪会发生这样的事呢?"

游街的第二天,按照族规要将奸夫淫妇沉塘。族丁们连夜把沉塘的竹笼子编好了,到时只要把人关进笼子,然后沉入塘底即可。原定沉塘的时间是午时三刻,村里不少人早早就来到了祠堂里等候。可左等右等,始终不见九叔公露面,也不见我母亲的身影。过了好久,九叔公终于来了。他宣布说:"沉塘的事暂时缓缓,族里还要再议议,大家都先回吧!"至于议什么,他也没说。

那些前来看热闹的人不禁大感扫兴,纷纷抱怨说:"搞什么搞嘛!说好的事怎么说变就变啊?"但九叔公是族长,一言九鼎,众人有意见归有意见,但九叔公的决定却无法改变。后来,陆续传出消息,说是九叔公放话了,这事不能就这么完了,奸夫没抓到,不能便宜了那家伙,等抓到这个人再一起处置不迟。

九叔公的这个决定挽救了我母亲,也救了我伯父。村里人都说,我母亲命大,不知哪辈子烧了高香,土都埋到脖子根了,又一口气喘了过来。

不过,我母亲虽然活了下来,日子却更艰难了。以前村里人看她日子过得紧巴巴的,有心接济她,常有人送些吃的用的,家里有女红什么的也都送过来让她做,可现在她的名声坏了,人们唯恐避之不及,再也不愿上门了。小姨(大姨此时已出嫁)和宋妈有时偷偷给她送点东西,现在也不行了。我外祖父看得很紧,他说:"谁要再和那个不要脸的来往,看我打断他的腿。"二妈更是变本加厉,隔三岔五就要对家里的粮食、衣物等进行清点,发现什么不对头的地方,便要兴师动众,挨个盘查。即便小姨和宋妈想把东西拿出来也办不到了。

那段日子,我母亲几乎到了山穷水尽的地步。家里但凡能卖的都卖光了,经常是吃了上顿没下顿。大人还好办,孩子一饿就嗷嗷哭叫。为了省下粮食给伢吃,母亲每天只喝一点米汤,有一次竟昏倒在地。多亏了大姨,她出嫁后便不断从夫家送来接济,加上我母亲在前后院子和河边上开荒种地,这才勉强有了温饱。其实,生活艰难还不算什么,最难的是名声坏了,没人再愿意和她来往,大家看见她就像躲瘟神似的躲得远远的。人们那异样的目光令人心寒。当地的混混也开始打她的主意,不时骚扰她。为了防备不测,我母亲便在门后藏了根扁担,还在怀里揣了把剪刀。有一次,一个混混调戏她,她拼死反抗,并用剪刀划破了他的脸。这事让大姨知道了,便十分担忧,她把这事告诉了自己的男人。大姨的男人姓左。左家在五湖城里开有一家粮店,由大姨男人打理,因而人们都叫他左老板。左老板很同情我母亲,他提议重新给母亲说个人家。"你姐长得标致,又读过书,年纪也不大,找个人家怕也不难。"左老板说。大姨觉得这也是个办法,便向我母亲提起这事,我母亲一听就摇起头来。

"不行,不行!"她连声说,"我走了,九叔公怎么交代?我可是答应过他。再说他也不会让我走的。"

"嗨,管不了那么多了,"大姨说,"他不让走,咱偷偷走呗,这事我们家老左有办法。"

我母亲还是摇头。

"怎么了?"大姨疑疑惑惑地看着她说,"你不要跟我讲,你还在等那个人吧?"

"快别胡说了,这都啥时候了?"我母亲叹了一口气,说,"我答应过九叔公的,不能说话不算数。"

"那你告诉我,这人究竟是谁?"

我母亲苦笑了一下,说:"事情都过去了,还说他干吗?"

尽管我母亲三缄其口,但人们私下里的猜测却从未停止。我母亲在村里很少与人来往,去她那里的人也屈指可数。这个男人究竟是谁?村里人排来排去,最大的嫌疑有两人。一个是贺维贤,他是我母亲的小叔,我父亲的胞弟。我母亲回来后,他时不时地来看望我母亲,送些东西,帮着干活。贺维贤比我母亲小两岁,人也机灵,与我母亲关系一直很密切。后来突然有一天,他就不来了。等到我母亲产下伢时,人们才发现他已不知去向。贺家人对他的行踪也讳莫如深,一会说他去河南投亲戚了,一会又说他去江西跑生意了。听大贺村的人说,他离村出走的时间约在我母亲产伢前五至六个月。人们推测,他一定是发现我母亲怀孕,感到掉不了爪子,这才脚底板抹油溜了。

除了贺维贤,还有一人嫌疑很大。这人是从淮北来的一个泥瓦匠。人长得高高大大,是那种典型的北方人,国字脸,浓眉大眼,胳膊和腿都很粗壮。他是来帮我母亲修房子的,一连干了半个多月。每天歇工后,人们便看到他在河边擦洗身子,虽然时值冬季,但他丝毫也不感到冷。有小媳妇到河边洗衣裳,看到了便私下议论,说这人皮肤白条条的,胳膊上也满是老鼠肉(指肌肉),一动就乱跑。一个死了男人的年轻寡妇碰上这种烈燥的男人,难保不出事情。我母亲出事后,还有人先见之明地说他早看出来了,这事有名堂。当地泥瓦匠有的是,我母亲偏偏不找,反倒要大老远请一个外乡人来修房,这事想想就不大对劲。但这些议论除了供人们茶余饭后聒聒蛋外,并无根据,何况不论是贺维贤,还是那个淮北泥瓦匠,以后很长时间都没露过面,想查也无从入手。

6

宣统三年(1911)夏季,五湖的几个县都连降大雨。大雨持续下了半个多月,听说淮河又决堤了,许多地方都被淹没,五湖城里也到处都是逃荒的灾民。有人预言,天象示警,要出大乱子。果然,到了秋天,天下就大乱起来。

这一年的阴历八月,寒露过后不久,有人从五湖带回了消息,说是武昌革命党造反了,撵跑了巡抚大人,把武昌城也给占了。又过了一个多月,有人从省城回来,说安庆也闹起来了,革命党架起大炮朝城门楼上轰轰直放,黑烟冒起几丈高。"乖乖,我的妈,那可是动真家伙啊!"来人哑巴着嘴说,一副惊恐不安的样子。

此后又过了几天,一个更惊人的消息传来了,说是五湖光复了。就在前一天,有人进城还一切如旧,可一夜过去,天就变了,到处都是革命党的兵,扛着各式各样的旗帜,有十八星铁血旗,也有五颜六色的三角旗、四方旗以及长方形的旗帜,这些旗帜或镶红边,或镶黑边,也有镶黄边的,都是戏台上演戏用的。武器有鸟枪、土铳、抬枪,以及长矛、大刀、木棍等。那些兵穿着也五花八门,腰里扎着红带子,说话侉里侉气的,听说是从北方开过来的。除了这些杂牌兵外,还有一些穿戴正规的新军,青呢制服,足蹬皮鞋,背着新式步枪,从街上走过时排成一列列,"一二一"地喊着口令,辫子也剪了,留着半截头发,盘在大檐帽下,老百姓称之为"和尚兵"。

有人问:"知府大人呢?"

"早跑了。"

"那李管带呢?"

"跑得更快,两天前就没了影儿。"

"看来这天真要变了!"有人感叹道。

就在人们对世道变化惊叹不已时,当天下午,一个更让人意想不到的消息传进了村里——有人看到了我父亲。那是在五湖城天后宫举行的光复大会上,我父亲代表新成立的五军政府登台讲话。

"噫,这不是大贺村的那个小剃头的吗?"有人认出他来。

"可不就是他!"

"乖乖,当上什么官了?"

"听说是个啥的总司令。"

"总司令?这官不小吧?"

"那你说呢?"

人们议论纷纷。天后宫的光复大会一散,就有人兴冲冲地回村把消息传播开了。有人开始还似信非信:"哒,你没看走眼吧?那个小剃头的不是死了吗?"

"没死,我亲眼看见的。"

"没看错吧?"

"怎么可能?我可是从小看着他长大的。如今人家可是总司令了!"

"乖乖,真看不出来啊!"

就在人们还未回过神来的当口,这天傍晚,我父亲便来到了村里。他骑着一匹高头大马,戴着蓝色的大檐帽,腰上扎着皮带,挎着手枪、洋刀,身后跟着十几个护兵,全都背着新式快枪。那模样威风凛凛,神气得不行!我父亲进村不久,族丁便咣咣敲起锣来,通知各家到祠堂里开会。听我小姨说,当时我外祖父听说我父亲回来了,身子一软,差点没摔倒。他害怕极了,吓得浑身发抖,根本不敢去祠堂。他还让下人赶紧闭上大门。宋妈让我小姨快去找我母亲,想让她躲一躲。你想,我母亲偷人这事要是让贺文贤知道了,那还了得?如今人家可是总司令了,连当官的都敢杀,杀我母亲还不是小菜一碟?可我小姨跑到老屋前前后后找了两圈也没见着我母亲,后来一想,也许我母亲得知消息已经躲起来了。这样一想,心便稍稍放了下来。回来时路过祠堂,老远就看见里边挤满了人,我小姨忍不住挤了进去。当时天已经黑透了,祠堂里点起了马灯,堂上堂下,照得一片雪亮。一个熟悉的声音在高声说着什么,小姨挤了进去,从人缝中看见一个人正站在堂上说话,不禁惊得目瞪口呆。

说话的那个人正是我父亲。更让小姨惊讶的是,我母亲抱着伢就站在他的身旁。

"这是我的儿子!"没等我小姨反应过来,堂上便传来我父亲的声音,他朗声大笑着,指着我母亲手里抱着的伢说,"我要你们知道,这个孩子,他就是我贺文贤的儿子!"

"贺文贤的儿子!"他接着又大声重复了一句,像是在庄严地宣告。我母亲站一边,抱着那个伢,脸上洋溢着欣慰而又满足的笑容。

"来,把儿子给我!"贺文贤伸手从我母亲手上抱过那个伢,在他脸上狠狠地亲了一口,又把他高高地举起来。这个孩子就是我大哥,当时才一岁多,吓得哇哇大哭。我父亲开心地大笑起来:"瞧瞧这熊孩子,连你老子都不认识啦!"

他的话引来台下一片大笑。我小姨看着这光景,简直有些傻了。这时,不知是谁推了她一把,说:"香桃(我小姨的名字),快见你姐夫!"众人一听这话都扭过头来,看着我小姨。

小姨有些不好意思了,连忙向后退缩。"噢,是二妹啊!"我父亲这时也看到她了,向她招手说,"过来,快过来! 我今天来就是为你姐正名的。她为我、为革命受了冤屈。她是好样的,不愧是我贺文贤的革命同志和革命爱人,我要向她致敬!"说着,啪的一声,双脚一碰,朝我母亲敬了一个军礼。

"好啊!"有人喊了一声,接着是一片掌声。

"我当时真发蒙。"小姨说。由于来得晚,我父亲前边说了些什么她也没听到,一时间还不明白事情的原委,直到后来才听说,原来安庆起义失败后,我父亲向庐州撤退,一路遭到官府追杀。为了逃生,熊成基下令分散突围。我父亲负了伤,只好躲进山里,待风声平息后,打听到我母亲已回到田家岗,便悄悄地潜了回来,在老屋里躲了大半年,等伤愈之后才离开村子经由上海逃往日本。

"你妈真不简单啊!"小姨说,"这么大的事,她居然藏在心里,谁也没说。为了保护你父亲的安全,她还在屋里悄悄修了一个夹墙,真是绝了!"

我问小姨,我母亲找那个淮北泥瓦匠是不是就是为了修这个夹墙。"可不是。"我小姨说。起初大家还不明白她为何舍近求远,大老远地找一个外乡人来修房子,原来是怕走漏了风声。"你母亲真有心计,这事做得滴水不漏,真不容易啊!要搁我和你大姨早就乱套了!"

当然,我母亲能够活下来,还得感谢九叔公的暗中相助。据说,就在沉塘前一天晚上,我母亲斟酌再三,让人把九叔公找了来,向他道明了实情。九叔公是个明事理的人,加上他本来就同情我母亲,况且他也知道这事的严重性,如果官府得知朝廷通缉的要犯曾藏在村里长达半年之久,他这个族长也难逃干系,起码也要落个失察之罪,于是便找了个由头将这事捂了下去。我父亲对此非常感激,那天在祠堂里,他当众跪下给九叔公磕了三个头。

听我小姨说,那天和我父亲一起来村里的还有我的小叔贺维贤以及我父亲的护兵小五子。贺维贤也穿上了军装。原来,我父亲潜往上海时,就是靠他与外界联络,先是找到小五子,再与革命党接上关系,使我父亲成功逃脱。后来,我父亲东渡日本时,贺维贤也跟着一起去了,难怪会突然不知去向。

我曾问过我母亲,当年她怀大哥时,我父亲是否知道。我母亲说:"我告诉过他。他让我一定不能要这个孩子,否则说不清楚。"可他走后,我母亲还是决定把肚里的孩子留下来。我父亲后来为了这事也埋怨过我母亲,他说:"你不要命了?这太危险了!"我母亲则说:"在安庆时,第一个伢就流掉了,这个我不想再失去了。再说,你这一走,生死难料,我好歹也得为你留点血脉吧!"

我母亲说这话时轻描淡写,但在话语的背后却有一种朴素、真挚而又伟大的情感,我父亲被她深深打动了。他沉默许久,然后一把抱住我母亲说:"香梅,你是一个伟大的女性,我贺文贤娶了你,三生有幸!"

7

我父亲那次回村,只住了一个晚上。第二天便返回五湖城,组织北伐联军,准备北上抗击清军南下。那晚祠堂里的会一散,我父亲便领着我母亲和我大哥去拜见我外祖父。一进门,他就朝我外祖父磕了一个头,叫了一声:"爸!"

我外祖父虽然感到有些尴尬,但还是应了一声,上前把我父亲扶了起来。我二妈这时一反过去姿态,对我父亲巴结得不得了,一口一个姑爷地叫。她还提议让我母亲立马搬回来住,这样也好有个照应。我小姨看着她那副谄媚的样子,十分不屑,后来小姨对我们说:"瞧她那个巴结劲,就跟个哈巴狗似的!"

民国二年,1913年7月,二次革命爆发。袁世凯屯积重兵,大举南下,而国民党内部由于患得患失,意见不统一,只能仓促应战。战事一开始就极不顺利。我父亲此时在安庆任学生军司令。辛亥年间,我父亲率北伐联军北上,被编入柏文蔚的第一军任独立旅旅长,在津浦线与清军作战,打得十分顽强。柏文蔚是安徽寿州人,曾任革命党的主力第一军军长,是我父亲的老上司。推翻清朝统治后,他被任命为安徽都督,与江西李烈钧、广东胡汉民、湖南谭延闿并列为南方四大都督。柏文蔚督皖后,把原来第一军中的一部分部队带往安徽,我父亲也随同前往。不久,袁世凯以裁军为名,将我父亲所在的独立旅进行了撤裁,改任命我父亲为安庆讲武堂总办。我父亲对此很不满,但为了顾全大局只好接受。二次革命打响前,随着局势日益紧张,柏文蔚有一天把我父亲找去了。

"华章(我父亲的字),"柏文蔚将我父亲领进书房对他说,"看来老袁要动手了,你是什么态度?"

我父亲说:"文贤不才,但革命到底,矢志不渝!"

柏文蔚对我父亲的回答感到满意。"好,很好!"他让我父亲坐下来,把他的计划告诉了我父亲,"这次裁军,我们上了袁世凯的当,现在手上的老本都被裁光了。不过,亡羊补牢,未为晚也。我们得赶紧想办法补救。"

就在这次谈话中,柏文蔚决定以讲武堂为班底成立学生军。我父亲回去后立即行动起来,他把过去撤裁掉的旧部重新召回,加以编练。后来,果然发挥了重要作用。

7月下旬,局势越来越紧张了。北洋军先是攻占九江、湖口,江西讨袁军节节败退,与此同时,江苏讨袁军也放弃徐州,退守蚌埠。7月28日传来消息,讨袁军总司令黄兴竟然放弃南京,一走了之,整个讨袁阵营立时陷入群龙无首的境地。此时,正在皖北与北洋军苦战的安徽讨袁军也军心大乱,全线崩溃。

尽管大局败坏,形势艰难,柏文蔚仍然没有放弃,一边努力调动部队,重新部署,一边做好退守徽州的准备,打算从屯溪经祁门,由婺源进入江西,与李烈钧的江西讨袁军打成一片,再图恢复。

然而,就在这当口,安徽陆军第一师师长胡万泰突然回师安庆。胡万泰的父亲是北洋宿将胡殿甲,与袁世凯交情不浅。由于这层关系,他的第一师在裁军中得以保留下来,其编制甚至超过了柏文蔚从南京带来的第四旅,成为安徽最大的一支军队。这次,柏文蔚重新部署作战方案时,令胡万泰率部去太湖作战,没想到他没有接受命令,便擅自从前线返回安庆,显然别有所图。

柏文蔚闻报十分警觉,就在胡万泰前来都督府时,他将军刀放在手边,以防不测。当时我父亲也在都督府,事后他对我母亲说,当时情形很紧张,只见胡万泰腰佩手枪,大大咧咧地走进来,开口就对柏文蔚说:"克强(黄兴的字)走了,你知道吗?"

柏文蔚十分冷静地敷衍着他,说:"克强走的事我已经知道了。现在大势如此,安庆也难保了,我也准备走了,这里的一切交给你负责吧!"胡万泰一听这话立马变了态度,高兴地说:"这样也好,我已派人向倪嗣冲、段芝贵接洽了!"

倪嗣冲为皖北镇守使,段芝贵时任北洋第二军军长,都是袁世凯进攻安徽的得力干将。胡万泰毫不隐讳地承认自己已派人与他们联络了,说明他已决定投敌。鉴于当时安徽讨袁军的主力,包括柏文蔚从南京带来的第四旅,都已派往前线,安庆空虚,柏文蔚只能先稳住胡万泰说:"你好自为之吧!我走后只有一个希望,那就是希望你不要糜烂省城,有害百姓!"

"这个还用说吗?"胡万泰连声应承。

结束谈话后,柏文蔚转过脸来对我父亲说:"华章,你替我送一下胡师长!"

"是!"我父亲应道,便把胡万泰送到了门口。胡万泰与我父亲是老相识了。当年我父亲考入讲武堂时,胡还做过他的教官。事后,据我父亲说,他把胡万泰送到门口后,胡万泰问他今后怎么打算。"是跟他走,还是留下来?"他把嘴巴朝都督室努了一下,意思不言而喻。

我父亲明知故问道:"胡师长的意思是什么?"

胡万泰笑了起来:"你只要留下来,别的我不敢保证,但你的学生军我保证给你编成一个旅,由你做旅长!"

我父亲说:"那好啊,我就跟着胡师长干吧!"

"这就对了!"胡万泰高兴地拍了一下我父亲的肩膀说,"识时务者为俊杰。以后咱们兄弟一起干,有我吃肉的,就少不了你喝汤的。"

第二天一大早,胡万泰便翻脸了。本来说好让柏文蔚主动撤离,第一师不予干涉。没想到柏文蔚起床后,正在洗漱,卫士便跑进来报告,说第一师把都督署包围了。柏文蔚似乎早有预感,一边通知应变,一边打电话给胡万泰,问他想干什么。胡万泰在电话里打着哈哈说:"我对都督本人并无恶意,你也可以走,但你手下的一些人必须交出来!"

"哪些人?"柏文蔚问。

"名单马上送到。"胡万泰回答。

不一会儿,有人送来了名单。柏文蔚一看当时就火了,名单上的这些人都是坚定的革命同志,他的忠实部下。他拿起电话明确告诉胡万泰:"这绝无可能!我柏文蔚不会卖友求生,哪怕兵戎相见,亦在所不惜。"两人在电话里大吵起来。胡万泰一看柏文蔚发火了,便退了一步:"都督放心,将来大家还要见面嘛。无论如何,我会保你的安全。"

柏文蔚说:"那就多谢了,你我二人,和平解决最好,你让开一条路,我尚可原谅你,否则你将猪狗不如!"

最后胡万泰答应让开东门,以便柏文蔚撤离。上午八点多钟,包围都督署的第一师部队按约定开始撤走,柏文蔚也如约带着卫队营撤离都督署,可刚出辕门不久,四面立时枪声大作,原先撤离的第一师又出尔反尔,发起进攻。柏文蔚和卫队营被迫退回都督署,据门而守,双方发生激烈枪战。紧要关头,狗头山上的大炮忽然响起,向叛军和胡万泰的司令部连连发炮。与此同时,一支部队从叛军身后掩杀过来。我父亲带着学生军赶到了,与柏文蔚的卫队营会合一处。叛军一时大乱,四散退去。众人拥着柏文蔚杀开一条血路,从小南门撤向江边,乘船向芜湖方向退去。据小五叔(我父亲的护兵小五子,后来我们这一辈都称他小五叔)说,部队且战且退,到达江边时只剩下为数不多的六七十人,几乎溃不成军。

8

柏文蔚退到芜湖后,本想重整旗鼓,但已力不从心。此时革命军四分五裂,不仅各自为政,而且内讧不断。柏文蔚眼看无力回天,只得下令解散部队。临别前,柏文蔚在船上与我父亲谈了一次话。他说:"华章,你后悔不后悔?如果你不跟我的话,也许会升官发财。"我父亲说:"我贺文贤生是革命的人,死是革命的鬼。为了革命,哪怕是死都在所不惜,岂会为了一己私利,放弃革命。"柏文蔚很感动,他说:"可惜啊,如果我们的同志都像你这样,何至于此?"第二天,我父亲便与柏文蔚分手了,带着小五子一起逃往上海。

二次革命开始前,我父亲出于安全考虑,事先派我小叔贺维贤将我母亲和我大哥、二哥送回了老家。大哥名叫忠明,二哥是我母亲在安庆时生下的,取名孝明,此时已经快一岁了。我母亲这次回乡,没去田家岗,而是名正言顺地去了大贺村,即我祖父家。听我小姨说,我母亲回乡后曾去田家岗看望我外祖父,并住了两个晚上。这时二次革命已经打响了,而且战事很不顺利。我母亲很为我父亲担心,她经常让人进城买报纸,了解战事的进展情况。但那时的五湖还很闭塞,消息并不灵通。8月间,讨袁行动完全失败了,我母亲还蒙在鼓里。

9月下旬的一天,就在我母亲四处打听我父亲的消息时,一天晚上,小五子突然来到了家里。他是趁着夜色悄悄进村的。只见他上身穿着粗布短褂,下身是一条黑裤子,一副庄户人家的打扮。我母亲第一眼差点没认出他来。

"小五子,你怎么这身打扮?"我母亲颇感惊讶。

"出事了,出事了!"小五子顾不上礼节,迫不及待地连声说。

"出了什么事?"

"司令被捕了!"

我母亲吓了一跳,连忙问起事情经过。

"唉,别提了,"小五子喘着气,满脸憔悴,又饥又渴。我母亲倒了一杯凉茶递给他,让他慢慢说。他一口气咕嘟咕嘟喝了下去,然后抹了抹嘴巴说,"我们一到上海就被盯上了,到处都是密探。司令很谨慎,但还是没有逃脱。"

据小五子说,部队解散后,我父亲潜往上海,先是住在北大桥礼查饭店,以前他到上海常住这里,情况比较熟悉。他住的房间在二楼,小五子给他送行李时,看到二楼楼梯口站了两个穿黑绸衣的北方大汉,嘀嘀咕咕地说着什么,马上意识到情况不妙,立即向我父亲报告。我父亲便借晚上在楼下餐厅吃饭时,从后门溜出了饭店。小五子按照吩咐,早已叫了辆黄包车候在后门。我父亲上了黄包车,由北大桥到极司菲尔路,一路上换了六次车,最后到了他熟悉的一个朋友家,在那儿住了三天,然后又通过这个朋友在静安寺赫德路租了一间房子,又躲了十来天,这才订了船票打算前往日本,尽管做了仔细的防范,上船时还是让密探给发现了。

"人现在何处?"我母亲问。

"提篮桥,"小五子说,"听说就关在提篮桥。"

"人还好吧?"

"不清楚,什么消息也没有,那里也不让探监,"小五子说,"我没咒念了,只得赶紧回来报信。"

两人正说着话,我小叔贺维贤也来了。三个人商量了一番,觉得事态严重,得赶紧设法营救。那段时间,各地不断有处决革命党人的消息传来。大家不敢耽搁,第二天便赶往上海,找到了住在极司菲尔路的我父亲的那位朋友家。这位朋友名叫梁善鸿,是南京人,在上海做五金生意。梁老板同情革命,辛亥革命前就资助过同盟会,与黄兴、柏文蔚都很熟悉。我父亲在第一军任职时与他相识。梁老板告诉我母亲,二次革命失败后,袁世凯料到革命党人会从上海出逃,因此加强了戒备,派出了大批密探,在码头、车站布控。听说这次抓了一百多人,都关在提篮桥。"老袁心狠手辣,"梁老板说,"这些同志看来性命堪忧。"我母亲听了这话便哭了起来,请求梁老板一定设法相救。我的小叔和小五子也帮着求情。梁老板一边安慰他们,一边答应想办法。

可是,一连几天,梁老板四处活动却毫无进展。据说这批案犯是由总统府执法处督办的,上海地方也插不上手。就在事情陷入僵局之时,有一天,我的小叔贺维贤拿着一张报纸跑进来,说:"快看,快看!徐树铮来上海了。"看着他那副高兴劲,我母亲和小五子都有些莫名其妙。我母亲甚至不知道徐树铮是谁。贺维贤向我母亲解释说,徐树铮是现在的陆军次长,陆军总长段祺瑞手下的大红人。"可是,"我母亲还是有些不解,"这和我们有啥关系?"

"有关系,太有关系了!"贺维贤说,"你还记得小陶岭的那个陶二狗吗?"

"记得,"我母亲说,"不就是那个六十二标的吗?他和文贤可是老熟人。"

"正是。"贺维贤说。

我母亲当然记得这个人,当年就是他告诉我母亲,在死亡名单上看到我父亲的名字,害得我母亲伤心了好久。"陶二狗怎么了?"我母亲还是没明白我小叔的意思。

贺维贤说,据他所知,陶二狗现在是徐树铮的副官,徐树铮来了,说不定他也会跟着来。我母亲听他这样一说,便明白了。

"你是说去求陶二狗?他能行吗?"

"谁知道呢?"我小叔说,"眼下只能死马当作活马医,不妨试一试!"

陶二狗大名陶顺良,二狗是他的小名。小陶岭与田家岗相隔不到十里地,投军之前,我父亲常随我祖父去小陶岭剃头,从那时就与陶二狗相识了。那时陶二狗家很穷,有时连剃头费都掏不起,我祖父也不计较,说是没钱就先直着吧,可影着赊着便成了一笔糊涂账,我祖父也从未追讨过。陶二狗心存感激,后来到了部队,与我父亲同在六十二标,两人关系一直不错。我父亲一度还想动员他加入岳王会,可陶二狗对革命不感兴趣,还劝我父亲不要瞎掺和。尽管思想政见不同,但这并不影响我父亲和陶二狗之间的关系,陶二狗明知我父亲是革命党也从不向上报告。不仅如此,有时还暗中给我父亲递些消息。

清帝退位后,段祺瑞出任陆军总长。陶二狗有个舅舅在段祺瑞手下任事,他便跑到北京去投靠,没想到竟被留在陆军部,后来又受到陆军次长徐树铮的赏识,当上了他的副官。

当天下午,梁老板便摸清了情况,说是陶顺良确实来了上海,是随徐次长一起来的,就住在上海迎宾馆。

得知这个消息后,我母亲便带着我大哥、二哥去了。8月的天气热得要命,我大哥那时才三岁,我二哥还不到一岁。我母亲背上驮着我大哥,手里抱着二哥,浑身大汗淋漓。当时她去上海时,家里人都劝她别带孩子去了,可她执意要带。据她自己说,她已做好最坏的打算,万一救不出我父亲,哪怕让他最后再见一见孩子也好。只是这个想法她没有说出口,害怕不吉利。

迎宾馆戒备森严，守卫的士兵态度蛮横，不容我母亲多说，便让她滚开。我母亲苦苦哀求，全无效果。但她仍不死心，便带着孩子守在大门外边。烈日当空，酷热难当，我大哥、二哥热得直哭，我母亲找了个阴凉的树下，一边摇着大蒲扇，一边不停地向迎宾馆门前张望。不断有汽车和马车进进出出。我母亲心里想，陶二狗说不定就在这些车里，只是不知哪一辆而已。她有心上前拦阻，又怕惹怒了这些当官的，误了大事，只好耐住性子等待。从中午一直等到傍晚，我大哥、二哥哭闹累了，都睡着了。终于有一辆马车驶到门口停了下来，一个军官从车上下来，大约是要买什么东西，他走到街旁的商铺里。我母亲连忙跟了上去，叫了声长官。那个军官年纪不大，中等身材，皮肤黑黑的。他回过头来看了我母亲一眼，眼神流露的轻慢拒人于千里之外，可我母亲已经顾不上这些了，硬起头皮说："有劳长官，你认识陶副官吗？"

"陶副官？"

"是的，陆军部来的。"

那人又看了我母亲一眼，态度似乎有了一点变化。

"我们是亲戚，"我母亲解释说，"我是老家来的，能否劳烦长官帮我们通报一声？""你叫什么？"那人问道。

"田香梅，"我母亲说，接着又补充道，"你就说是五湖田家岗的，他就知道了。"

"哦！"那人点点头，没再说什么。之后，他进商铺里买了东西，然后重又上了马车。我母亲跟在他后边连声道谢。那军官也不搭理，朝车夫示意了一下，马车便驶进了迎宾馆。我母亲忐忑不安地看着远去的马车,也不知他会不会帮着通报。看他的口气像是答应了,又像是没有答应。

不知又过了多久,天这时完全黑了,迎宾馆门前亮起了灯。随着时间一点点地过去,我母亲真有些绝望了,就在这时,一个护兵模样的人从迎宾馆的大门里走了出来。

"啥,那个啥?"那个护兵操着一口河南腔,走到我母亲跟前,"你是不是就是那个啥,从五湖来的?"

"是,是啊!"我母亲连声说。

"走吧,跟俺走!"那护兵说着便领我母亲进了迎宾馆。一路上,那护兵也不说话,领着我母亲在院子的花园里七绕八绕,然后进了一幢小楼。在二楼的房间里,我母亲终于见到陶二狗。陶二狗刚刚吃过饭,满口喷着酒气,一只手夹着烟卷,一只手捏着牙签不停地掏着牙。我母亲一见他便像见了亲人似的连声叫道:"陶大哥,陶大哥,我可把你找到了……你可得救救我们啊……"

陶二狗从椅子上站了起来,他穿着上校军服,头上没戴帽子,露出光光的脑袋:"哎呀呀,原来是弟妹啊!真是你啊,你怎么来了?"

我母亲等了大半天,好不容易终于见到了陶二狗,不禁百感交集,顾不上说话,眼泪便扑簌簌地往下滚。陶二狗说:"弟妹啊,别急,别急!有话慢慢说,你还没吃饭吧?"说着便吩咐护兵通知餐厅备饭。我母亲哪有心思吃饭啊,迫不及待地把我父亲被捕的事告诉了陶二狗。

陶二狗咂着嘴巴说:"哎呀呀,你看,你看,我这个文贤老弟啊,什么都好，就是个死脑筋。我劝过他多少回，别和那些'乱党'搅在一起，他就是不听。上回马炮营起义差点丢了小命，这回又跟着那帮人瞎起哄。这能闹出啥名堂？简直是鬼迷心窍！"

我母亲附和他说："谁说不是呢？事到如今，再说也晚了，只求陶大哥能伸伸手把他救出来。"陶二狗露出了为难的表情。"救出来？这谈何容易啊！"他摇着头说，"你知道这是什么案子吧？总统府亲自督办的，谁敢碰啊！"

我母亲一听这话又抹起了眼泪，她说："无论如何你得救救文贤，我也知道这案子难办，这不才来求你吗？我都在这大门前候了一天了，你可不能见死不救啊。陶大哥，你就行行好吧！如果文贤有个三长两短，这叫我们孤儿寡母可怎么活啊？"说着，扑通跪了下去。我大哥、二哥一见这情景也都哇哇大哭起来。陶二狗这时心也软了，他说："好了好了，快起来吧！我来试试吧，不过你也别太指望。这案子太大了，太大了……"他嘴里咕哝道，眉头皱得老高。

从迎宾馆回来后，一连两天都没有消息。这期间，梁老板听到风声，说是袁世凯已下令将抓获的革命党秘密处决。我母亲担心极了，正打算再去找一下陶二狗。第三天上午，电话铃响了，是陶二狗打来的。

"弟妹啊，好消息！"陶二狗在电话里说，"徐次长发话了，同意放人。"

我母亲一听喜极而泣，连声道谢。

"你别谢我了，"陶二狗说，"算他命大，徐次长可不是好讲话的，这次倒是给了面子。不过，徐次长也说了，出来前得登报声明脱离国民党,并拥护袁大总统。"

我母亲当时来不及思考,甚至连想都没想便连说好的,并千恩万谢。

当天下午,我母亲便被允许探监了。她带着大哥、二哥,还有好酒好菜,来到监房。自安庆一别,我母亲已有好几个月未见我父亲。父亲瘦了不少,胡须也因多日不剃,显得有些蓬乱,但精神尚好。他抱着我大哥、二哥一通乱亲,我大哥、二哥被他胡须刺挠得乱躲,引得我父亲哈哈大笑。我母亲把来上海,以及找陶二狗救他的事说了一遍。我父亲一边喝酒,一边听着。他双腿相盘,坐在地上,一副神态自若、无所畏惧的模样。

"没想到这个陶二狗还念着旧情。"他放下酒杯,抓起一只卤猪蹄啃起来,这是他平时最爱吃的食物。"这个陶二狗他是攀上老段了,"我父亲说,"当年民国建立,他也邀我去北京,我没答应。"父亲举起手中的猪蹄子:"我怎么可能去呢？我和他走的不是一条路。"

"不过,这回陶大哥真是帮忙了,"我母亲说,"要不是他找徐次长,他们不可能放人的。听说这是总统府执法处的案子。"

"这个我清楚,我进来后就没打算出去。"父亲又倒了一杯酒喝进肚里,"只要放我出去,我还会从头开始。革命虽然失败了,但这只是暂时的,最后的胜利必将属于人民。你就等着瞧吧!"他又抓起一个猪蹄咬下一口,显得十分兴奋。"哦,对了,"他一边嚼着一边说,"他们说了什么时候放人吗？"

我母亲说:"陶大哥说了,只要签一份声明马上放人。"

"声明?"我父亲警惕起来。等他弄明白怎么回事后,便把手中的猪蹄子一扔,"要我写声明,这不可能!"他怒气冲冲地说,"我不可能背叛国民党。要我拥护袁世凯,这更是痴心妄想!"

"袁世凯是个什么东西?"他把面前的酒菜盒子用力一推,捏起拳头在空中晃了晃,"这个屠夫、刽子手!独夫民贼,千古罪人!他干了多少坏事,践踏共和,无视约法,灭绝人道,暗杀元勋,双手沾满了革命党的鲜血,凡我国民都要共讨之,共诛之。我贺文贤怎么可能发表声明去拥护他?"我父亲站了起来,脸颊通红,两眼瞪得溜圆,那股愤怒的样子就像要与人决斗似的。

我母亲没想到父亲的反应会如此激烈,连忙劝他说大丈夫能屈能伸,不如先保命,出去后再作计较。

"不,这绝不可能!这是对我的侮辱!"他在屋里急促地转了两圈,把手用力向空中一劈,用一种毅然决然的语调说,"我贺文贤死不足惜,但决不向袁贼低头!"

"文贤,"我母亲急了,她说,"你死了我们怎么办啊?伢还这么小,你总得为他们想想?"

我父亲摇了摇手,打断她的话:"香梅啊,我早对你说过,我贺文贤生是革命的人,死是革命的鬼,从我决心参加革命那天起,就早已把生死置之度外了。我请你保全我的人格,将来孩子大了,也会为他们的父亲骄傲!"

话说到这个份上,已经无法再继续下去了。我母亲呜呜地哭起来,我父亲走过去,一边抱起我大哥,一边抚着我母亲的肩膀说:"好了,香梅,你要坚强!"他说,"你去告诉二狗,我贺文贤感谢他救命之恩,只是这件事断难从命!"

我母亲心都碎了,当她带着两个孩子回来时,又热又累又饿,一进房门便晕了过去。第二天,我父亲托人从狱中带了一封信给我母亲。信上再次表明心迹,并交代了后事。信中还附了一首绝命诗。诗云:

血染大地从吾志,岂肯贪生遗世讽。
地下笑看袁贼灭,金戈铁马唱大风。

据我小叔说,那时候的父亲真是一腔热血,铮铮铁骨,让人钦佩。陶二狗得知消息后,很不高兴,他对我母亲说:"你看看,你看看!这叫怎么回事嘛!这不是死心眼吗?写个声明能死人啊?他这样搞,把我也撂进去了,徐次长要是问起来,你让我怎么回答?"说着,抖起手,一副懊悔不迭的样子。

9月间,监狱里开始秘密处决革命党人了。每天夜里,都会有人被点了名带出去,然后再也不见回来的。我父亲这时已做了最坏的打算。一天夜里,牢门打开了,一个狱官高声叫道:"42号,出来!"

42号是我父亲的狱号。他知道最后的时刻来临了,便站起来,与狱友们一一握手告别。大家都不说话,只是在握手时加大了力度,一切尽在不言之中。

"名字?"走到牢门口时,狱官冲我父亲喝道,以便确认他的身份。

"贺文贤。"

狱官合上文件夹,摆了一下头。两个狱警上来关上牢门,带着我父亲走出牢房,来到院子里。我父亲抬头看了一下满是星斗的夜空,心想这也许是他这辈子看到的最后的夜景了。然而,接下来发生的事完全出乎我父亲的预料。狱警们带他穿过院子,一直走到监狱的大门口,然后把他释放了。

这是怎么回事?我父亲简直有些不敢相信,站在闷热的夏夜里足足好几分钟,直到确认这一切都是事实后才迈开脚步离开了。

拂晓时分,他来到了我母亲的住处。这时外边正下着雨,雨点很大,我父亲浑身上下都淋透了,在朦胧的微光中显得阴森恐怖。我母亲以为遇到鬼了,吓得大叫起来。小五叔和我小叔闻声跑了过来,当他们看见我父亲后,不禁欢呼起来……

9

我父亲这次得救完全是一次偶然。据陶二狗说,我父亲拒绝发表声明后,让他十分难堪。他好不容易从徐次长那儿讨来个天大的面子,偏偏我父亲不买账,让他无法交代。本想不声不响,瞒过此事,偏偏徐树铮没有忘记。有一天傍晚,陶二狗给他送电报,他忽然问起了这件事,说:"你上次找我放的人放了没有?"陶二狗一看瞒不住,只好如实禀告,并大骂:"这个贺文贤不识好歹,简直是猪狗不如的王八蛋,当初我是瞎了眼,替他求情。请徐次长宽宥,务必宽宥!"骂完之后,他又冲徐树铮点头哈腰,脸上堆满了讨好的笑容。徐树铮阴沉着脸听着,听完后忽然大笑起来:"嘿嘿,这小子有点种啊!"

"他叫什么名字?"

"贺文贤……"

"嗯嗯……"

陶二狗不知徐树铮是何意思,连忙说:"这家伙是死硬脑壳,胆敢反对总统,早该枪毙了!"徐树铮不置可否,低下头去看电报,一目十行几下就看完了,然后拿起话筒,一个电话打到执法处,居然把我父亲放了。

"天晓得他是怎么想的。"据陶二狗说,我父亲这条命真是捡来的。这件事也真是奇了,徐树铮公务繁忙,千头万绪,求他办事的人不计其数,事后他很少过问,偏偏这次居然想起了这件事,你说奇不奇?此外,徐树铮位高权重,脾气也躁,敢于顶撞的人一般都没有好下场,谁知这次不仅不以为忤,反倒格外开恩,又是一奇。更奇的是,就在徐树铮打电话放人的那天傍晚,我父亲已被执法处定于当晚处决。徐树铮这个电话不早不晚,偏在这个时候到了。"我这个贺老弟啊,真是命大福大造化大啊!"以后陶二狗见到我母亲不止一次地这样说。

我从小五叔那儿听到这个故事后,当时既惊叹又感动。父亲视死如归的精神和母亲对父亲的真挚情感都深深打动了我。我很激动地找到母亲,问她怎么从没说起过这件事,母亲说这有什么好说的?我说这太了不起了,父亲在狱中的表现完全可以称得上英雄。母亲听了之后的反应却大出我的意料。她摇了摇头,叹了一口气。"此一时,彼一时啊!"她当时这样说。

我大惑不解:"母亲,你这话是什么意思啊?"

母亲苦笑起来,又是那句话:"过去的事就让它过去吧!"

显然,她不愿多谈这件事,这究竟是为什么呢?母亲深爱着父亲,这一切不言而喻。为了父亲,她不顾一切地随他私奔,甘冒沉塘的危险而为他怀孕生子,后来为了救他又千辛万苦四处求人。然而,就是这么一个深爱着父亲,曾经为他感到骄傲,并对他十分崇拜的人,为什么在我们面前却从不愿谈论他,这究竟是为什么?其中又发生了什么呢?为了寻找答案,我曾走访过许多人,包括我父亲的老部下。他们都认为,这一切与我父亲后来的变化有关……

我父亲被释放后,很快离开了上海,先是到香港,然后由香港去了日本。这次流亡,我母亲也跟着一起去了。由于我二哥太小,还没断奶,我母亲便带他随行,大哥则被我小叔送回了老家大贺村。到达日本后,我父亲母亲先是住在一个朋友家。这个朋友姓姚,原先在《明报》工作,也是同盟会会员,住在东京牛込区若宫町附近。我父亲第一次流亡日本时曾在这条街上住过,对这一带比较熟悉。之后不久,我父亲便在离若宫町不远的东五轩町租了房子,带着我母亲、二哥搬了过去。

在日本期间,我父亲报考了日本士官学校,我母亲则上了东京女子学校。清末民初受男尊女卑思想影响,国内女子学校还十分罕见。我母亲原先在家随父亲读过一些书,但从未正经入学。到了日本,受新思想影响,便有了入学的想法。尤其是读了梁启超的《论女学》后,这种心情就更迫切了。梁启超的文章说,女学盛则国强,女学衰则国弱。我母亲对此感触很深。我父亲非常支持我母亲的想法。他说:"天下女子之才力,不在男子之下,西方早已男女平权,而我国还恪守女子无才便是德的陈规,岂不大谬?"

当时,与我家住隔壁的是原江西第十三师师长,名叫刘廷佐。辛亥革命前,他在云南新军第十九镇任标统,后加入同盟会,曾参加过唐才常的自立军起义和孙中山领导的镇南关起义。刘师长与蔡锷将军关系密切,早在唐才常起义时,他们就相识,后来成了患难之交。民国政府成立后,刘廷佐被授少将军衔,率部驻湖口。二次革命打响后,他起兵反袁,失败后逃至日本。刘将军是河南信阳人,为人豪爽,心直口快,与我父亲脾气相投,一见如故。由于他比我父亲年长十来岁,加上资历老,我父亲对他很尊重,言必称前辈。刘将军的夫人罗太太是个不识字的河南妇女,但待人厚道、热情,我母亲与她很投缘。因此两家来往密切,不分彼此。我母亲入学后,就把我二哥放在罗太太那。罗太太来日本时也带了一个女儿,已经七八岁了,经常帮着照看我二哥。

东京女子学校除了教授一般课程之外,主要以绘画、烹调、女红、持家等课目为主,其宗旨乃培养"佐夫相夫之贤内助矣",虽然这些还算不上真正的新学,但我母亲在这里还是受到了新观念的熏陶,眼界进一步开阔。当我三姐出生后,我母亲便坚决不让她缠足。因为在学校里,老师就严厉地批评过中国的缠足之风,声称"缠足一日不变,则女性解放一日不达"。后来,家里人都为三姐庆幸,说她生当其时,这都得益于我母亲接受了新式教育。

我父母在日本期间,生活并不宽裕。他们走得匆忙,身上带的钱并不多，虽然爱国华侨自发组织了一些救助团体，对流亡者定期有一些资助，但十分有限，除了交房租、学费，一家三口的生活开支全靠我母亲精打细算。有很长一段时间，我们家的饭桌上只能看到泡菜、腌萝卜条和白饭团，就连蔬菜也不是每天都有。每个月，只有我父亲回来时饭桌上才偶然能见到一点荤腥。刘将军看我们家生活太苦，有时会主动借钱给我们，但我父亲母亲大多婉拒，不到万不得已决不向别人伸手。我父亲是个精力充沛的人，爱交朋友。每当朋友来访，就是再困难，我母亲也要好酒好菜热情招待。这些钱只有靠勒紧裤带从以后的生活费中挤出来。

我父亲的朋友中大多是国内的流亡者，也有一些是到日本新交的，包括他在军校的同学。其中还有一些日本朋友。有一个名叫关口泽吉，是熊本县人，身材矮壮，目光炯炯。他和我父亲同为步科的学生。此人很健谈，而且爱喝酒，酒量很大。每当喝到高兴时便会高声吟唱，用的是日语，听上去有板有眼，韵味十足。我母亲后来听我父亲说，关口唱的是一种日本民间的说唱浪曲，起源于大阪，后来流行于东京、横滨等地。

有时聚会，刘将军也会过来参加。他喝酒不多，非常节制，但有时情绪上来了，也会唱两句河南豫剧。他的嗓子不是太好，但咬字准确，一口河南腔十分地道。每次表演时，他都要站起来，极为投入。尤其是《铡美案》中包阎罗的那段唱词，更是他的拿手好戏：

慢说你是驸马到，龙子龙孙我不饶。
头上打掉乌纱帽，身上再脱衮龙袍。

紧紧麻绳捆三道,我要是贪赃枉法我不姓包!

每当唱起这段时,他都声情并茂,美髯飘逸,高大的身材,腰板挺得笔直,浑身上下都透着一股英武之气。为了助兴,我母亲有时也会在这种场合唱上一段黄梅戏或家乡的小倒戏,我父亲则在一边拉二胡。这把二胡是他来日本后一个朋友送他的。尽管在日本期间,生活十分清苦,但我母亲仍然认为这是她一生中度过的最充实、最美好的时光。

到日本第二年,我母亲生下了我三姐,取名慧明。这是我母亲生的第一个女孩,也是唯一的女孩。我父母前后生下三男一女,作为唯一的女孩,我三姐一直被视为掌上明珠,宝贝得不得了。由于三姐出生,家里的生活更拮据了。我母亲不得不靠典当物品来维持生计。不过,这种情况并没有持续太久。我父亲接到通知去一个军事学校担任教官。这个学校由流亡者秘密开办,主要是用来对流亡的进步青年进行军事培训,以便为今后回国开展军事斗争做准备。学校设在东京郊区,对外名义上是一个木材厂,经费来源主要依靠中国华侨和日本进步人士的资助。刘将军参与了这个学校的建立和筹划,并向有关方面推荐了我父亲。基地教官的薪酬比较丰厚,从此家里的生活渐渐有了改善。

那段时间,我父亲十分忙碌。经常是军校和基地两头跑,业余时间则潜心研究军事学。他认为国民党败就败在军事上。要想打败袁世凯,取得革命的胜利,就必须加强军事力量。刘将军对他的想法很赞同,说建立这个学校就是要为革命培养军事人才,将来回国好抓军队。他还为学校提了四句口号:"十年教训,君子成军。九世复仇,再造英才。"

民国四年(1915)冬,袁世凯称帝的消息在日本报纸上陆续披露出来,引起了中国留学生和革命者的愤怒。那段时间,东京和神户经常有抗议集会。我父亲多次参加,并在集会上发表演说。不久,护国战争打响了。有一天晚上,刘将军来到我家,对我父亲说:"文贤,你都准备好了吗?"

我父亲说是的。早在半个多月前,他就开始做起了准备。他对我母亲说,回国的时候就要到了。刘将军拿出蔡锷的电报给我父亲看。"松坡(蔡锷的字)已经回国组织了护国军,"他说,"他要我回去帮他,你和我一起走吗?"

我父亲二话没说,几天后便与刘将军一起出发了。

民国五年(1916)春,我父亲随刘将军先期回国,由香港转赴云南,投身于护国战争。之后,我母亲也带着我二哥、三姐乘船抵达上海。我小叔事先接到信,赶到上海将我母亲和二哥、三姐接回了五湖老家。我大哥忠明这时已经五岁多了,能够满地跑了。几年未见,他见了我母亲倒有了几分生疏,站在门口怯生生地看着。我曾祖母说:"看这伢哩,连你妈都不认识啦?快叫妈,叫妈!"说着拉起他的手把他拉到我母亲面前。直到这时,我大哥才羞答答地叫了一声妈。我母亲高兴地抱起他来,一个劲地亲着,并从我父亲手中接过我三姐说:"来,过来!见见你的小妹妹。"

我大哥好奇地看着我三姐,问我母亲她叫什么名字,我母亲说叫慧慧(我三姐的小名),接着又对我三姐说:"叫哥哥,慧慧叫哥哥!"

"锅锅!"我三姐稚声稚气地叫了一声,顿时引来了一片笑声。

10

民国五年(1916)春,护国军胜利的消息不断传来。4月初,我母亲接到了父亲的来信,说战争打得十分胶着,尽管北洋军武器精良,人数众多,但护国军在蔡锷将军的领导下,得到了全国人民的支持。3月中旬,他们与北洋军第七师唐继尧部进行了决战,并打到纳溪、泸州一带。此后很长时间,我父亲没有再来信,我母亲十分担心,但不久报上就登出袁世凯取消帝制的消息。我小叔说,看来护国战争取得了胜利。但不知为什么,我父亲一直没有消息。这一年的9月间,五湖的天气极为炎热,夜晚无风时简直就像个大蒸笼。我母亲牵挂我父亲,常常整夜无法入睡,独自一人坐在庭院里,听着遍野的蛙声,内心充满了焦躁。

就在我母亲茶饭不思之际,秋分过后的一天,我父亲突然回来了。跟他一起来的只有小五子一人,两人都是便装。我父亲不修边幅,神情低落,显得十分憔悴。这情况很不正常。我母亲问他怎么一直没有来信,他摆摆手,似乎不想回答。我母亲又问刘将军还好吗。"好?能好吗?"他突然提高嗓门,勃然大怒,"这帮乌龟王八蛋,倒行逆施,祸国殃民,全是一路货色!革命同志的血全都白流了!"

我母亲吓了一跳,不知他发的是哪门子火。小五子在一边急忙向我母亲使眼色,我母亲便知趣地不再问了。

事后我母亲从小五子那里了解到,护国战争开始后,蔡锷将军出任护国军总司令,刘将军任第三梯团参谋长。我父亲任独立团团长,随同第三梯团作战。独立团中有很多人都是从日本回来的革命同志,他们士气高涨,战斗力极强。当时在第三梯团第六支队步兵第十团任团长的就是后来成为中国人民解放军总司令的朱德元帅。听我父亲说,朱德很能打仗,当时就以"勇敢善战,闻于滇省"。我父亲曾和他一起作战,对他极为钦佩。我父亲的独立团也打得十分英勇,官兵们浴血奋战,至战争结束时,伤亡人员达半数以上。蔡锷患病去日本后,云南都督唐继尧把持大权,开始排斥异己,他逼走了刘将军,又以军费紧张为由下令撤裁我父亲的独立团。我父亲非常生气,这时又得知消息,陆军部下拨的四十万元遣散费中有三十万被新任师长万雨平贪污了。我父亲冲到师部声讨,万雨平起先矢口否认,后来又说这是奉唐都督之命,另有他用。我父亲说:"不论是谁的命令,这是官兵们的血汗钱,你必须如数交出来。"

万雨平愤愤道:"你在和谁说话?"

我父亲说:"我管你是谁?这钱必须交出来!"

万雨平冷笑道:"嚄,你口气不小啊!一个小小的团长,难道还反了不成?我劝你闭上嘴巴,不要造次,否则后果自负!"

我父亲也火了,拔出手枪顶住了万雨平的脑门说:"你们这帮混蛋蛀虫,打仗的时候你们在哪里?现在一个个都跑出来捞钱捞利,就连官兵们的血汗钱也不放过,你们的良心难道都让狗吃了吗?你们还是不是人?简直猪狗不如!"

我父亲气得浑身发抖,大吼大叫,面目狰狞,多日来压抑在肚里的怒火一下子喷发出来。小五子当时就站在一边,他后来对我母亲说,他从没见过司令(因为我父亲当过学生军司令,小五子一直称他为司令)气成那样,他真担心司令会控制不住扣动扳机。万雨平吓坏了,连连告饶,在我父亲的逼迫下,当场写下了三日内交款的保证。

三天期限一到,我父亲便如约前往师部领款。当时他只带了一个排的兵力,走到离师部约三里路的一个山谷里,忽然伏兵四起。我父亲知道上当了,马上进行反击,怎奈对方人数太多。"起码有一个营,"小五子说,"还配了十几挺机关枪。"我父亲带着人拼命突围,最后好容易逃了出来,身边只剩下小五子一个人了。

万雨平并不罢休,下令在全省范围内对我父亲进行追杀,并在大街小巷贴满了通缉我父亲的布告,罪名除了谋反、通敌之外,其中还有一条竟然是贪污遣散费三十余万。简直是颠倒黑白,反咬一口!

我父亲在云南待不下去了,只好逃往广东。当时广东也是一片混乱。袁世凯死后,各地军阀为了抢占地盘,互相混战。国民党这时也四分五裂,派系林立。看到这个局面,我父亲心灰意懒,满腔爱国热情也一下子降至冰点。

回到家乡后,我父亲情绪消沉,常常一整天不说一句话。不是闷在屋里抽烟,就是在池塘边垂钓。有时傍晚时分,他会站在村边的小山坡上看着夕阳西下,暮色西沉。远远地看去,那个身影显得无比颓丧和寂寞。那段时间,他还写了一些诗作,诗意低沉,充满了苦闷。其中有一首这样写道：

数年茫然志成灰，大风歌罢凄凉归。
一腔热血付东流，钓翁塘边恨成堆。

我母亲很理解我父亲。为了革命他不惜抛家别妻，牺牲自己，结果换来的却是理想破灭，山河破碎，这怎么能不让他心里感到难过和痛苦呢？有时在他心情好时，我母亲问他今后打算怎么办。他说："还能怎么办啊？这个国家完了，彻底完了，已经没有救了。如今是坏人当道，污水横流。就连那些过去的战友同志也一个个变了，变得无耻、自私、贪婪，而正派的人几乎没有立足之地。还是陶二狗看得明白，什么革命，什么志向，全他妈的扯淡！"他说着说着又激愤起来："这些年我都干了什么？简直愚蠢透了！看看现在，这难道就是我们提着脑袋换来的革命成果？就是我们抛洒鲜血为之奋斗的救国目标？"

我母亲默默地听着，等他抱怨完了，才慢慢地劝上几句。其实，我母亲觉得这样也好，多年来她一直支持父亲革命，但又无时无刻不在为他牵肠挂肚。如果父亲真的想开了，从此淡出江湖，不问世事，夫妻相守，终老林下，不是也挺好吗？毕竟我母亲不是那种具有远大志向的人，对她而言，丈夫、孩子和家庭还是第一位的，这在她心目中更为重要。

然而，我父亲终究不是甘于寂寞的人，虽然他多次说从此不再过问政事，而且还对家里的老房子进行扩建，打算为养老之用，但我母亲知道,他并不甘心如此。那段时间,他订了好几份报纸,对政事依然十分留心。他还经常进城走动,打听政局的变化。虽然我父亲无官无职,但五湖城里的官员和士绅都知道我父亲的经历和大名,对他十分客气。他每次进城都会受到热情款待。从这些渠道,我父亲了解到不少时局的动态。

那段时间,内战开始逐渐平息,国内出现一片和平景象。袁世凯死后,黎元洪接任了总统,但北京真正当家的却是皖系的段祺瑞。他以内阁总理兼陆军总长,由于反对袁世凯称帝,被誉为"再造共和"的英雄,人气爆棚。有人把他看作重建民国的伟人。西南方面和国民党中的某些派别也开始拥段,就连发起护国战争的中坚人物、大笔杆子梁启超也对他大唱赞歌。新成立的内阁受到广泛好评,南方人士占了全部九席阁员中的五席,其中还包括国民党的孙洪伊、唐绍仪、张耀曾等人。报上把这个局面称为"南北融合,气象一新"。当时,国内外人士一致看好段祺瑞,认为他是一个把中国带向新时代的伟大人物。

我父亲看到这种局面颇为心动。有一天驻五湖的新任保安团团长前来拜望我父亲,他见了我父亲,啪地就是一个敬礼:"贺司令,我是李显南,你还记得我吗?"我父亲看着他面熟,却记不起来了。听他介绍之后,才知道这个李显南原来是他在安庆建立学生军时招的一个小兵。"没想到就连他都当上团长了。"李显南走后,我父亲感慨地说,口气中既有些得意又有些失落。

这一年的新年,陶二狗回乡过年了。他如今已是陆军部的军需处长,少将军衔了。他的回乡惊动了五湖的大小官员,人们蜂拥而至前来拜谒,通往小陶岭的路上冠盖如云,他家的门槛几乎都被踏破了。我母亲劝我父亲也去看看,说毕竟陶二狗当年救过他的命,可我父亲却一口回绝。"不去!"他说,"我贺文贤不是趋炎附势之徒,别说他一个陆军少将,就是中将、上将,我也不会去舔他的屁眼沟。"我母亲见他如此,便说:"你不去我去!""你敢?!"我父亲吼了起来,"谁也不准去!你给我听好了,我贺文贤有自己的人格!"

我母亲知道他放不下架子,也不再强求。不过,我父亲没有去看陶二狗,陶二狗倒主动上门来了。那天是年初六,陶二狗骑着马,身后跟着两个护兵。一到我家,两个护兵便忙着往家里搬礼品。陶二狗见了我父亲,又是握手,又是捶肩打背的,一口一个"老伙计"地叫着,别提多亲热了。我父亲开始还有些矜持,端着架子,渐渐也放了下来。中午吃饭时两人喝了不少酒,越喝越近乎。

"呔,老伙计,"陶二狗说,"你打算怎么搞啊?就这么窝在家里养老啊?"

我父亲答:"孔子云,道不行,乘桴浮于海。"

陶二狗说:"老伙计,别清高了!你文贤老弟一身本事,窝在家里岂不可惜?不如跟我一起去北京。如今是合肥(指段祺瑞)当家,你去了肯定有用武之地!"

陶二狗一番吹捧鼓动,我父亲心里挺受用的,也渐渐动了心。那天,陶二狗走后,我父亲给刘将军写了一封信,把这个情况告诉了他,并征求他的意见。刘将军在护国战争后也回乡赋闲,我父亲一直与他保持通信。两人在信中倾诉苦闷,抨击时局,在很多问题上都保持一致的看法。刘将军很快回了信,他说对这个段合肥还要再看看,看看他到底是一个什么样的人,但对我父亲出山他表示支持。"如果他们真的信任你,让你带兵的话,正好可以借此抓一支军队,将来也好为革命积累资本。"刘将军的话正好说到了我父亲的心坎里。经过一连串的挫折,他早已认识到军队的重要性。在这个强权世界,实力永远是第一位的。

民国六年(1917)春,我父亲束装北上,前往北京。陶二狗十分热情,把他安排在自己家里住,并积极向段祺瑞引见。我父亲原以为很快就能见到段祺瑞,可等了半个多月后都没有消息。陶二狗说:"你别急,老总(指段祺瑞)现在忙得很,有的督军、省长要见他照样得等上十天半个月。"后来有一天终于等到了通知,段祺瑞要见他了。陶二狗兴冲冲地把我父亲带到了国务院。那天,段祺瑞正在会见外国使节,我父亲在候见室内等了一个多时辰,会见才结束。当时候见室里已有好几个人在等待接见。轮到我父亲时又过了一个多时辰。秘书把我父亲带进会见厅,只见段祺瑞坐在沙发上看着一份什么文件,秘书在他耳边低语了一下,他抬起头来看了我父亲一眼。

"你叫什么呢?"

我父亲心里有些不快,心想怎么连我的名字都不知道啊?

"贺文贤。"我父亲回答。

段祺瑞哦了一声,又低头看起文件,接着拿起茶几上的笔在文件上批了几个字,交给秘书,这才又抬起头来看着我父亲说:"你的事他们都跟我说了,哦,对了,听说你去过日本?"

"是的。"

"学的什么？"

"步科。"

"哦。"段祺瑞点点头。

秘书这时把我父亲的履历递上去，段祺瑞一目十行地扫了一眼，然后又拿起笔批了几个字。"好了，"他说，"你去找又铮吧。"

就这样，前后不到两分钟，接见就结束了。这与我父亲原先的想象完全不同。秘书把我父亲送到门口，将段祺瑞批过字的履历交给我父亲，只见上面批的是"请又铮办理"。又铮是徐树铮的字。我父亲感到受了怠慢。陶二狗安慰他说："老总就这样，有话则长，无话则短，从不啰唆，时间长了，你就知道了。"

第二天，我父亲见到了徐树铮。徐树铮说："你就是贺文贤啊，当年可是我救了你！"我父亲说："是的，多谢徐次长！"

徐树铮哈哈大笑。"知道我为何要救你吗？"他问。

我父亲说不知。

"就因为你不怕死，是条汉子。"徐树铮说着又笑了起来，"我喜欢你这种人。来，坐，坐……"他让我父亲坐下来，谈了半个多小时，内容主要是忠诚至上，要服从元首。他说："现在南北停战了，但南方并不消停，北方也有些人唯恐天下不乱。特别是民党分子，还在处处捣乱。有些人专门与老总作对，我们要有所警惕。"他还对我父亲说："你的经历我知道，是个可造之才。今后要与那些乱党划清界限，我保你前程无量。"最后他问我父亲，"说说看，你想做什么？"

我父亲说希望能够带兵。

徐树铮迟疑了一下,说:"你还是留在部里吧,部里需要人手。"

几天后,我父亲的任命下达了:陆军部一等参议,少将军衔。我父亲感到失望,他知道他们并不信任他。"是不是因为我曾经是革命党?"他对陶二狗说。陶二狗心知肚明,但他却劝我父亲说:"你先干着吧,以后有的是机会。"

11

第二年春上,我们全家搬到了北京。据我大哥说,北京的房子是个很大的四合院,院子分三进,每进都有北房、南房和东、西厢房,中间围着庭院。内宅还有一个边门通着花园,花园里有假山、池塘和古树。院子后边是下人居住的,配有马房、卫兵室。院门高大,雕梁画栋。院子门口还有两个高大的石狮子。家里的用人里里外外有二十多个。我母亲很惊讶,问我父亲哪来这么多钱。父亲没有正面回答,只是说:"香梅啊,你跟我受了那么多年的苦,如今也该享享福了!"

一年多未见,我父亲发福了。他红光满面,肚子微微隆起,脾气也似乎有了改变,不再像以前那样牢骚满腹,愤世嫉俗。他又交了许多新的朋友,而与那些过去的革命党同志也几乎不再来往。每天去部里办公时,我父亲都穿着那套蓝色的将军制服,制服上镶着金线,军帽上飘着白缨,皮靴擦得铮亮,腰上挎着老长的指挥刀。他的坐骑是一匹雪白的高头大马,身后跟着两个卫兵,显得十分威武。我祖父和我曾祖母都说我父亲出息了,为老贺家光了宗耀了祖。有一次,大姨来北京住在我家,看到这情景更是惊得眼珠子瞪得老大。"乖乖隆地咚,韭菜炒大葱。"她咂着嘴巴说,"这派头连知府大人也比不了啊!"

民国七年(1918)7月,为了扩大皖系势力,段祺瑞组建了参战军,下设三个师,清一色的日式装备。军士教导团开训时,段祺瑞亲临训示。军政大员前呼后拥,国务总理靳云鹏、陆军次长徐树铮等悉数到场。我父亲也去了。段祺瑞在会上宣读了训词。他的兴致很高,讲话时指着靳云鹏说:"你们看靳督练就是我当年小站练兵时的一个炮兵,如今他都能当国务总理。你们要服从命令,遵守纪律,好好练习本领,将来的前途一定不可限量。"

段祺瑞讲话时,靳云鹏在一边不住地点头。段讲完后,靳云鹏接着讲话,他说:"我是当年小站练兵时,段督办手下的一个小炮兵,今日的地位,全靠段督办一手栽培提拔得来。今日你们做了督办的学生,将来前途真是不可限量的。"

他们的讲话引起阵阵掌声。

参战军成立,我父亲觉得是一个机会,因此专门上书段祺瑞,提出一整套提高战斗力的训练方法。段祺瑞看了很感兴趣,当即把徐树铮找来,说这个人是个人才,并把报告交给了徐树铮。有人把这话传给我父亲,我父亲很高兴,认为老总发话了,徐树铮很可能会用他,让他带兵。但是,他的想法落空了。徐树铮并没有找过他,甚至连提都没提过这件事,这让我父亲很失望,认为他们还是不信任他。

据我母亲说,那段时间我父亲变化很大,革命激情似乎正在消退。他那段时间的诗作大多是写一些风花雪月,内容空洞无物。

他过去最恨别人花天酒地,如今也常去八大胡同,甚至彻夜不归。我母亲对此很不高兴,劝说过他多次,可他总是说人在江湖,身不由己,这都是必要的应酬,逢场作戏。那时节,北京流行平剧。为了安抚我母亲,每当有名角儿挂牌,我父亲总要在戏园子里订下包厢,让我母亲去听。我母亲的心里非常矛盾,我父亲早年为革命四处奔走,让她担惊受怕,现在父亲追求享受、吃喝玩乐同样让她不安。

到北京后不久,我母亲便怀上了我。那期间,以段祺瑞为首的皖系军阀与以冯国璋为首的直系军阀的矛盾开始公开化了,直系军阀和政客开始不断抨击段内阁。有一次,报纸披露说陆军部利用职权侵吞军费,数额巨大,其中点了陶顺良(陶二狗)和我父亲等人的名字。这让我母亲感到震惊,不是因为侵吞军费这件事本身,这在当时官场司空见惯,而是因为我父亲也卷入其中。我母亲问起这事,我父亲嗤之以鼻。"这都是直系那帮人搞的鬼!"他对我母亲说,"他们不是针对我的,也不是针对二狗的,而是对着老总和次长的。"我母亲问那报上说的是否确有其事,我父亲并没有直接回答,而是说:"现在谁不捞啊?他冯国璋不捞?曹锟不捞?一个比一个捞得凶!腰包早就撑得鼓鼓的了!"我母亲十分惊讶,想当年他为了万雨平贪污遣散费的事,冲冠一怒差点打死万雨平,如今居然说出这种话,这让我母亲无言以对。

民国八年(1919)阴历二月十六日,我母亲生下了我,取名为志明。满月的时候,还在饭店里摆了酒席,我大姨、小姨当时都在北京,我母亲非常高兴,酒宴上还破例喝了两杯酒。就在全家欢地喜地之时,我父亲在外金屋藏娇的事传了出来。听我大姨说,有一天我父亲回来,进了我母亲的房间,一进来就说:"你们都出去吧,我有事要与香梅谈!"他的声调有些奇怪,这让他们都有些诧异。当时,我大哥正在逗我二哥玩。他拿着一个摇铃对着我二哥摇一下,我二哥就咯地笑一声;再摇一下,又咯地笑一声。"那模样把我们全都逗乐了。"大姨说。我母亲抱着我也在一边笑。就在这时候,我父亲走进来了。要在平时,他一定也会和他们一起逗伢玩,但是那天却没有。

我母亲把襁褓中的我递给我大姨,让小姨把孩子们全都带了出去。时值阴历三月,北京天气还有些寒冷,不过院子里的月季花已经开了,黄的、红的,在阳光下开得鲜艳。几只鸽子正在房顶上咕咕地叫着。那是一个让人心情愉悦的晴朗天气,谁也没有预感到会有什么不好的事情发生。尽管事后回想起来,我父亲那天的神情很有些不同寻常,可谁又会往那坏的方面想呢?即便想也不可能想到。

认识我父亲的人都说,我父亲是一个很严厉的人,过去带兵时就杀伐决断,作风果敢,如今到了部里依然保持这种强势作风,因此很多人都怕他,他也得罪了不少人。不过,在我们家人眼里,他完全是另外一个人。他从来没有和我母亲红过脸,他很少在家里发脾气,家里的几个孩子也都不怕他。"他还经常趴在地上给我们当马骑哩!"我大哥对我说。要不是我母亲看不下去了,制止了他们,这种游戏还会持续下去。"你们都听好了,"我母亲有一次呵斥我大哥他们,"以后谁也不许这样!"她指的是把我父亲当马骑。我三姐不服气地顶撞道:"又不是我们想骑,是爸让我们骑的!"

"那也不行!"

在家里,我母亲的权威远远大于父亲。父亲后来知道了这件事,反倒劝我母亲,说:"小孩子闹着玩嘛,你何必顶真?"我母亲很严肃地回答他:"你也是场面上的人,岂能没有体统?"我父亲见我母亲这样说,也不再争辩。以后虽然不再趴在地上给我们当马骑了,但每当高兴的时候,他还会把我们举起来,让我们骑在他的脖子上,在院子里转圈子。"每当这时,"我大哥说,"他的嘴里还会打着鼓点,丁零隆咚呛,丁零隆咚呛,就像戏台上走台步似的。"

应该说,我父亲对我母亲一直感情很深。他们是患难夫妻,共过忧患,也经历过生离死别,但他娶小的事一直瞒着我母亲,家里没有任何人知道。直到那天,他与我母亲谈话后,事情才真相大白。

据我大哥后来回忆,那天他出了房间,便和我二哥一起在院子里用弹弓打鸟玩。春天到了,屋顶上停了许多麻雀。它们被打得惊慌失措,四处乱飞,但过了一会儿又会像什么事也没有似的重新落下来。"别打了,"我大姨冲我大哥喊着,"瞧你把瓦都打烂了,看我不告诉你妈去!"可我大哥他们并不理睬。我大姨生气地对小姨说:"瞧这俩孩子,真是太淘了!"我小姨是个好脾气,她说:"你就由他们疯去吧!"说着,她抱着我,我大姨牵着我三姐,在廊檐下的椅子上坐下来晒起太阳。也不知过了多长时间,我父亲从房里出来了,他沉着脸,表情木然,看见我们也不说话,径直走了过去。这情景有些反常,尽管如此还是没人往不好的地方想,直到我大姨、小姨走进屋里才发现出了事情。当时我二哥也跟了进去,没一会儿就慌慌张张地跑出来,老远地就冲我大哥喊:"大哥,大哥,妈在哭哩!"我大哥一听,连忙跑进房里,果然看到我母亲坐在桌边抹眼泪,两只眼睛红红的,像两个熟透的桃子似的。

我大哥那时才九岁,还是个小孩子,有些事也不太明白。后来大了,才听家里人说,我父亲喜欢上了一个女人,是在八大胡同吃花酒时看上的。后来他把她赎了出来,在外边买了一个院子,已经快一年了,家里人全都被蒙在鼓里。前不久,这女人怀上了孩子,我父亲才决定把这事公开,纳她为妾。那天他找我母亲谈的就是这事。我母亲非常伤心,伤心的倒不是我父亲纳妾,而是我父亲瞒着她在外边养了一个女人,时间竟长达一年之久。"他不该瞒着你妈,"我大姨事后说,"如果他早点告诉你妈,她心里或许还会好受点。"为了这事,我母亲后来把小五子找来狠狠骂了一通。我父亲进京后,小五子一直做他的副官。他倒是对父亲忠心不贰,那段时间我母亲问过我父亲的情况,但他居然守口如瓶,滴水不漏。

"你是不是早就知道这事了?"我母亲责问他,这是明知故问。

小五子支支吾吾地说:"是司令……司令不让说……"他一直沿用我父亲在学生军时的老称呼。

我母亲骂他:"他不让说你就不说了?他让你吃屎你吃不吃?"小五子很委屈,嘴里一个劲地说:"嫂子息怒,嫂子息怒……"

我母亲气得浑身发抖,她用手指着小五子说:"你……你、你、你就是个混蛋!我不是你嫂子!"

"是,是……"小五子诺诺连声,"我该死……该死……"他站在那里,低着头不敢看我母亲。

然而,木已成舟,生米已经煮成了熟饭,我母亲也无法改变了。半个多月后,这个女人就进门了。她穿着很朴素,脸上也没有抹脂粉,看不出一点风尘女子的样子。不过,长得确实漂亮,瓜子脸,细眉毛,眼睛水灵灵的,皮肤白净,步履轻盈,说着一口软软的南方官话。她见了我母亲便扑通跪下,口中不停地喊姐,请我母亲原谅。我母亲心里虽然不高兴,但也不能不应付几句。

这个女人姓曾,原名叫小秀。从良之后,我父亲给她取名蕙兰。我父亲让哥哥姐姐他们都叫她曾姨。曾姨是个聪明绝顶的人,虽然受到我父亲的宠爱,但进府之后十分低调,时时谨慎,处处示好。她经常花钱买来各种吃的用的,送给方方面面,即便是下人也不忽略。因此,府里上上下下都很喜欢她。她还不断给我大哥他们几个孩子买礼物,还教我三姐弹钢琴。我三姐后来从事音乐工作,与她小时候学会弹钢琴也有一定关系。当然,她对我母亲更是小心侍候,多方取悦。每周七个晚上,她总是让我父亲到我母亲房里去四个晚上,而在她那里只是三个晚上。在我母亲离开北京之前,她一直严格遵守这一不成文的规矩。这一方面是出于畏惧,另一方面也有感激的因素。据说我父亲和我母亲谈到纳妾时,曾说过这样的话:"如果你坚决反对,我会尊重你的意见!"可我母亲是个顾全大局同时又很要面子的人,她知道我父亲喜欢蕙兰,如果拒绝她入门,外界又会怎么看呢?况且她也不愿被人说成是个容不得人的悍妇,于是便松了口。为了这事,曾姨打心眼里感谢我母亲。"她这人还是挺懂事的。"我大姨这样评价过曾姨。

曾姨进门后渐渐融入了这个家庭,我母亲也慢慢对她不再反感,不过这件事终究让她心里有了芥蒂。这年秋天,我祖父写信来说祖母患了重病。我祖父和我祖母来京住了半年,由于生活不习惯又返回了家乡。我母亲接到信便向父亲提出要回去照顾老人,这当然是一个借口。我父亲知道她心里不顺,但家乡的老人也确实需要照顾,也就同意了。就这样,我母亲便带着我们几个孩子回了五湖。这一走,就再也没有回到北京。

12

我母亲回乡是民国八年(1919)底的事。在这之后不久,我父亲的命运忽然发生了重大转折。民国九年(1920)元旦刚过,陆军部就发布了一项任命,任命我父亲为长江上游警务军直辖独立师师长,军衔也由少将提升为中将。

这项任命是由徐树铮向段祺瑞建议的。徐树铮原来并不想让我父亲带兵,原因不言自明,但当时直皖对立的形势已十分严峻,战争随时都有可能爆发。鉴于长江流域皖系实力薄弱,段祺瑞早在几年前就开始精心布局,以长江防务为由,建立了长江上游警务军,总司令由段祺瑞的妻弟吴光新担任。该军除了直辖一个独立师,外加四个旅外,段祺瑞还把陆军第八师、第二十师、第二混成旅和第十三混成旅划归吴光新指挥。虽然段祺瑞对他的小舅子信任有加,可这位吴姓小舅子却很不争气。

"他就是一个屎头混子!"这是我父亲对他的评价。听我大哥说,我父亲对吴光新很反感。此人虽然毕业于日本士官学校,但并无真才实学,平时养尊处优,夸夸其谈。他脾气暴躁,喜欢骂人,而且开口就带脏字。不仅如此,他还爱讲大话,常说:"中国真正懂军事的只有两个半人。一是袁项城(指袁世凯),二是舍亲段芝泉(段祺瑞,字芝泉),那半个即是区区。"言外之意,他是一个数得着的人物,这简直让人笑掉大牙。徐树铮非常看不起他,但碍于段祺瑞的面子,有些话也不好多说。如今大敌当前,徐树铮对他实在放心不下,这才决定起用我父亲。

我父亲第一次见到吴光新是在湖北荆州的警务军司令部。吴光新跷着二郎腿,叼着烟卷,斜起眼睛看了看我父亲,开口就是一句弄妈的。

"弄妈的,"他说,"你知道我这里的规矩吗?"

我父亲说不知。

"弄妈的,那我就告诉你!"吴光新说,"这里一切由我说了算。不论对的错的,全都弄妈的听我的!"

我父亲听了十分反感。这家伙太狂妄了,连起码的尊重人都不懂,还怎么带兵?"要依我过去的脾气,"我父亲后来对人说,"当场就和他崩了。"不过,好在这些年的历练,我父亲已经学会了隐忍。

这一年的5月,直系主力吴佩孚的第三师开始向北开拔。段祺瑞立即密令湖南督军张敬尧准备迎击吴军,同时急电吴光新星夜南下,与张敬尧部会合。

吴光新接到密电后,下令部队迅速向南开拔,在岳州一线集结待命。警务军直辖的部队当时分扎于宜昌、宜都、沙市、枝江、松滋、监利等地。接到命令后,我父亲的警务独立师和警务第一旅迅速赶至岳州,但第二、三、四旅却进展迟缓。原因是湖北督军王占元闻报吴光新调兵东进,以为是袭击武汉,于是紧急部署,调集重兵沿长江两岸及襄樊一线布防,警务第二旅渡襄河时遭到堵击,伤亡较重,退守沙市;第三、第四旅也因被堵无法前进。

此时,吴佩孚的大军已逼近长沙。张敬尧屡电吴光新,要他率部迅即赶往长沙,合力阻击吴军北进。可吴光新仍然按兵不动,试图等待另外三个旅赶到岳州后再采取行动。我父亲向吴光新建议,吴佩孚主力计有五万余人,现张敬尧的第七师在长沙有三万人,加上我父亲的独立师和第一旅,兵力与吴军不相上下,且占据有利地形,完全可以制胜。

"机不可失,必须马上行动!"我父亲强调说。

吴光新一听就火了:"弄妈的,老子不知道啊?还要你来教我啊?弄妈的,你给我少废话!我还不知道要怎搞啊?"

我父亲又气又恨,回来后便与第一旅赵旅长商量,认为战机急迫,稍纵即逝,一致决定联名致电北京,请求立即行动。电报用十万火急密电发出,但北京未复。次日又发两电,亦如石沉大海,估计是在汉口电报局被扣。由于北京没有复电,谁也不敢擅自行动。几天后,吴佩孚的部队开始渡过洞庭湖,皖系军队只能眼睁睁地坐失良机。

更糟糕的是,当吴佩孚的军队进入武汉时,吴光新竟然毫无警觉,反倒接受湖北督军王占元的邀请前往武昌赴宴,被当场扣留。

我父亲得知这一消息后,不等命令,当即率部向安徽方向开拔。"这一决定相当正确,"小五叔后来对我说,"要是晚一点就来不及了。"事实正是如此。我查过有关史料,吴光新被捕后,直系部队便开始对长江上游警务军进行合围。该军直属的四个旅或被击溃,或被收编,那些非直辖的部队则纷纷倒戈。短短一个月,皖系苦心经营的长江上游警务军便灰飞烟灭,而我父亲的独立师由于行动迅速,等到直系军队合围形成之时,已经跳出了他们的包围圈,成了长江上游警务军唯一幸存下来的部队。

之后不久,直皖大战在直隶境内爆发,皖系战败,段祺瑞下野。我父亲的独立师这时进占安徽东部一带,宣布中立。但直系并不想放过独立师,吴佩孚下令收编,要我父亲服从。几经谈判,最后达成协议,即收编后独立师保持原有建制,师长仍由我父亲担任,不过必须接受由直系控制的北京政府的调遣。谈判进行得很艰苦,在当时的情况下,直系占据绝对优势,我父亲孤立无援,只能接受这一条件。不久,直系孙传芳来电要我父亲去蚌埠见面。我父亲带了卫队团前往,刚到怀远就被孙传芳的部队包围了。好在我父亲早有提防,暗中布置主力悄悄随行。战斗打响后,独立师的两个旅突然从身后发起冲击,这才迫使孙传芳的部队向后退却,我父亲方逃了出来。不过,这一仗,独立师损失惨重,卫队团几乎全打光了,团长为掩护我父亲也阵亡了。打这以后,我父亲便与孙传芳结下仇了,并公开宣布与直系对抗。接下去的几年,各地军阀混战,你争我夺,互相抢夺地盘,我父亲利用军阀之间的相互矛盾艰难地生存下来。

民国十五年(1926),北伐开始了。北伐的主要敌人就是直系军阀。我父亲这些年受够了直系军阀的气,好多次都差点被孙传芳的部队吃掉。因此,北伐一开始,他便宣布支持北伐。第二年春,北伐军进入安徽。我父亲主动派人去九江与北伐军第六军联系。当时,接待他们的是政治部主任林伯渠先生。他对我父亲支持北伐表示欢迎。

"请你们回去转告贺师长,我们欢迎他加入北伐阵营!一起打倒军阀,打倒列强!"他对来人说。

从3月开始,我父亲便配合北伐军向军阀部队发起进攻。据我母亲说,北伐军逼近五湖时,我们的宗亲——贺老圩的贺培贤还干了一件好事。他主动来找我父亲,提出和平解决。我父亲也当即表示,五湖是桑梓之地,不忍战火涂炭,只要他能说服守军,便放弃武力解决。后来,他果然说服了守军,我父亲也信守承诺,让出通道,让一些军官和家属撤离。守军团长齐运通带头跑了,五湖收复兵不血刃。"这事干得不错。"事后,我父亲对贺培贤评价挺高,一度想让他出任五湖县长,但他坚决推辞了。

那段时间,我父亲最痛恨的是孙传芳,因为他险些死于孙的手中。这些年他憋着一股劲,现在到了报复的时候。他打得很猛,对孙传芳的部队毫不留情,而对那些过去与他为敌的军阀也乘机剪除。

北伐结束后,我父亲的独立师经陆军部正式批准扩编为新编陆军第三十一军,由我父亲担任军长。此时,我父亲羽翼渐丰,逐渐在安徽站稳脚跟。

"那是一段残酷而血腥的历史。"一位历史学家曾这样记述。

的确,我父亲的实力不断扩大,靠的是一次次征战、杀戮、掠夺、阴谋和屠杀。"老子是一点点打出来的!"我父亲后来常把这句话挂在嘴边。他的独立师刚进安徽时,安徽有大大小小的军阀十几个。这些军阀各霸一方,各自为政。我父亲的独立师甚至连个立足的地方都没有。不过,作为皖系的嫡系军队,警务独立师建立之初就受到陆军部的特殊关照,其装备精良,武器全部从日本购进,每团均配有火炮营,火力强大。人员素质也较高,军官多出自保定军校和日本士官学校,下辖三个旅,共一万余人。加上我父亲带兵有方,在直皖战争中毫发未伤,人员齐整,士气高昂。我父亲手下的三个旅长也个个能征善战,参谋长龚新鹏更是足智多谋。"他是肥东六家畈人。"听我母亲说,我父亲在日本开办秘密军事学校时,他就是学员之一。"你父亲很信任他,"我母亲说,"重要的事情都要和他商量,并听取他的意见。"后来,龚的夫人病逝,我父亲还把自己的小妹,也就是我母亲的小姑子嫁给他做了续弦夫人。我们都叫他小姑父,可我从未见过龚新鹏。

龚新鹏在台儿庄战役时壮烈殉国,当时军衔已是陆军中将。我看过他的照片,是在照相馆与我小姑的合影,身后是当时流行的园林布景。照片上的他尽管穿着军服,但看上去一点不像军人,相反倒更像是个儒雅的教书先生。"你可别看他长得文绉绉的,"我母亲说,"他马骑得好,枪也打得准,能够百步穿杨。"

在他的辅佐下,我父亲一步步吃掉了安徽境内大大小小的军阀,成了当仁不让的安徽老大,坐镇一方,俨然藩镇。

就在这期间,我父亲的变化越来越大。他狂热地追求权力,性格变得多疑,而且残酷无情。有一次,他居然下令将三千多名战俘活活砍死。我看过一篇回忆文章,作者名叫彭天霖,原系独立师第一旅的一个参谋。据他说,杀俘的事发生在颍州,当时守城的军阀名叫朱立洪,因排行第四,外号朱老四。此人原在安徽督军倪嗣冲手下任旅长,倪嗣冲死后,他不断扩充队伍,以颍州为大本营,拒不接受我父亲的收编,并公然杀害我父亲派去的说客,这让我父亲十分恼怒,下决心要除掉这个祸害。颍州是皖北重镇,早在清代就是府治所在地,城池高大坚固,城外护城壕挖得又宽又深。朱老四在此经营多年,城内储存了大量的粮食和弹药。我父亲派兵将城团团围住,从夏至秋,前后数月,反复攻打,阵亡士兵多达一千多人,但该城却固若金汤,始终无法攻破。

更气人的是,有一次,朱老四向围城的独立师第一旅旅长赵立安提出投降。赵立安就是原警务军第一旅的旅长。第一旅战败后,赵立安带着残部投奔我父亲,成了我父亲手下的勇将之一。"朱老四是个诡计多端的家伙。"小五叔对我说,朱老四亲自出城,向赵旅长表示诚意,结果赵旅长上了他的当,带着一个团的人进城接收,全部被杀了。赵旅长的头也被割下来,挂到城楼上。这件事让我父亲恼火透了,他调集重兵,从第二、第三旅各抽两个团,并亲临颍州城下。为了避免更大的伤亡,根据参谋长龚新鹏的建议,我父亲重金收买了朱老四的部下,里应外合,终于攻破了颍州的城池。

据那篇回忆文章称,总攻发起的时间是11月8日。上午九时,所有的火炮一齐开火,内线打开城门,仅用两个多小时,颍州城就被全部占领。朱老四被乱枪打死,被俘的官兵三千多人。为了给赵旅长报仇,我父亲下令将所有的俘虏就地处决。

"处决的过程相当残忍,"据彭天霖回忆说,"那简直就是一个屠宰场!"俘虏们被分批押到郊外的一个山坡上,每十人一队剥光衣服,拖至山坡前,然后用大刀砍去脑袋,推至坡下。这项任务由特务团大刀队负责执行。行刑的队员分成几十队,轮番上阵,砍累了便退下休息,再由后边的队员上去接着砍。"山坡上一片鬼哭狼嚎,撕心裂肺的惨叫声在山谷中回荡。"回忆文章写道,有的俘虏拼命挣扎,一刀没有砍死,还得再补上几刀。砍到后来,队员们的体力都消耗过大,为了图省事,有的砍上一刀,不论是死是活,干脆一脚踢下山坡了事。据说,就这样连续砍了三天,大刀都砍坏了几百把。行刑全部结束后,再由工兵炸掉山坡,将尸体彻底掩埋。这篇文章写得十分详细,看了让人毛骨悚然。据说,参谋长龚新鹏一直反对杀俘,但是劝阻多次未果,我父亲根本听不进去。

我曾问过小五叔这事是真的吗,小五叔并不否认。我说:"我父亲怎么这样狠心?"小五叔说:"你父亲过去并不这样,他是被搞怕了。那些军阀没一个好东西,出尔反尔,你父亲吃过不少亏。"

杀俘的事后来被报纸披露出来,我父亲受到各方谴责。由于他早年剃头出身,有人便送了他一个绰号"贺剃头"。我母亲对这事十分生气,有一次父亲回老家,她拿着报纸质问他,我父亲接过报纸连看都没看便扔在了一边。"别听他们胡扯了!"他说,"这些报纸一天到晚没事干,净瞎写,没一句真话!"

"那你到底杀没杀?"我母亲拿起那张报纸,直视着我父亲,那口气让人无法回避。我父亲显然不想回答这个问题。他说:"有些事你不懂。你知道赵立安是怎么死的吗?他带的那个团是怎么死的吗?"

"这都是朱老四的罪,不该算到这些士兵头上。"我母亲反驳说。

我父亲似乎感到了一丝不快,但并未表现出来。他告诉我母亲,有些事也是不得已。"这是战争。"他强调说。那轻描淡写的口气让我母亲更加愤怒,她说:"杀俘虏也是战争吗?你也太缺德了,就不怕折寿啊?"我父亲毫不在意,他说:"我的脑袋每天都别在裤腰带上,还怕折什么寿啊?"

"那你也该为孩子们积点德。"

"这都是被他们逼的,"我父亲尽可能耐心地解释说,"这世道就是如此,你不杀他,他就要杀你。"他还说宁可做曹操,也不做刘皇叔。

我母亲非常痛心,她不明白我父亲怎么会变成这样。"早知如此,我就不该嫁给你!"她愤愤地表示。

据我小姨说,我母亲和我父亲感情一直很好,平时也很少红脸,这是她看到的我母亲与我父亲唯一的一次争吵。有人认为我父亲与我母亲关系恶化就是从这个时期开始的。其实,这个说法并不准确,至于恶化更是夸大其词。不可否认的是,我父亲的变化让我母亲感到失望,但作为一个旧时代的女人,她对自己的丈夫还是一如既往地顺从,尽管曾经发生过争吵。正如我大姨、小姨所说:"虽然你父亲后来纳了妾,你母亲回乡,两人很长时间不在一起,但他们之间的感情并没改变,以至于你父亲死后,你母亲难过了好长时间。"我相信这一切都是事实。

13

民国二十六年(1937)冬,我父亲遇刺身亡(这是官方的说法)。一开始就有人认为这是蒋介石所为,日本方面也是持这样的看法。应该说,这个说法并非毫无根据。

自民国十六年(1927)以来,我父亲响应北伐后,一直担任安徽省保安总司令兼新编第三十一军军长,这项任命是蒋介石亲自签署的。老蒋开始对我父亲极力拉拢,据小五叔说,他到安庆视事时还专门接见了我父亲。在接见中,老蒋对我父亲赞赏有加,并说安徽的事今后就交给他了。我父亲那时对蒋介石也充满信任,表示一切唯总司令马首是瞻。

我父亲是辛亥元老,资历一点也不比蒋介石低。尽管如此,他仍然对蒋介石表现得极为尊重,并寄予厚望。然而,蒋介石嘴上说一套,做的又是另一套。他表面上对我父亲甜言蜜语,实际上却把我父亲视为异己,打心眼里不放心。他从编制、军费、辖地等各方面对新编三十一军的发展予以限制和打压。为了"剿灭"大别山的红军力量,蒋介石多次令我父亲率部"围剿",并派中央军第六师协同"会剿"。然而,在"围剿"中,第六师总是缩在后边,而让新编第三十一军打头阵。在待遇上,双方也是天壤之别。第六师的给养直接由中央拨付,而三十一军却要自筹,靠自个儿想办法,常常是吃了上顿没下顿。官兵们怨气极大。更气人的是,有一次,我父亲的一个团被红军包围,第六师居然见死不救,眼睁睁地看着这个团被红军歼灭。我父亲发电报向蒋介石告状,蒋介石却虚与委蛇,劝我父亲振作精神,而对责任却毫不追究。不仅如此,原先许诺的优厚的军费也不见踪影。我父亲很快发现了蒋介石居心不良。"这是借刀杀人啊!"我父亲说,"老子不干了。"于是,他开始阳奉阴违,出工不出力。蒋介石多次来电督促,我父亲表面上大张旗鼓,实则每次"进剿"不过是摆摆样子,走走过场。他还接受龚新鹏的建议,暗中与红军秘密联络,每次"进剿"前都把消息透露给红军,让他们提前避开。这样的"围剿"自然毫无效果。

蒋介石心知肚明,非常恼火。民国十八年(1929),他以所谓"编遣"为名在全国进行裁军。在这次"编遣"中,他对冯玉祥、阎锡山、李宗仁等杂牌军进行大规模的撤裁。我父亲的新编三十一军也由原先的六个师压缩到两个师。这让我父亲非常不满。不久,蒋介石以省保安司令不宜兼任新编三十一军军长为由,派员劝说我父亲让出军长兼职。来人还许诺说,只要我父亲让出兼职,下一步将委任他为安徽省省长。我父亲一听就勃然大怒。

"你去告诉蒋介石,"他对来人说,"他要撤我直接下令好了,别和我来这些虚头巴脑的阴招。"

来人连忙解释说蒋主席没有这个意思,他让我父亲千万不要发火,凡事皆可商量。我父亲不等他说完,便站起来,结束了谈话。

"你可以走了,"我父亲板起脸来说,"这没有什么好商量的。我贺文贤能走到今天,全靠自己一点点打出来的。"他尽量保持心平气和的态度,但口气却十分强硬,"别以为我是个软柿子,想捏就捏!"

不知是因为我父亲的态度强硬,还是因为时机尚不成熟,这件事随后便不了了之了。民国十九年(1930),中原大战爆发。阎锡山、冯玉祥、李宗仁、张发奎等联合反蒋。我父亲也加入了反蒋阵营。此战打了半年之久,双方损兵折将,最后由于东北军入关,蒋介石才赢得了胜利。中原大战后,我父亲与蒋介石的矛盾更加尖锐。为了暂避风头,我父亲主动辞去新编三十一军军长,由龚新鹏代理军长。

可是,蒋介石并不就此罢休。就在我父亲辞职几个月后,国民政府突然决定将新编三十一军一分为二,编为新编六十三师和新编六十四师,同时取消原来新编三十一军编制,任命龚新鹏为新编六十三师长,任命中央军第六师原副师长晏哲甫为新编六十四师师长。这一决定,明摆着是要架空我父亲,并削弱他的实力。这一下,我父亲不干了。"老蒋这是逼人太甚!"他连夜召集团以上军官开会,发表讲话,问大家怎么办,众人都说听从司令的。"好,"我父亲说,"那咱就和他干到底!"会后,由我父亲领衔发表通电,公开抵制中央政府的改编决定。

此时,蒋介石正在江西指挥"围剿"中央苏区红军,听到这个消息,不禁大怒。但由于战事紧张,无暇东顾,直到7月底,他才调集两个军开进安徽,准备武力解决。

"那时的局势真是万分紧张,"我小叔贺维贤对我说,他当时在三十一军任军需处长,"老蒋这回要动真格的了!双方实力悬殊,真打起来,明摆着要吃亏。"我父亲已经做好了最坏的打算,一旦战败,他就准备把部队带往山西,投靠阎锡山。为此,他派了好几拨人去和阎锡山联系。

然而,就在这时,九一八事变发生,几个月后日军又进攻上海。全国掀起了抗日热潮,在这种情况下,蒋介石不得不取消军事行动,安徽局势才暂时缓和下来。

不久,蒋介石恢复了我父亲新编第三十一军军长的职务,要他负责安徽地区的防务。虽然表面上矛盾似有缓解,实则不然。有一次,蒋介石在江西召集会议,通知我父亲参加。我父亲走到半路上得知消息,蒋介石可能要对他动手,于是急忙掉头回到安徽,称病不出。还有一次,我父亲外出,在徐州车站遇到刺客行刺。那刺客伪装成车站人员,向我父亲开了三枪,幸运的是我父亲脚下一滑,差点摔倒,就在护兵们拥上去搀扶时,刺客的枪响了。两个护兵中弹伤亡,我父亲却毫发未伤。后来,刺客在乱枪中被打死,其身份一直未查明,不过根据各种蛛丝马迹推断,这事很有可能是老蒋干的。"直到现在他还不想放过我!"我父亲气得大骂。

民国二十六年(1937),卢沟桥事变发生后,日本加快了对中国的侵略步伐。11月间,上海、无锡、苏州、安阳、大名、太原等城市先后失守。就在这期间,一些日本人开始频繁出现在我父亲的周围。其中就有我父亲在日本的老同学关口泽吉。此人的真实身份当时并没有多少人清楚,后来我查找有关资料,才知道他是日本侵略军第三师团的情报人员。我父亲的动向引起各方关注,一些关于他将投敌的传闻也出来了。不过我父亲对此一概否认,不论是在公开场合还是私下场合。"这件事让他心里很纠结,"我小叔后来对我说,"日本人一直在做他的工作,可你父亲犹豫不决,迟迟拿不定主意。"据我小叔说,我父亲曾在很小的范围里讨论过这件事。参加讨论的都是他认为最信得过的人,包括龚新鹏和我小叔在内。

"如果,"我父亲当时这样说,"我是说如果,我与日本人合作,你们怎么看?"

众人的看法几乎完全一致,认为这是叛变投敌,万万不可!一旦背上汉奸的骂名,那将是千古罪人,遭人唾弃。我父亲说:"蒋介石容不下我,他早晚要对我动手。"但众人认为,即便如此,也不能投敌。我父亲的神情很沮丧。他默然无语,过了好一会儿才站起来走了出去。

蒋介石也得到了风声,两次派人来见我父亲,进行试探。他要我父亲消除误会,大敌当前,精诚团结,一致对外。我父亲对来人说:"请委员长放心,文贤不才,将恪尽职守!"然而,南京沦陷后,情况急转直下,我父亲不再遮遮掩掩,决定与日本人合作的想法开始坚定起来。我父亲的一些亲信,包括龚新鹏和我小叔等人都开始担心起来。

对于这些情况,我母亲并不清楚。直到有一天,我小叔突然来到大贺村,说了这些情况,我母亲才大吃一惊。

"什么?文贤要投敌?"我母亲简直不敢相信,"那你们为什么不劝他?"

"劝了,我们所有的人都劝了,可他就是不听。"我小叔有些无奈地说,他告诉我母亲,他今天就是专门来接她的,"新鹏说让你去劝劝他,你的话他也许能听得进去。"

"好吧!"我母亲二话没说,当即收拾了几件简单的换洗衣服,便随我小叔上了汽车。

我父亲的司令部当时驻扎在蚌埠。我母亲赶到时,父亲已吃过晚饭,正在花园里散步。暮色西沉,寒风凛冽。我父亲穿着军大衣,双手插在口袋中,在他身边的是一个身材矮壮的男人,他穿着灰色棉袍,戴着礼帽,脖子上围了一条淡色的羊毛围巾。尽管已是多年不见,我母亲还是一眼就认出来了,他就是当年在日本时那个常到她家里喝酒,并高声唱日本民间浪曲的关口泽吉。关口也认出了我母亲,满脸堆笑地向我母亲打招呼。他用一口流利的中文,称呼我母亲为嫂子。我母亲则对他很冷淡,因为我小叔已经告诉她策动我父亲投敌的关键人物就是这个关口。

我父亲对我母亲的到来有些意外,他问我母亲怎么来了,我母亲没有回答,他似乎意识到了什么。当天晚上,他走进我母亲的房间,没等她开口便说:"是他们让你来的?"这话再明白不过了,我母亲点点头。

"这么说,你都知道了?"我父亲在酒柜里倒了一杯酒,坐下来,啜了一口。"你真打算这么干?"我母亲看着他问道。

"我还能怎么办?"我父亲耸耸肩说,他的神态十分坦然,显然早已深思熟虑,"蒋介石早晚会要我的命,与其如此,不如放手一搏。"

"可你这是做汉奸!"我母亲叫了起来,她说,"你要这样做,总有一天要让人掘了祖坟,让子孙后代抬不起头来。"她还劝说我父亲:"蒋介石已经改变了态度,而且恢复了你的职务。"可我父亲却认为老蒋这是在利用他。"这种人两面三刀,根本不可信。"他对我母亲说,"老蒋是什么人,我还不知道?我早把他看透了!"

"那你也不能投降日本人!"我母亲说,"即使你想当汉奸,也得为我们想想,为孩子们想想!"

这天晚上,他们发生了激烈的争吵。我父亲十分愤怒,他把酒杯狠狠地摔在地上。曾姨在隔壁房间听到响声,连忙跑了过来,只见酒杯的碎片和残存的酒液洒满一地。我父亲脸色很难看,他冲着我母亲喊道:"别说了,你什么都别说了!"曾姨说她还从来没见过我父亲对我母亲发这么大脾气。"我简直吓坏了,一句话也说不出来。"她后来对我大哥说。

我母亲的劝说没有收到预想的效果,这让龚新鹏和我小叔等人失去了最后的希望。他们本来寄希望于我母亲能够说服我父亲,现在看来没有达到目的。第二天,这是我父亲决定投敌的前一天。据我后来了解到的情况,我父亲已与关口达成了最后协议,即于12月30日宣布脱离国民政府。当天下午,我父亲在司令部召集了师团以上干部会议。小五叔带着卫队旅将司令部围得严严实实。会场戒备森严,三步一岗,五步一哨。进入会场前,与会者都要卸下武器,交由指定的人统一保管。这是过去从未有过的。这种不同寻常的做法使会场气氛显得格外紧张。会议下午三时开始,我父亲开门见山,宣布了他的决定。会场上一片哗然。有人还是刚刚得知这一消息,不禁大感惊讶,交头接耳,议论纷纷。我父亲用手敲了几下桌子,人们这才安静下来。

"诸位!"我父亲清了清嗓子,接着发表了一通讲话,其大意是诸位跟随他多年,鞍前马后,生死与共,这一次愿意跟他走,他举双手欢迎,不愿意他也决不勉强。他在说这段话时,目光不停在会场巡睃着,与其说是在察看每个人的反应,不如说是在施加压力。尽管他的声调不高,用的也是征询的口吻,但与会的军官们还是感到了极大的压力。"好了,"他最后扫了一眼众人,然后坐下来说,"大家有什么意见,现在可以发表了!"

会场一片沉默。

时间仿佛停滞了。

"司令!"不知过了多久,终于有人说话了。众人抬眼看去,说话的不是别人,正是参谋长龚新鹏。他站起身来,明确表示了反对的意见。据我母亲说,我小姑爷原先一直希望能够说服我父亲改变态度,但当这些努力全部失败后,他不能不站出来了。"他的头脑很清醒,"我母亲后来对我说,"他是你父亲最信得过的人,从来对你父亲言听计从,但在这大是大非面前,他不能不表明自己的态度。"

我父亲不动声色地听完他的发言。他显然非常生气,但脸上却毫无表情。直到龚新鹏说完之后,他才问道:"你还有什么要说的吗?"

龚新鹏摇了摇头。

"很好!"我父亲说。

"来人啊!"他接着喊了一声。

卫兵们应声而入。

"把他抓起来。"我父亲吩咐道。卫兵们面面相觑,就连小五叔也愣住了。"我以为我听错了。"小五叔后来对我说,直到我父亲朝他瞪起眼睛,说:"你没听见我的话吗?"他才反应过来,下令卫兵们遵命执行。

龚新鹏被带下去后,会场上好长时间没人说话。我父亲看了看手表,此时已是下午五点多钟,窗户外开始飘起了雪花。我父亲以为不会再有人发表意见,便打算结束会议。就在这时,坐在后排的一个团长站了起来。

"司令,我有话要说!"

我父亲面无表情地看了他一眼,没有说话。那个团长似乎有些紧张,他支吾了两下:"这个,这个……"

我父亲严厉地打断了他的话:"你究竟想说什么?"

"这个,这个……"那个团长稳定了一下情绪,终于把自己想说的话说了出来,"我是中国人……"他说,"这个,我不能当汉奸……"

我父亲皱起眉头,让他过来。

"过来,你过来!"

那个团长从后边走到我父亲面前。

"你叫什么名字?"我父亲问道。

"焦长贵。"那人回答。

"好小子,你挺够种啊!"我父亲说着不紧不慢地拔出手枪,哗的一声拉开了枪栓,"你能再说一遍吗?"我父亲龇起牙齿,冲焦长贵笑了一下。

焦长贵看着乌黑的枪口,眼睛里闪出了恐惧的目光。不过,这一次他没有再打咯噔,而是脱口而出:"我不想当汉奸……"

啪!啪!——我父亲不等他把话说完,便连续扣动了扳机。"一共开了两枪。"小五叔事后回忆说,但也有人认为是开了三枪。焦长贵当场倒地身亡。我后来查找过有关资料,焦长贵是安徽合肥人,民国十一年(1922)投军,时任第一师第二团团长,死时年仅三十一岁。

卫兵们上前将焦长贵的尸体拖了出去。此时,会场一片死寂,再也没人敢发表反对意见了。我父亲拿出事先准备好的脱离国民政府的通电,让每个人在上面签了名字。

14

"他准是疯了!"我母亲得知会场上发生的事已是黄昏时分。外面的雪越下越大,窗外已是白茫茫的一片。小叔来到我母亲的房间,还没开口便哭了起来。"完了,"他说,"全完了!"他眼泪汪汪地看着我母亲。从会场的情况看,我父亲决心已定。他还从没开枪杀过自己的部下,而且是当着那么多师团长的面。"现在谁的话他也听不进去了,"我小叔说,"明天通电就会发表,全国人民都会知道,我们背叛了祖国。我可不想这么做,"他说,"但他是我哥,你说我该怎么办?"

我母亲惊愕地看着我小叔,她的内心此刻比我小叔更加焦急。时间紧迫,必须马上阻止我父亲的行动。她问我小叔还有什么办法,我小叔摇起头来,一筹莫展。事实也正是如此,在当时的情况下,他们找不到任何办法。何况龚新鹏被抓后,我母亲和我小叔连个商量的人也没有了。

"一切都无法改变了。"我小叔当时这样认为。他甚至想到了离开蚌埠,无论如何他不能投降日本人。我曾向他提出过疑问,新编三十一军那么多人难道铁板一块,就没有一个人敢站出来反抗我父亲?"那是不可能的,"我小叔说,"他的威望太高了。军内的许多人都是他一手提拔起来的,他们不可能公开反对他。"据我小叔说,当时军内的情况十分复杂。尽管我父亲决定投敌,军中仍有很多人忠于他,包括小五叔在内。在三个师长中,除了第三师师长态度暧昧外,其余两个师的师长都表示服从。

不过,我小叔也谈到,龚新鹏曾想过采取非常手段挟持我父亲,迫使他改变计划。为此他暗中召集一些师团长秘密会议,制订了一个行动计划。这个计划极为隐秘,只有少数几个人知道内情。"除非万不得已,"龚新鹏对我小叔说过,"我不会采取行动。"的确,从感情上讲,他不想这样做,因此犹豫再三。在我父亲召集会议上,他试图再一次劝阻我父亲,没想到我父亲竟然当场将他抓了起来。"这一下,我们全都蒙了!"我小叔说,由于失去了主心骨,原来的行动计划也随之搁浅。

我母亲想到了救出龚新鹏的主意。在她看来,如果能救出新鹏,或许还能找到解决的办法。可我小叔认为这简直太难了,小五子这关就过不了。但我母亲并不这样看,她让我小叔去把小五子找来。"我来和他谈谈!"她说。

谈话的结果让我母亲陷入绝望,不论我母亲如何发火,还是耐心劝说,小五子只有一句话,除非司令发话,他不敢放人。我母亲气得大骂:"小五子,你想害司令吗?"小五子连声说:"不敢。""那你就眼睁睁地看着司令往火坑里跳?让全国人民戳他的脊梁骨吗?"我母亲用手指着小五子质问道。小五子毕恭毕敬地站在我母亲面前,还是一个劲地说不敢。他向我母亲解释说,他不想惹嫂子生气,可司令的命令他不能违抗,请我母亲原谅。他的忠心让我母亲感到哭笑不得。

说到最后,我母亲再也忍不住了,朝他喊了起来:"滚,你给我滚出去!"

小五子一边躬起身子,一边向门外退去,嘴里连声说道:"嫂子息怒……息怒……"

那天晚上,我父亲没有回来吃晚饭。他在司令部用完餐后才回来,然后径直去了书房。我母亲听到楼梯上传来他的脚步声,又听见书房的关门声,便知道他进了书房。当时是晚上七点过五分,因为她看了一眼墙上的座钟,记得很清楚。"我一直在等他,"我母亲说,"我想和他再谈一次!"她来到书房敲了一下门,里边传来我父亲的声音。

"谁?"

"是我!"

屋里安静下来。我母亲感到他似乎并不想见她,不等他允许便推门走了进去。我父亲坐在书桌后边抽着烟。他看着我母亲,不等她开口说话,便伸出手来做了个制止的手势:"我知道你想说什么?"停了一下,他又说,"你什么都别说了,我已经决定了!"

我母亲耐下性子,在他面前坐下来,试图用一种平静的态度表明自己的观点,可是她一开口便感到自己根本做不到。我父亲的冷漠深深地刺伤了她。这么多年来,她第一次感到自己的丈夫竟如此陌生,而他们之间距离也好像隔了十万八千里,仿佛来自不同的世界。谈话很快就变得充满了火药味。我母亲正告我父亲:"你如果走出这一步,我将和你脱离关系,孩子们也不再认你这个父亲。我说到做到!"我母亲态度坚决地说。

"随你的便吧!"我父亲说,"我已准备好了下地狱,哪怕千夫所指!"

我母亲绝望到了极点。就在这时,小五子进来报告说,关口先生到了,正在楼下客厅等候召见。"好的,"我父亲说,"你去告诉他,我马上就来!"

他站起身来,随手把烟头在烟灰缸里按灭了,然后走到镜子前,梳理了一下头发,并扣好军服上的扣子。"你明天就回去吧!"他一边向外走,一边对我母亲说,"我让他们送你回去。"

"不,"我母亲一下子拦在了他的面前,"你别去!你不要去见他!"

我父亲表情冷漠地看了我母亲一眼,拨开她的手,把她推到了一边。我母亲趔趄了一下,差点摔倒,小五子赶紧上前扶住我母亲。看着我父亲拉开门走了出去,我母亲眼睛里顿时涌出泪水。

"把枪给我!"我母亲冲着小五子喊。

"你想干什么?"小五子吓坏了。

我母亲情绪激动地说:"小五子,你想当汉奸吗?"

小五子茫然地看着我母亲,不知如何回答。"崩了他!"我母亲说,"崩了那个鬼子!"我母亲指的是关口。在她看来,一切都是那个日本人造成的。小五子有些不知所措,他按住枪盒,好像生怕被我母亲夺去似的。"我不可能那么干,"小五子事后回忆说,"除非司令有命令。"他呆呆地站在那里,走也不是,不走也不是。停了一会儿,他才说:"嫂子,我送你回房间吧!"

我母亲身心俱疲,仿佛耗尽了力气,她叹了一口气说:"出去,你出去吧!"小五子如蒙大赦,忙不迭地退了出去。

接下去发生的事情便众说纷纭,扑朔迷离,留下了很多疑点。许多年来,我为了弄清事情的真相,曾走访过很多人,但没有一个人能把接下来半个小时内发生的事情完整地讲清楚,包括小五叔在内。

据小五叔说,他的内心当时非常矛盾,他并不赞成我父亲投敌,也知道我母亲是对的,但对我父亲的命令必须百分之百地执行。这是他多年来养成的习惯,他从没想过要违抗,哪怕是一丝一毫的闪念都不曾有过。"都是愚忠害了我!""文化大革命"时,小五叔在写检讨时这样写道。我曾在小五叔家里看到了这份检讨的底稿,在检讨中他回顾了那天晚上发生的事情,但很多事情仍然语焉不详。

我曾多次找小五叔了解当晚的情况,据小五叔说,那天他离开我母亲后,来到楼下。司令公馆是一座灰色的小楼,原先是商会所在地,上下两层。楼上是书房和卧室,共有十来间房子,楼下则是会议室、会客厅以及餐厅。会客厅共有两个,一个大会客厅,一个小会客厅。"司令当晚就在小会客厅会见关口。"小五叔说,会见时只有他们两人,显见事情十分机密。他在走廊里站了一会儿,然后推开大门走出楼去。外边的雪已经铺天盖地,飞舞的雪花密密匝匝地落下来,地上铺了厚厚的一层。"那天的雪下得非常大。这是入冬以来下得最大的一场雪。"小五叔回忆说,他当时心里也很乱,站在楼门口点着了一支烟,看着漫天的雪花,任凭冷风吹拂,不知将来究竟会如何,而眼前发生的一切究竟是福是祸也无法预测。就在一支烟快抽完时,屋里忽然响起了枪声。

枪声是从小客厅里传来的,在寂静的雪夜里显得极为刺耳。小五叔惊了一下,随后拔出枪便冲进了小客厅。屋里的情景让他头脑轰地一下,只见我父亲倒在地上,胸前正在冒血。我母亲在他身边扶着他,大声喊着"文贤,文贤"。关口站在一边,显得有些惊慌,他手里握着枪,看见小五子冲进来,握枪的手便下意识地举了起来,并警觉地转过身子。"我看他举起了枪,"小五叔对我说,"我不能再迟疑了,连忙扣动了扳机,这一枪直接命中他的胸口,要了他的命。"

军医很快赶来了,对我父亲进行了抢救,但是已经来不及了。当天晚上,他就因为伤重不治停止了呼吸。事后据军医的报告说,我父亲挨的这一枪击中了心脏和左肺,死亡时间是八点一刻。

不久,我小叔也赶来了。我母亲这时哭得像个泪人似的,已经说不出话来。由于事发突然,令人措手不及。我小叔看到事情紧迫,便把小五叔拉到一边,商量了一下,决定赶紧把龚新鹏放出来,以应对眼前的局面。

"当时全都乱了,"我小叔后来说,"直到龚新鹏回来后,我们才有了主心骨。他三下五除二,接连下了几道命令,这才把事情搞定了。"

第二天,我父亲死亡的消息对外公布了。这份以公告形式发布的消息称,日军为了瓦解我军,派遣特务杀害了我父亲。对于这种无耻行径,公告予以了强烈谴责,表示全军将士将同仇敌忾,与倭寇血战到底。据我小叔说,这份公告是在龚新鹏召集有关人士密商之后对外发布的。龚新鹏号称新编三十一军的智多星,他被释放之后,面对乱局立即采取了果断的措施:一是对外封锁消息,以免引起混乱;二是命令全军做好战斗准备,等候进一步的命令,以备不测;三是把随同关口泽吉前来的两个日本人立即抓起来。他还让小五子把关口的尸体拖出去就地掩埋。在这之后,他又与我母亲进行了一次谈话。谈话是在我母亲房间进行的,参与谈话的只有龚新鹏和我母亲两人。谈话结束后,他便召集有关人员定下调子,统一口径。

当天晚上,龚新鹏还亲自起草了一份致国民政府和蒋委员长的电报,内容与公告大致相同。天亮时分,蒋介石亲自回电,对贺司令的死表示哀悼,并给予优厚的抚恤,同时任命龚新鹏为代理江淮保安司令兼新编第三十一军军长。以上消息当时许多报纸都予以了报道。

然而,日本方面却坚决否认这种说法。他们认为,日本方面不可能刺杀贺文贤,并坚称贺文贤的死是一场阴谋。据他们推测,这很可能是蒋介石为了排除异己,嫁祸于人。他们还公布了我父亲与关口泽吉之间达成的合作协议的全部内容,以此作为佐证。但国民政府根本不承认日本人的这种说法,而且这份协议没有最后签署,其说服力大大降低。据我小叔说,那天晚上,关口就是前来与我父亲签署这份协议的,如果不是发生意外,后果不堪设想。

此后过了很长时间,这件事渐渐被人们淡忘了。一般史书上对我父亲的死都沿用"日本刺杀"一说,几乎成为定论。尽管如此,几十年来,各种研究包括猜测、假想,以及坊间传闻从未中断。有一种看法传播最广,认为是我母亲杀了我父亲。还有的文章无中生有,胡乱编造,把这场血案说成是我母亲与姨太太争宠而起。"这全是胡说八道!"小五叔愤愤不平地说。就连曾姨也否认这一点,认为受了侮辱。事实上,我父亲纳妾是民国十九年(1930)的事,距他死时已经过去七年之久,这种捕风捉影实在是牵强附会。

"这是日本人干的!"我母亲始终坚持这一点。至于日本人为何要杀我父亲,原因也不难解释,那就是我父亲拒绝与他们合作,从而引来了杀身之祸。据我母亲说,凶手就是关口。他一直在拉拢我父亲,由于阴谋未能得逞便下此毒手。

这一说法完全能够站住脚,不过,有些疑点仍有待探讨。有一篇研究文章分析说,关口吉泽作为一个经验丰富的日本特工,他不可能鲁莽草率地在戒备森严的司令官邸开枪杀人,而且孤身一人,事前没有采取任何预案,这不符合他的行事风格。此外,关口手里的枪,即枪击我父亲的那把,并非他随身携带的,而是一把勃朗宁手枪。这是一种大威力的HP-35型手枪,为当时世界上最新款式,双排弹匣,可装13发子弹,口径在9毫米以上,弹头重8克,能够杀死50米以内的任何人。众所周知,这把手枪是一个英国军官送给我父亲的。它是我父亲珍爱之物,如何到了关口的手中?这些都缺乏合理的解释。

这篇文章分析详细,说理充分,但通篇除了推测,并无可靠的证据。据我大哥说,这件事也许永远成了谜。当时房中的三个人,已经死去了两个,唯一活下来的便是我母亲。她是唯一的亲历者,也是见证人。这件事只有她心里最清楚。当然,还有一个人是知情者,他便是事后与母亲谈过话的龚新鹏。

然而,龚新鹏早已殉国多年,他在台儿庄战役中献出了生命。那次谈话,只有他与我母亲在场,他们是如何谈的,又谈了什么,外界并不清楚。至于后来所谓的"统一口径"的说法,也只是一种传闻而已,并没有得到当事人的认可,包括现存的唯一的当事人——我的母亲。

15

1985年春节前夕,一向身体健康的母亲突然离开了人世。当时家里人都外出了,上班的上班,上学的上学,只有我母亲和三姐在家。"事前没有任何预兆。"我三姐后来告诉我们说,那天早饭后老太太像往常那样拿着水壶在客厅里浇花,接着又坐在藤椅上听收音机、看报纸。上午十点多钟,她感到有些犯困,便进房里躺下了。她每天上午都要小睡一会,我三姐也没当回事,当她做好了中午的饭菜,进屋喊她时,才发现她已经静静地睡了过去。接到三姐的电话后,我们立即赶了回去。"老人走得很平静,没有一点痛苦。"赶来抢救的医生宽慰我们说。在等待殡仪馆的车辆时,我们守候在母亲的床边,就像平时她生病时守在她的病床边一样,只见她面部安详,仿佛睡着一般。

"我又梦见了大雪,"我的耳边又响起了那天早饭时她的唠叨,"雪下得很大,雪片有巴掌那么大……"她一个劲地重复着,就像她以前重复许多事情一样。我对她说:"妈,你说过好几遍了,我们都知道了!"她便笑了起来。可没过多久,她又嘀咕起来。谁也没想到这竟是她在人世间留给我们最后的话。

遗体告别那天,合肥下起了小雪。众亲友都赶来送别,小五叔也赶来了,他哭得很伤心,一再对我们说:"你妈是个了不起的人,是她救了三十一军,救了我们。"他好像话中有话,但在当时悲伤和忙乱的气氛下,谁也没有在意。直到许多年后他病重住院时,有一次我和大哥去医院看望他,他才吐露了心中隐藏多年的秘密。

小五叔的病是在体检中发现的,很快就做了手术,但预期并不乐观。他也做好了最坏的打算,对后事一一做了安排。那段时间,我们常去看他。有一天,我和大哥去看他时,他正坐在家里的阳台上晒太阳。那天,他精神不错,便要我们陪他说说话。我们坐在一起,东拉西扯地闲聊着,不知怎么话题就转到我父亲的死。小五叔忽然心情沉重,半天不语。气氛一时有些沉闷,还是我大哥善解人意,端起水杯递了过去。

小五叔摆摆手,少顷,缓缓开口道:"你妈不在了,龚军长,还有你小叔也都不在了,这件事我要再不说,恐怕就没人知道了。"很显然,他指的是我父亲的死。关于这件事,我们曾问过他多次,每次他都三缄其口,或闪烁其词,现在他重提这事,我们反倒不知说什么才好。

"忠明啊,"他叫着我大哥的名字,又看了我一眼,"我曾答应过你妈,要把这事烂在肚子里,但我不想把它带进棺材里。"

小五叔把身子靠在椅背上,若有所思,好像正在酝酿一个重大的决定。随后,他重重地喘了一口气。

"你爸的死不怪你妈,"他接着说道,"全是关口那小子坏的事!"

据小五叔说,那天我母亲找他要枪,他没有给她,可等他下楼后,她便从我爸的抽屉里找到了那把勃朗宁手枪,走下楼去,走进了会客室。她想既然劝不住我父亲,那就打死关口,阻止我父亲投敌。"她当时就是这样想的。"小五叔说,"你父亲看到她拿着枪进来,十分紧张。他站起来说:'香梅别乱来,你听我说。'我母亲说:'你别过来。'说着把枪指向了关口。你父亲为了稳住你母亲,便说:'香梅,你先别急,等我把话说完!'"

"你想说什么?"

"你先把枪放下!"我父亲把手向下按了按,一边做着手势,想让我母亲冷静下来,一边朝我母亲慢慢靠近。

"不!"我母亲说,"你别过来!"

就在她分神当口,关口扑了上来,试图抢夺我母亲手里的枪。争夺中枪声响了,正好打中了我父亲。

"这么说,我父亲是被误杀的?"我说。

"是的!"小五叔说,"后来龚新鹏与我们商量,为稳定部队,激励士气,决定以关口杀害我父亲向外公布死因。当然,这样做是从大局出发,因为大敌当前,我们不能自乱阵脚。除此而外,还有一层考虑,那就是安抚你母亲,不想再让她受到伤害。这件事对她打击够大的了,她一直不愿意接受这个事实。几十年来,我们一直瞒着这件事,也都是为了她。"

"你妈是个了不起的人,"小五叔最后总结说,"老龚说得对,没有你母亲,三十一军将万劫不复,我们也将成为历史的罪人。"

小五叔在说这番话时眼睛里滚动着泪花,我们的心也受到了强烈的震动。一直以来,我们渴望了解真相,又害怕知道真相,然而,无论真相多么残酷,我们只能面对。不过,让我们感到欣慰的是我们的母亲,她虽是一个弱女子,一生平凡,但在国家和民族存亡的关键时刻却高风亮节,举止果敢,令人钦佩。从小五叔家回来时,大哥对我说:"妈这一辈子可能从没说过假话,唯一说过的假话,就是父亲的死。"

当然,我们都能理解母亲。这是她心里永远的痛。她一生坚强,唯有这件事让她无法面对,宁愿用谎言来抚慰自己受伤的心灵。

此后的一些日子,在整理母亲的遗物时,我仔细翻看了母亲的日记。母亲年纪大后,许多事情记不住了,便养成了记日记的习惯,几十年来雷打不动,但在她的日记中从来没有 12 月 29 日这一天,这一天永远是空白,好像压根儿就不存在,而这一天正是我父亲的祭日。

附记

1938 年 1 月,即我父亲死后不到一周,蚌埠保卫战打响了。新编第三十一军固守蚌埠一线,面对占据兵力优势的日军,浴血奋战,苦战三天三夜。全军将士五万余人,伤亡达三万之众,两位师长阵亡,殉国的团营以上干部有数十人之多。后该部退守山东接受整编,参加台儿庄战役,"坚守防线,浴血苦战,全军覆没,军长龚新鹏战死,编制不复存在"……

就当从没发生过

"就当从没发生过……我还是会记得,全世界停下来,看着我沉默……"这是近来一部热播剧的插曲。不知为什么,一听到这首歌我就会想起汪胜利。其实这首爱情歌曲与汪胜利毫无关系,但歌词还是引起了我的联想。

汪胜利和我是部队的战友,那是二十多年前的事了。我们一起去部队当兵,那之前我们并不认识。我们的部队在一个海岛上,从家乡出发时谁也不清楚目的地,因为这是严格保密的。一路上我们乘坐汽车、火车和轮船。途中还经过了一望无际的大海,有不少人晕船呕吐,但我的情况还好,尽管肚里不断有东西往上翻涌。为了遏止恶心的感觉,我只好不停地来到舱外,站在甲板上任凉风吹拂,这样似乎可以好受点。

"来点这个!"有人在我边上说。

"是啥?"

"生姜,我从伙房要的。"

他递过来一块生姜,让我含在嘴里。

"管用吗?"

"有点。"

我接过生姜含进嘴中,这才注意地看了他一下。他中等个子,瘦瘦的,皮肤光滑黑亮,颧骨突起,眼睛深凹下去,有点像越南人。最突出的一点是鼻子大,还有点歪。不用说,他也是一个新兵,这从他身上那套不那么服帖的没有领章帽徽的军服上便不难看出。当时正是夕阳西下之时,海面上金光闪烁,瑰丽无比。但由于受晕船影响,我根本无心欣赏。

"别吃东西,"那人接着又说,"越吃越难受。"他像是挺有经验的样子。我说:"你不晕啊?"他说:"也有点。"我们聊了几句,我知道他是五湖北乡马头山的,与我所在的东阳关相距六十多里。后来谢天谢地,船总算靠岸了。大家脚一沾地,便仿佛死鱼复活了似的,重新有了欢声笑语。转乘火车后,我与汪胜利坐在一起。那时,我还不知道他叫汪胜利,上了火车后通过介绍才得知。汪胜利和我一样也是高中毕业没考上大学才去服兵役的,希望找一条出路。不过,我比汪胜利要幸运,后来考上了军校并得到提干,而汪胜利只干了两年(没有比这更短的服役年限了)便复员了。当然,其中的原因说来话长。

汪胜利人很聪明,也很机灵,但他有时聪明过了头,反倒害了自己。在新兵连集训时,我和汪胜利在一个排,住在一个大房间。他学东西很快,可毛病是怕吃苦,怕吃亏。平时不论训练还是干活他都想方设法偷懒,理由不是头痛,就是肚子不舒服。时间一长,大家都看出来了,他在偷奸耍滑。相反,于己有利的事,他从来不甘落后。比如连里改善伙食,他每次都抢在头里,狼吞虎咽,生怕吃不着似的。再比如发放服装用品,他也抢着去领,目的是领回来后先挑选一番,留下最好的给自己。我曾说过他:"你挑啥挑?还不都一样?"他说那可不一样。

最叫人瞧不起的是,他还喜欢做表面文章,搞小聪明。有一天早上,他们班轮值打扫院子卫生,他推说头痛不舒服,偎在火炉旁做出病态。我当时正在屋内擦窗子,忽见汪胜利一跃而起,蹿出了房间,好像发生了什么紧急情况,倒把我吓了一跳。没等我回过神来,他已从一个战友手中抢过扫帚卖力地扫起来。我正疑惑间,只见连长从那边走了过来。这是巧合吗?我表示怀疑。后来又发生了几次类似的事(别人也对我说过),证实了我的看法。"什么臭德行!"我在心里骂道。

然而,耍小聪明是不可能长久的。这样的事屡屡发生,当然引起众人的反感。后来,新兵连分配,我被分到三连,汪胜利被分到五连。听五连的老乡说,他的德行不改,多次受到批评,包括连长都点过他的名,后来虽有改进,但并不大,连里的老兵新兵都烦他。他自以为聪明,实际上却害了自己。人心都有一杆秤,谁也不是傻子。我曾劝过他,人还是踏踏实实好,吃点亏没啥,好心总有好报的。他听了不置可否,并岔开话题,几乎每次都如此。我知道他不爱听。

我和汪胜利的关系还算比较好。在新兵连我们不在一个班,没有直接矛盾,而且我们有共同的爱好:打篮球。汪胜利个头不高,但比较灵活,速度也快,适合打后卫。我个头高,打中锋,我们配合默契,每次比赛我们排总拿第一。有时打完球,我们会坐在一起抽烟聊天,从他口中得知,他家中人口多,生活困难,兄弟姐妹九个,他是老幺,每次吃饭回家晚了,不仅吃不到菜,有时连饭也吃不饱。也许正是这种环境养成了他的所谓精明,我心里想。

汪胜利有个绰号叫"狗鼻子"。关于这个绰号的由来,说起来有点难以置信,而他退伍的真正原因也与此直接有关。汪胜利一生下来鼻子就不好,主要是鼻塞爱淌鼻涕,鼻涕是那种又黄又黏的液体,散发着臭鸡蛋的气味,到了春秋两季发作最厉害时,头还会隐隐作痛,像谁在他脑袋里砸了根钉子。由于常年鼻塞,他的嗅觉也特别差,几乎什么都闻不到。医生说他这是综合性鼻炎,很难治疗。有一次,省医的大夫下乡巡诊,一个专家把药钳伸进他的鼻孔,只看了一眼,便说他鼻正骨严重弯曲,并诊断说这是导致他鼻子毛病的根源所在,建议做矫正手术。汪胜利爹娘一听要手术就吓了一跳,他们没钱也没这个工夫,就随他去了。

七岁那年,汪胜利有一次放鸭子。他们家养鸭,每天早上都要放出去打食,晚上再赶回来。这个任务由汪胜利和他七哥(比他大一岁)轮流承担。这天轮到汪胜利。他早上出去,中午带了两块饼填饱了肚子,便躺在河堤上打起盹。也不知躺了多久,忽然一声炸雷把他惊醒。他睁眼一看,乌云滚滚,天也黑了下来。接着电闪雷鸣,大雨倾盆。这雨来得太急太猛,惊得鸭群四散奔逃。汪胜利手忙脚乱,左挡右拦,可受惊的鸭子根本不听指挥。就在这时,他的七哥赶到了,好不容易把鸭子拢到一处。这时雨越下越大,天地间混沌一片,只见一道道闪电撕破天幕,凌空而下,雷声也越发猛烈。忽然,他七哥一回头,发现汪胜利不见了,于是大声喊叫,回过头去找,这才发现汪胜利脸朝下趴在田埂上,早已不省人事。七哥把他抱起来,看见他脸肿得像个馒头,连眼睛都陷进去看不见了,血水不知从哪里汩汩冒出来,随着雨水淌个不停,把周边的田埂都染红了……

后来,大人们赶来了。

再后来,他被送到了白马山镇医院紧急抢救。

算他命大,被救了过来,但检查结果令人惊愕。他的鼻梁骨被雷电击得粉碎(血正是从鼻子中流出的)。等到病情稳定后他被转去五湖市医院,CT片子出来后,吓了医生们一跳,他们从没见过如此严重的损伤。据说汪胜利的鼻梁骨碎成了三十几块,要不就是二十几块——他每次说的都不一样,总之碎得非常严重,以至于连手术都无法进行,只能将鼻子固定住,由它自然愈合。

幸运的是,这次雷击并未造成太大的后遗症。汪胜利的鼻子很快恢复,除了鼻子略显歪,加上药物刺激,软组织变得肥厚,看上去有点大外,表面上倒也看不出其他损伤。医生开始还担心他颅脑受损,因为如此严重的雷击,不损伤脑部几乎是不可能的,但核磁共振显示,除了轻微的脑震荡,没有发现任何其他问题。"这孩子命真大!"医生感叹道。

半年后,汪胜利恢复如常,他又去放鸭子了。让他惊奇的是,他的鼻塞突然好了,呼吸通畅了,鼻涕不淌了,头也不痛了。更让人惊奇的是,他的嗅觉变得灵敏起来,任何气味远远地就能闻到。有时丢了鸭子,他不费吹灰之力便能找到,因为他能循着气味找到鸭子。有人对他的说法表示质疑,可事实就是如此。他也说不出理由,至于这种情况是啥时出现的,他也搞不清楚,反正是在雷击之后,这一点确定无疑。打这起,家里好吃的东西再也藏不住了,不论你藏在哪里他都能找出来。有一次五姐同学给她一块巧克力,她没舍得吃,藏在墙缝里,结果几天后发现不见了。他娘收的两个礼盒(是亲戚来时带的,一般家里都舍不得吃,等到以后走亲戚时再拎上)挂到房梁上,结果不久也发现空了。他娘气得要命,对几个伢儿挨个审问,很快查清是汪胜利干的。他娘揪住他的耳朵,骂道:"咋不让雷劈死你!"那天娘是气狠了,因为她正要去走亲戚,要出发了,发现礼盒空了,顿时措手不及,整个计划全打乱了。

慢慢地,汪胜利的鼻子开始出名了,但真正让他名声大振的是他十一岁那年发生的事。村里有个伢子放学途中失踪了。汪胜利所在的村叫黄滩,村里的伢子上学都去镇中心小学,那里距村五里路。路虽不算远,但要翻过一座山。山名小花山,山不高,路也不陡,有条小路可直插村中。那天放学,几个伢子说说笑笑走上山来。这条道他们天天走,闭着眼睛也能走过来。后来有个伢子说他要拉屎,便落在了后边,没想到此后便没了消息。当晚家人发现了,便四处邀人去找,最后惊动了全村。

村民们举着火把打着手电一字长蛇般上了山,可沿着山上小路来来回回找了个遍,又扩大范围,几经搜索,就是不见人影。小花山不大,海拔二百多米,属火山地貌,其形成与远古地壳运动有关。山上植被茂盛,水杉、雪松、毛竹等郁郁葱葱。不过,由于山不大,四周均为村落,不适合野兽生存,除了野猪外,几乎没有什么大型的动物。有人说解放初期山上曾有过狼,可如今早已踪影全无,因此野兽伤人的可能基本可以排除,而且他离开同学是在白天,迷路的可能也不存在。

全村人折腾了一夜,毫无所获。丢伢子的那家人哭得昏天暗地。天亮后民警接到报案也赶来了,查看地形后果断致电市局刑警队,请求调派警犬协查。

然而,没等警犬赶到,那伢儿找到了。原来他掉进了一个十几米深的暗坑。那个暗坑就在离小路不远的低凹处,可能是岩溶作用形成的,也可能是大水之后土质疏松所导致的。那伢子不慎滑了下去,带起的浮土遮蔽了坑口,根本不易觉察,尽管人们多次走过那里,有人甚至离那个暗坑只有几步之遥,都没有发现。

最后立功的是汪胜利。汪胜利也在中心小学上学,那天本来要去学校,可他走到半道上临时改变了主意。他昨天就听说五叔公家的孙子走失了,那伢子他也认识,比他高一年级,满村的人都去找也没找到。他感到好奇,早上上学时又看到满山都是人,便跟着凑起热闹。当然,凑热闹的不止他一个伢子,还有好几个,大呼小叫地跟在大人后边。后来,他们来到暗坑附近,汪胜利嗅着鼻子,突然大叫起来:"在这里!在这里……"他大声呼唤,可没人理他。汪胜利急了,他拉这人,这人说走开;他拉那人,那人说别添乱。还有人冲他吼:"你再捣乱,看老子捶你!"后来,村主任过来了,抱着试试看的心理近前打探。这一看不打紧,竟发现了暗坑。当人们把那伢子救出时,他早已昏迷不醒。事后,村主任问汪胜利:"你咋知道人在那儿?"汪胜利答:"我闻到了屎尿味。"

据救人的村民说,那伢子被挖出来时,裤裆里满是屎尿,可能是吓出来的。村主任看着汪胜利笑道:"都说你鼻子灵,还真灵!

比狗鼻子还灵!"

这下,汪胜利"狗鼻子"的绰号便传开了。我曾问过汪胜利这件事,汪胜利很得意,他说:"要不是我,大胖早没了。"大胖就是他五叔公家的孙子,那个被救出的伢子。我说:"你的鼻子还真这么灵啊?"汪胜利说:"那是的,牛皮不是吹的,泰山不是堆的。"

关于汪胜利的鼻子有许多传闻。比如他能隔着房间闻出谁有狐臭谁有汗脚,远在半里路之外就能说出伙房里今天烧的是啥菜。还有人说他能分辨人身上的气味,这个可能存在。我怀疑那次他从房里冲出来抢着扫地就是闻到了连长身上的气味。

当然也有人表示怀疑,他们承认汪胜利的鼻子比较灵,超过常人也是可能的,但绝对没有这样神乎其神。因为人的鼻子构造注定了不能与狗鼻子相媲美,这是有科学依据的。有一次,我们和团里的军医聊起汪胜利的鼻子。这位军医毕业于军医大学,是个老大学生,他对我们说,人的嗅觉灵敏与否,主要取决于嗅觉神经。这根神经就在人脑中,是头发丝的几百分之一粗细,就是用显微镜也看不见。他认为,如果汪胜利让雷击了之后嗅觉变好了,那不是因为雷击中他的鼻子,而是击中了他大脑中的嗅觉神经,但这种可能性几乎不存在。"如果真是这样,"他说,"如你们所言,那只能是奇迹。"

说奇迹,奇迹还真的发生了。那是在汪胜利入伍的第二年,说起来这又是一件令人难以置信的事。有一次,汪胜利跟班长去检查弹药库。海岛部队的弹药库大多修在坑道内,这是战备需要。

所有的弹药库都制定了严格的管理制度。每天一小查,每周一大查,而且每次检查必须两人以上方能开库。检查重点一是防潮,二是防鼠。防潮主要在夏季,坑道里冬暖夏凉,冬天干燥不怕,夏季四处渗水,这时就要加强防潮,以免对弹药造成影响。至于防鼠则不分季节。老鼠对弹药危害极大,尤其是手榴弹木柄具有甜味,很容易吸引老鼠啃咬。这样的教训不算少。从军区的通报看,有一些弹药库就是因为老鼠啃咬手榴弹柄导致爆炸,损失不可估量。

不过,这种情况并不多见,特别是坑道弹药库具有先天优势。首先,它是用钢筋水泥浇注的,厚度达到八十厘米以上,四壁如此,库门亦如此,密封性极强。老鼠即便善于打洞,但还不具备对付钢筋水泥的能力。不过,意外总是难免的。比如开门关门时不注意让老鼠乘机钻入,这种可能也是存在的,尽管是小概率事件,但对弹药库来说,哪怕只有百分之零点一的可能也绝不允许。

然而,谁也没想到,就在那天查库时汪胜利发现了问题。五连的坑道有数个弹药库,他们挨个儿对每个库进行了检查,一切都很正常。到了最后一个库,汪胜利表现出了异常。他一个劲地猛吸鼻子,硕大的鼻头一进一出地扇着风,发出呼哧呼哧的声响(真像狗一样,后来班长形容说),然后不停地围着堆积如山的弹药箱四下乱转。"你咋啦?"班长不耐烦地说。

"不对啊!"汪胜利一边吸着鼻子一边说。

"啥不对啊?"班长说。

"有问题,肯定有问题!"汪胜利嘴里咕哝着。

"你搞什么鬼?"班长有些恼了。因为开饭时间就要到了,他急着赶回去吃饭,营房离坑道还有两里多路。汪胜利说:"你别急啊。"他又围着弹药箱转了一圈,然后说,"弹药库里可能有老鼠。"

"啥?"班长叫了起来,"你咋知道?"

"有老鼠味。"

"你胡说啥?这咋可能?"班长瞪起眼睛,以为他在恶作剧。

"没错,我可没胡说!"汪胜利说,他眯起眼睛看着班长,那副认真的模样不像是在开玩笑。

班长是河南兵,他不喜欢汪胜利,嫌他人太滑,经常批评他。但这种事班长也不敢掉以轻心。"你说的是真的?"他再次确认。

于是,一级级上报,最后报到连部。

连长和指导员都紧张起来。

"你肯定?"他们问。

汪胜利点头。

"这可不是闹着玩的,你真肯定?"

在连长、指导员的轮番询问之下,汪胜利显得有些犹豫,口气也不那么确定了:"反正我……我……我感觉是……"

"什么叫你感觉是?"连长恼了,但恼归恼,却不敢掉以轻心,"走,看看去!"他说着就向外走。排长、班长和汪胜利跟在后边。刚走到操场,开饭号便响了起来。汪胜利说:"开饭了!"他想提醒连长,生怕误了饭点,可在这当口,连长哪有心思吃饭?他一瞪眼说:"开个屁!"

几个人匆匆赶到弹药库,仔细检查,表面看没有任何异常,就连墙脚放的面包屑依然如故,没有丝毫被触动的痕迹。这些面包屑是用来防鼠的土办法,因为老鼠进了库首先会食用这些面包屑,如果这些面包屑被啃咬了,就等于发出了警报。可是,自打进了弹药库,刚才口气还有些犹豫的汪胜利这时又坚定起来。

"没错,"他使劲吸着鼻子说,"是老鼠味!"

连长将信将疑:"你还真是狗鼻子?能闻出来?"汪胜利不置可否。

连长说:"要是真有老鼠,那为啥不吃?"他指了指地上的面包屑。

"说的是啊!"排长、班长都附和道。

"这我哪知道?"汪胜利回答不了这个问题。

"这可不是闹着玩的,"连长又来了一句,自从接到报告后这句话他已说了好多遍,"这可不是闹着玩的,"他看着汪胜利说,"要是弄错了,我非扒你的皮!"

回到连队,连长和指导员召集几个连干部一起商量。有的说这种可能性不大,因为弹药库进出有严格的规定,老鼠不可能进去。但也有人说不怕一万,就怕万一,一年三百六十五天,谁能保证不出闪失?况且就在昨天团里还补充一批弹药进库,在搬运过程中会不会出现差错?商量到最后形成两种意见:一种认为汪胜利的话不可信,他的鼻子哪有那么灵?这不符合科学道理,而且面包屑没有动也说明了问题。另一种认为汪胜利的话不可全信,也不可不信,兹事体大,宁可信其有,不可信其无。指导员是党支部书记,他提出一个折中办法,那就是再观察一下,看看面包屑下一步会不会有变化,如果出现变化就立即采取行动。大家都觉得有理。

然而,连长心里一直不踏实,睡到半夜让一个噩梦惊醒了。他一骨碌翻身爬起,推醒了指导员,说这事不能再等了,万一有事谁也脱不了干系。于是,当天夜里连长便带了两个排赶往弹药库,下令将库内弹药全部搬出进行彻查。弹药库里有几千箱弹药,这可不是一个小工程。但坑道里地方小,人多展不开,便由两个排轮换作业。"这是干啥呢?"有人打听,得知原委后都表示难以相信:"他能闻出来?这怎么可能?"一些老兵气得当面骂:"汪胜利,你搞什么名堂?害得我们觉也睡不成。找不到老鼠,当心扭断你的狗鼻子!"

汪胜利也害怕起来。这事闹大了,如果真找不到老鼠,大家能饶他吗?他去找连长,声音里带着哭腔,说这事不赖他,他只是如实报告,到底有没有老鼠他也不敢保证。连长这时正五心烦躁,哪有心思理他?

"滚一边去!"他吼道,"现在说这些还有啥用?"

连续干了大半夜,弹药库眼见就要搬空了,全无老鼠动静。就在大家认为肯定白忙活一晚上时,忽然听得库内一片叫喊:"看,在这里!""这里!""打!""打死它!"接着又听见有人说找到了,还真有老鼠。汪胜利当时正在坑道里搬弹药,听见喊声便朝库内跑,他挤进人堆,只见一只小老鼠早已被踏成肉泥。人们欢呼起来,汪胜利一颗心落了地。"咋着?"他脸上浮起笑容,得意道,"我没说错吧?"

"嘿,"有人叫起来,"汪胜利你真神了!"

"太奇了!"

"真是狗鼻子,名不虚传!"

一个老兵上来拧住他的鼻子:"小子,让我瞧瞧你这是啥鼻子!"汪胜利痛得大叫,说:"捏不得,捏不得,我这鼻子可碎过!"众人听了,哄然大笑。

这事发生后,汪胜利神气起来。走到哪里都有人指指点点,说就是这家伙,简直是个神人。有一次老乡聚会,他对我说:"我挽救了革命挽救了党,立了大功,要不是我,麻烦大了!"那口气牛得不行。过去他与班长关系一直不好,这当然有他自身的原因,但他自己并不这样认为。"这小子嫉贤妒能,"他曾说过,"老子摊到他手下,啥也别想了!"说这话时情绪十分消沉。可这次聚会他却拿出入团申请书,请我帮他修改。我那时在三连当文书,是老乡中公认的笔杆子。"咋了?"我说,"你们班长同意了?"

"他敢不同意?"汪胜利说,"他要敢打坝子(方言,阻拦),老子直接找连长!"那口气颇有点势不可当的味道。

就在那次聚会没多久,我所在的三连突然接到命令,去陆地上的一个县执行农垦任务,那里有师部的一个农场,由各连轮调前往,时间一般两年。由于走得匆忙,我来不及向老乡们告别,到了农场后才分别写信告之。我也给汪胜利写了信,他也回了信,后来一忙也就没有联系了。

到了年底,忽然接到柱子的来信,说汪胜利复员了。"啥?"我吃了一惊,"怎么会?"我心里想,入伍才两年,这也太快了,除非干得太差,一般不会如此啊。那时还没有手机,我便摇长途电话,通过场部总机转师部、团部,再到连部,好不容易找到柱子。柱子与汪胜利是一个连的,在连部当通信员,也是我们老乡。

"这是咋回事啊?"我问柱子,"他不是刚立过功吗?"

"啥功啊?"柱子说,"你别听他吹!"

"他人呢?"

"昨天就走了。"

"他入团了吗?"

"做梦吧,那是不可能的!"

长途电话线路不好,时断时续,有时也听不清楚。柱子说:"电话里讲不清,以后见面再说吧!"说着便挂断了电话。

半年后,我去团部送军务报告。我们连虽然调去农场,但建制仍属原来的团,每年都要向团部送交军务报告。进岛后,我在团部见到了二蛋。二蛋大名郑军,也是五湖老乡,在团部开小车。晚上他来招待所看我,谈到汪胜利时悄悄向我透了底。"这家伙太倒霉了!"他对我说,本来汪胜利是有功的,毕竟是一次严重事故(弹药库进老鼠那还得了)。当时团里正在创优,师部评比已到了最后关键阶段。于是,团里悄悄按下了这件事,只是做了内部处理,五连连长、指导员分别记大过处分,同时要求各连加强管理。这事对外没有声张,严格保密。至于汪胜利,留着自然是个麻烦,年底便让他走人了。

"这事胜利知道吗?"

"他咋会知道?"二蛋说,"我也是开车时听团长和人说起这事才听了一耳。"说到这里,他一再叮嘱我说,"这事千万别外传,我只告诉你一个!"

听了二蛋的话,我半晌无语,心里直为汪胜利抱屈。

不过,倒霉归倒霉,坏事有时也会变好事。复员军人的安置政策一般是哪来里哪里去,历来如此。不知啥原因,偏巧那一年省里政策有了变化,当年复员的军人一律安排就业。汪胜利本来是要回农村的,这一下走了大运,被安排进了一家国营单位——红星制药厂。他可高兴坏了,忙不迭地给部队的各位老乡写信炫耀。他也给我写了信,信中说走运不如撞运,这样的好事千载难逢,打着灯笼也难找。这确是实情,在他复员后的第二年政策又恢复了老样子。很多老乡都羡慕死了,说这家伙祖坟冒青烟,走了狗屎运。

汪胜利进了工厂,成了城里人,而且是正式职工。这是他梦寐以求的事。他当兵就是为了找出路,而除了提干,还有更好的出路吗?汪胜利心满意足,开始鼓起理想的风帆,认真规划自己的人生。他在部队时家里替他说过一门亲,现在被他义无反顾地退掉了。"我要找个城里人,过双职工生活。"有一年我回来探亲时,他漫不经心地对我说,口气中充满了优越感。那时,汪胜利确实比我们这些战友高出一等,因为城里人与农村人可是一道难以逾越的鸿沟。很多战友回来想见他一面,他都睬不睬,不过,对我还算高看一眼,因为我考上了军校,将来不出意外自然要提干,即便转业了也可留在城里,和他一样成为城里人。

然而,汪胜利找对象并不顺利。他是农村人,家里穷,在城里没房子,而且长相也不够好,除了黑瘦,眼睛凹,鼻子还偏大、偏歪。

条件好的看不上他,条件差的他也看不上,就这么蹉跎了好几年。汪胜利表面不急,心里却上火。就在这当口,一个亲戚给他牵线了。那是一个肉联厂的姑娘,名叫沈菊妹,是五湖西乡大牯岭人,顶替父亲进厂。虽然家在农村,但毕竟是城市户口,又有正式工作,符合汪胜利"双职工"的基本规划。见了一面,双方表示认可。虽说那姑娘胖了一点,汪胜利事后曾对人说,人家不挑他,他也没有理由挑别人,毕竟自己的条件在那儿啊!

之后双方开始交往。让汪胜利满意的是,菊妹性格不错,事事顺着他。而且她身上的味道很好闻,是那种桂花和青草混合的味道——别人不一定能闻到,因为是从骨子里透出来的。来往了几次,汪胜利手脚便不老实了。菊妹也由着他(当然也喜欢),只要不越过最后的底线。每次见面,他们大部分时间都躲在护城河的树林里缠绵,每当这时汪胜利手和嘴都忙个不停,有时过分了,菊妹也不生气,只是咯咯笑着把他推开了。菊妹胖归胖,但摸上去手感很好。特别是那双奶子,肉乎乎的,特饱满。有一次喝醉了酒,汪胜利忍不住向别人吹嘘道:"将来有伢了,奶粉钱肯定是省了!"

他们的关系进展很快,万事俱备,只等菊妹爹妈进城来相看便可订下终身。这天,汪胜利正在厂里加班,电话来了。是菊妹,说她爹娘明天来,让他做好准备。"好嘞,"汪胜利兴奋地说,"一切等我安排,包他们满意!"他喜不自禁,立即开始在心里盘算:先和菊妹一起去接站,打辆出租车,再找一家饭店,档次不能太低。就在离他住处不远有一家同庆楼,是老字号,菜不错,汪胜利去吃过。酒是现成的,春节厂里发的好酒,他还没喝,正好拿出来。对了,不知她老爹抽不抽烟,如果抽的话就买一条中华,硬壳的便宜点,当然软壳的更气派。转念一想,不就多几百元钱吗?第一次孝敬老丈人,索性多出点血……正想着,车间主任来宣布明天厂里加班,任何人不准请假。

汪胜利一听便急了。本来明天是周末,去接老丈人不成问题,他已答应菊妹,不好改口,便连忙去找主任说明情况。

主任老戚五十多岁,长得矮墩墩的,身体很结实。他脾气暴躁,驭下很严,遇到不顺心的事张口就骂人,车间里的人都怕他。此刻,他正在主任室做明天的加班计划,汪胜利来找他时,他头也不抬便说:"你少来这一套!你小子我还不知道?就会偷奸耍滑,哪次不是屎屎尿尿的?就你事多!"

汪胜利一阵脸红,马上解释说这次是真有事,而且非常重要非去不可。但戚主任根本不信。过去汪胜利经常七屁八磨,每逢加班就想尽办法逃避。平时上班也喜欢偷懒,溜班的次数也不少。戚主任对他的印象一直很糟糕,以为这次他故伎重演,顿时气不打一处来。"好了,好了,别啰唆!"他不耐烦地一挥手,"去去去,我可没有闲工夫!不行就不行,哪怕说下大天来也没用!"他干脆利落地结束了谈话,不留一点余地。汪胜利的脸像苦瓜似的泛起青色。在他向外走时,戚主任又喊了一声:"站住!你小子给我听好了,明天你要敢不来,这个季度的奖金就别要了!"

这一招直接打在七寸上,汪胜利别的不怕,就怕扣钱。戚主任治他的办法很简单,专找命门,说到做到,毫不留情。有一次汪胜利翘班被主任发现,二话没说,便让他当月的奖金泡了汤,这让他心痛了好久。

万般无奈之下,汪胜利只好硬起头皮给菊妹打电话说明情况。菊妹平时好说话,但这次事关重大,关乎她和二老的颜面,于是也撂下重话:"你看着办吧,来不来由你!"汪胜利左右为难,便和菊妹商量能不能由她先去接站,他到班上点个卯,然后再溜出来,饭店的事由他安排。他还讨好说给二老买了好烟好酒。酒是16年古井原浆,烟是软壳中华。听他这样说,菊妹也就答应了。

第二天,汪胜利早早去了厂里,身上穿着工作服,另外备了西装领带放在提包里,准备溜班后再换上。厂里的这批订单要得很紧,据说是支援亚非拉国家,各级领导都很重视,戚主任亲自盯班,在车间里四处转悠。汪胜利好不容易抽了个空子,以上厕所为由,溜了出来。临走时他和白师傅打了个招呼。白师傅是班长,也是马头乡的人,他们村离黄滩只有三里路,平时与汪胜利关系不错,答应替他瞒着,但也讲明了如果瞒不住也别怪他。

汪胜利进了厕所,装模作样地尿了一下,然后直奔自行车棚。当他推出自行车,骗腿上去后才发现装西装的提包忘了带,只好停下回去拿。这一拿便误了事,都说细节决定成败,一点不假,等他取回提包重新骑上车,一抬头看见戚主任迎面走过来,想躲也来不及了。

"汪胜利!"戚主任怒道,"你今天要敢跑,就开除你!"说着上去锁了他的自行车,把车钥匙一攥,塞进自己口袋里。汪胜利苦苦哀求,全无用处。这下麻烦大了!他心里想,那时还没有手机,想联系菊妹也联系不上了。

回到车间,他心烦意乱,心里愁死了。接下来便发生了那件事。那件事后来轰动一时,确切地说与汪胜利的鼻子有关,当然,如果汪胜利那天逃班成功,也就没有这回事了,起码与他无关,偏偏他没有逃成。

据事后调查,时间好像是在上午九时,也许是十时,总之就在这前后吧,汪胜利闻到了一股奇怪的味道。这味道就在他所在的一车间。一车间是密封的,外边的气味很难传进来。"啥味儿?"他使劲地嗅了嗅,又问白师傅闻到了没有。白师傅说没有啊!"你们呢?"他又问班上其他人,回答也是没有。确实,当时在场的没有任何人闻到,除了汪胜利外。

这件事很快就被戚主任知道了,尽管他事后矢口否认,但事实是(据汪胜利所言),他当时正与白师傅和班上人讲这件事时,戚主任走了过来,看到他们交头接耳,便大声喝道:"你们干啥呢?这是上班时间!"戚主任沉着脸,表情有些不悦。白师傅连忙汇报说:"汪胜利闻到了奇怪的气味。"戚主任一愣,使劲吸了吸鼻子,但什么也没闻到:"你们闻到了吗?"

"没有。"

戚主任扭过头来看着汪胜利:"你闻到了?"

"是啊,主任!"

"什么味儿?"

"说不出来。"

"是不是材料味?"

"不是,以前没有过。"

"是吗?"

戚主任将信将疑,制药需要氨气和氢气,但这两种气体很容易就可以闻到。为了安全起见,戚主任叫来安检员,让他立即检查设备和仪表。检查结果:一切正常。这时戚主任已经回到主任室。"去,"他说,"把汪胜利叫来!"

不一会儿,汪胜利来了。

"汪胜利,你想干啥?"戚主任斜起眼睛说,话语中压着不小的怒气。

"我没干啥。"

"哼,"戚主任冷笑道,"你小子别给我耍滑头,我警告你,不要生事!"

"我没生事……"

"哪来的气味?"

"这我哪晓得?"

戚主任勃然大怒:"好你个小狗日的,你存心捣乱是吗?"

"没啊……我真闻到了……"

"胡说!"戚主任一拍桌子,"你当你真是狗鼻子啊?别给老子耍小聪明,老子吃过的盐比你吃过的饭都多。你才多大,就和老子玩心眼。你再敢惹事,看我怎么收拾你!"

"主任……"

"滚!"

戚主任一通臭骂,赶走了汪胜利。事后有人说,这事也赶巧了,如果那天不是汪胜利溜班,戚主任也不会发那么大的火,或许对他的话引起重视也未可知。当然,这只是一种推测,不过在戚主任看来,汪胜利这么做纯属出于不满故意捣蛋,况且他平时就谎话连篇,三句话中有两句不靠谱。总之,他的话没人相信。不仅是戚主任,就连白师傅和班上的人也都不信。

"算了吧,别闹了!"白师傅好心劝他。"我没闹!"汪胜利说,"我真闻到了。"众人听了都笑,说:"到底是狗鼻子,厉害啊!"汪胜利又气又恨,说:"我是担心出事。""出啥事?"白师傅说,"不都检查过了吗?快干活!"可汪胜利仍然喋喋不休。大家也见怪不怪,因为他平时也是这样,死抬杠,从不认输。于是也都不理他,各自干起活来。

汪胜利感到无趣,心里更为菊妹的事七上八下,心想我咋这么倒霉呢?摊上了这事?他越想越窝囊,干活也提不起精神。中午开饭前,车间里的气味更浓了。汪胜利又说起了这事,可还是没人相信,因为一切都很正常。汪胜利到主任室报告情况,声称气味越来越浓了,肯定是哪里出了问题。戚主任看他纠缠不休,以为他还在打逃班的主意,心里的火气又冒了上来。"汪胜利!"他说,"你小子没完是吧?别以为我治不了你,再胡搅蛮缠,老子就停你的职!"汪胜利憋了一肚子气这时也火了:"停就停!有本事你现在就停!"戚主任吼道:"反了你!我还不晓得你的鬼主意?今天你要敢离开岗位一步,我就报告厂里开除你!"

两人正吵着,厂长来了。他是来检查生产进度的,身后跟着办公室主任,忙问这是咋啦。这时有人过来拉走了汪胜利,戚主任说:"这家伙不老实,想逃班被我抓住了便无理取闹,胡诌八扯散布谣言。""啥谣言?"厂长问道。戚主任便说了缘由,厂长倒是很警惕:"气味?啥气味?"

"谁知道呢?别人都没闻到。"

"以前有过吗?"

"没有。"

"查过了吗?"

"查了,都正常。"

厂长点点头,让戚主任再查查,又说小心无大错,安全生产马虎不得,更不可掉以轻心。戚主任连声说好,又派人去查。厂长接着坐下来,开始了解生产进度,之后又提出具体要求。这时,派去检查的人回来了,报告说没有发现问题。厂长松了一口气,临走时说:"他叫什么?"

"汪胜利。"老戚说。

"就是那个狗鼻子。"办公室主任插话道。

厂长新来不久,是轻工局派下来的。他没听说过汪胜利的传闻,也不感兴趣。老戚补充说:"这家伙贼得很,今天他要请假,我没准,他就给我来这套!"

"那还成?"厂长说,"这种人要好好整治。我们要提倡好的厂风,不能让老实人吃亏,更不能让刁滑的人占便宜。"

下午终于过去了。好不容易熬到下班,汪胜利连晚饭也没吃,便忙不迭地跳上自行车去找菊妹。他心里火烧火燎的,生怕菊妹不肯原谅他,尤其是得罪了二老,后果严重,更让他忐忑不安。他心里发急,想蹬快点,可越急腿越使不上劲。

渐渐地,他身上开始发冷发软,头也一阵阵发沉。其实,这种感觉下午当班时就有了,伴随着咽痛、干咳、流泪,像是感冒,他也没当回事。汪胜利身体不错,平时有个头疼脑热,扛一扛就过去了,从不吃药。可这会儿情况好像越来越严重,胸口发闷,气也短促起来,嗓子里阵阵冒火。他不得不停下车,在路边买了一瓶矿泉水(要在平时他可舍不得花这个冤枉钱),喝了几口,借机喘口气。这时天光已经暗了,路灯陆续亮了起来。时间不早了,汪胜利定了定神,然后重新跨上车。他又骑了一段,越发感到体力不支,浑身上下都不得劲。天气很冷,但他大汗淋漓,衣服全湿透了。难道真病了?他心里想着,兴许是急的。可现在顾不上这些了,他咬起牙继续蹬车。

前边到了状元桥,这里有一个上坡。坡并不大,平时他骑车到这里猛蹬几脚便上去了,而下桥不远便到了菊妹的住处,可此刻他实在蹬不动了,直感到浑身像散了架似的,动弹不得,不得不中途下了车,勉强把车推上桥去。到了桥上他不停地喘气,好一会儿才缓过劲来,然后重新跨上车,正想顺坡滑行下去,忽感天旋地转,随之一阵虚脱像山一样扑面压下来,他眼前一黑,便连人带车飞了出去……

汪胜利醒来时,已经躺在市中医院的病床上。他的胳膊摔断了,身上多处软组织挫伤,最严重的是头撞在桥栏上造成了重度脑震荡。医生对他进行紧急处理。从外伤来看,他的伤情不难控制。

可入院以后,他的心率、呼吸都在急剧下降和减少,人也昏迷不醒。医院紧急会诊,却找不到病因,只得送进ICU,采取吸氧、打强心针等对症施药办法暂时缓解症状。到了第二天,他的病情继续加重,甚至一度出现弥留状况。直到傍晚,有人找到他,才使他脱离了危险。

来找他的人是市应急指挥部的成员,他们在排查人员名单时找到了汪胜利。据说他是最后一个被找到的。

原来就在汪胜利昏迷不醒期间,市人民医院急诊室早已人满为患。据急诊科的医生回忆,求诊者大约是在晚上六七点钟开始出现,此后逐步增加,密集拥来。患者主要表现为咳嗽、咽痛、胸闷、流泪、淌清鼻涕等症状。时令已是冬季,正是流感发作期间,这种情况起先并未引起重视。医生只是按一般感冒施治,轻者开了药让他们回去休息,重者留下输液。后来求诊者越来越多,打吊液的挤满了急诊室,就连走廊和大厅里也一个挨一个全是人。急诊科不得不向医务处求援,请求增派人手。一时间,整个急诊室人来人往,乱作一团。令人不安的还不只是患者人数众多,而是治疗毫无效果。几个小时后,不少患者的病情开始加重,有的出现肺部感染,还有几个年纪大的竟陷入昏迷。当天夜里,病情恶化的患者越来越多,其中一人因肺部积水抢救无效去世。此外,一部分先前开了药回家的患者这时又有许多被重新送到医院,他们的病情均不同程度地加重。这开始引起了医院领导的重视。第二天一早,各科专家被紧急找来会诊,可这种奇怪的病症谁也没有见过,究竟如何施治,一时束手无策。会不会是什么流行病?有人提出了这个看法,主张立即向上报告。

省卫生厅接到报告后感到事态严重,立即派出专家小组。当天中午,专家小组便赶到五湖市。这时市一医的专家有了新发现,即所有患者无一例外均来自红星制药厂,而且患者具有明显的中毒现象。应急小组赶到后,在当地专家的配合下进一步调查,很快查明是三光气泄露造成的。三光气是一种固体光气,无色无味(只有轻微的类似光气的气味,人的嗅觉无法分辨),通过光、热或试剂引发氯化反应,是生产抗生素等药品的辅助材料。查明了原因,市政府立即成立了应急指挥部。第一步首先是切断毒气来源,第二步是全力抢救中毒人员。

从患者的情况看,一车间是光气泄露的源头所在,所以人员中毒情况较为严重;其他车间由于远离源头,只是被不同程度地波及,中毒情况较轻。三光气中毒虽然没有特效药,但可根据病情对症缓解。应急指挥部要求对重度患者集中就治,轻微患者则视情采取住院和居家相结合的方法施治,但对红星厂所有当天上班人员必须逐一排查,不漏一人。

这项工作迅速开展起来。一些当晚没有去医院的就诊者陆续被找到送往医院,有的病情已经很重了,但都及时挽救了过来,只有一人找到时已停止了呼吸。那人也是一车间的,当晚他的妻子和孩子回老家了,只有他一人在家。人们撬开门时发现他已停止呼吸,就倒在离门一步之遥的地方,手还在向前伸着,也许他是想打开门向邻居呼救?在他的床头上人们看到了一些感冒药品,估计他可能误以为是感冒,自己买了点药,没去医院,这才造成了悲剧。

到了第二天傍晚,一车间几乎所有人都找到了,就差汪胜利一人了。他的住处没有(他与人合租一间房,同屋者说他那晚没回来),老家也没有,谁也不知道他去了哪里。应急指挥部找到戚主任。他正躺在医院里打吊瓶,胸部严重感染,说话有气无力。据戚主任回忆,汪胜利那天找他请假,说是要去接老丈人。当时戚主任未准,还扣了他的车,下班后才把钥匙还给他,估计他是去了他对象那里。至于他的对象姓啥名啥,在哪里上班,住在哪里,他并不清楚,因为汪胜利没有说,他也没有问。

不过,好在汪胜利和白师傅说过这事。应急指挥部辗转找去,先是找到菊妹,菊妹说汪胜利没来过,她正为这事生气哩。经过一番周折,指挥部终于打听到在事发当晚状元桥上曾摔伤一人,被路过的民警送往附近的中医院,那辆摔坏的自行车经菊妹辨认正是汪胜利的。

汪胜利被找到了,经过对症治疗,病情很快缓解。不过,不知是不是因为摔倒造成脑部受伤,损坏了嗅觉神经,他的嗅觉能力大打折扣。有一次家里的锅烧煳了,他也没有闻到,这在过去是不可想象的。他曾想过要告厂里,后来又放弃了这个打算。据说是菊妹不让他告,她说:"你告了厂里,将来还咋混?"汪胜利在事情过去第二年,与菊妹结婚了。有一次我回去探亲,他对我说起这事,还说厂长找他谈过话,要他以大局为重。他们所说的大局就是要汪胜利保持沉默,因为那次事故是由三光气瓶质量问题造成的,厂里只负次要责任,局里和市里的责任也不大,所有的损失均由三光气生产单位负责。厂长在事件中也出现了症状,但十分轻微,吃了一点药,很快就康复了。他对汪胜利说:"其实我也无所谓,大不了撤职,可你想过这会把工厂搞垮吗?"据说那次事故的赔偿金额不会低,至少要好几百万元。"如果把厂子搞垮了,这对你有啥好处?你是工厂的主人,厂兴我兴,厂衰我衰,为了工厂,为了大家,你说我们应该怎么做?"厂长语重心长,循循善诱,晓之以理,动之以情,最后把汪胜利说服了。"忘了吧,都过去了,就当从没发生过,一切向前看。"临走时,厂长紧紧握着汪胜利的手,甚至动了感情。当然,厂里说话算话,承诺对受害人员的补偿也全部到位,据说补偿的金额相当丰厚。

这事发生几年后,红星厂进行了国企改革,转为民营,原来的厂长联合几个厂干部以很便宜的价格买下了工厂,转而搞房地产开发。工人们的工龄被买断,纷纷下岗。那之后,汪胜利据说南下东莞(一说是深圳)打工去了,我们便断了联系。

又过了几年,我转业回到五湖,在报社工作。有一天,市里开会,有人请客吃饭,不知怎么谈起当年的事故。在座的一个市领导,当年在卫生局任职,参与了应急指挥部工作,自认为最有发言权,他说关于汪胜利的事全是瞎扯,压根儿不可信。因为有人反映过这事,应急指挥部还专门进行了调查,结果根本无法证实。所有的当事人均予以否认。为了慎重起见,他们还对汪胜利的嗅觉进行了测试。

"你们猜怎么着?"那个领导说。

"怎么着?"大家都充满好奇。

"他的嗅觉只有3级,"那个领导伸出三个指头晃了晃,"正常人是10级,差着一大截哩!"说到这里,他一撇嘴巴,用权威的口气概括道,"你们说这话能信吗？全是瞎扯!"

饭桌上一片笑声,只有我笑不出来,心里泛起一股难言的苦涩。

无处不在

1

老楼斜靠在沙发上,无所事事地翻着手机。他那硕大的玻璃杯里泡着浓浓的茶,透过茶渍斑斑的杯体可见茶叶几乎堆到了杯口。老楼喜欢喝浓茶,茶叶放少了他感到没味道。每次泡茶都要抓上一大把,一斤茶叶喝不了几天。他还喜欢抽烈烟,一般卷烟根本满足不了他。他抽的烟丝都是从五湖乡下买来的。五湖产烟丝,虽然名气并不大,但老楼喜欢,因为劲够大。在部队时,他常让老婆给他寄。老婆不理解,劝他不要省钱,又不是抽不起,干吗老买这种便宜货?老婆是好心,但老楼嫌她啰唆,每次都要冲她说:"你懂个屁啊!"

四海公司是一家汽车运输服务公司。办公楼前有一个停车场,停放着各种车辆。楼下有一个大房间是供驾驶员们休息用的,里边摆放了几张桌子、椅子,还有几个油迹斑驳的旧沙发靠墙摆放着。此刻,老楼就靠在其中的一个沙发上。

手机里的信息五花八门,各种稀奇古怪的事都有。老楼看了一会儿,感到眼睛有些干涩了,很不舒服。随着年龄增长,他的眼睛早已不比当年。正要放下手机,忽然噗的一声响,微信里来了新消息。是老严发来的。老严是他的战友,当年曾在汽车连做过文书。老楼一看标题《顾春明严重违纪违法被开除党籍》——啊,又干倒一个!老楼心里想,点开一看,消息很简短,但足够震撼。他还没看完,边上早有人嚷嚷开了:

"看看,顾春明被抓了!"

"又是一只大老虎!"

"嘿,早该抓了!"

"我早说过这家伙不是个好鸟!"

顾春明是五湖市前市委书记,后来提拔当了省长,曾是改革的风云人物,国内各大媒体都报道过他的事迹。老楼退休前曾在市政府车队开车,经常见到顾春明。顾春明的司机小魏,他也认识。顾春明中等身材,不胖不瘦,腰板挺得直直的,头发向后梳,总是一丝不乱。他喜欢背着手,走路昂着头,一副气度不凡的样子。老楼对他的印象说不上好,也说不上坏,不过对他的司机小魏却十分反感。这家伙仗着顾春明的势子,耀武扬威,处处耍横,就连一些当官的也不放在眼里。车队的驾驶员背后都骂他,但也不敢得罪他。据说他是顾春明的亲戚。

顾春明是个能人,起码在老楼看来是如此。他在五湖干了不少事,比如大刀阔斧搞拆迁,整顿脏乱差,使五湖面貌一新。再比如发展经济,搞开发区,引进各种外资和中资企业,使五湖的地区生产总值和财政收入大幅上升。尽管如此,他的口碑并不佳,各种传闻一直不少。对于这些传闻老楼似信非信,不过从他的司机小魏来看,他对身边的人要求并不严。

这些年由于加大反腐力度,大虎小虎查了不少,一般案件人们早已见怪不怪,但顾春明的案子不同,一是他的级别比较高,二来他是本省官员,大家关注程度自然不同。消息一出,微信圈便转疯了。

"这下好日子到头了!"

"这班当官的咋弄的?"

"看看这段写的:经济上大搞权钱交易,生活上腐化堕落……与多名女性通奸……"

"多名是多少?"

"听说至少一个排。"

其实,顾春明的事已经传了一段时间。他刚从省长位置退下来,就有人说中纪委在查他了,还听说他被限制出境,只是没有得到官方的证实。就在几个人议论纷纷时,华子从外边进来了。华子的伯父过去与老楼同在市政府车队开车,他一进来便说:"楼叔,你听说了吗? 魏峰也被抓了。"

"是吗?"

"就是前两天。"

魏峰就是顾春明的司机小魏。老楼早就料到,顾春明出事小魏也跑不了。这些年他一直跟着顾春明,顾春明调到省里后把他也带走了。"听说他捞得也不少,"华子说,"很多人给顾春明送钱都要经他手,他雁过拔毛,从中咪了不少。"

老楼听了便说:"抓得好! 这家伙狗仗人势,早该收拾了!"老楼讨厌小魏,其实小魏虽然横,但并没有得罪过他,老楼讨厌他也说不上原因,就是看不惯。听说他被抓了,他甚至比听说顾春明被抓了还痛快。

回到家里,老伴已烧好饭,坐在椅子上正与儿媳小琴说话,看见老楼便说:"顾春明的事你听说了吧?"

"哪还没听说?都传疯了。"老楼一边脱外套一边说。

"听说,他贪得不少,超过了郭三亿。"

郭三亿是省里的一个副省长,几年前落马,犯罪金额高达三个亿,这在当时是一个破天荒的惊人数字。老伴说:"你看看这些贪官前仆后继,多可怕!"

小琴插话道:"这回五湖要大地震了。顾春明在这里经营多年,买官卖官,牵扯了不少人,许多当官的怕都要人心惶惶了。"

"活该!"老伴道。

不一会儿,儿子楼勇接孙子回来了,老伴便把饭菜端了上来。大家边吃边聊,话题自然也围着顾春明的事。楼勇带回了更多的消息,他在交警队工作,上午大家也都在议论这件事。楼勇说金姐也被带走了。金姐是五湖的牛人,她是龙湖集团的董事长,该集团是五湖最大的房地产公司,资产高达数亿元。了解她底细的人都知道,她是顾春明的情人,原先不过是政府招待所的一个女服务员,因长得漂亮被顾春明看中了,从顾春明手中拿走的地不知多少。"总之,"楼勇说,"这个案子闹大了,听说惊动了高层,数额也特别巨大,至少十个亿!"楼勇伸出手掌比画了一下。大家听了都骂,说这么下去怎么得了?正说得起劲,忽然老楼的孙子说话了:"十个亿有多少?"老楼的孙子小名抱抱,今年刚上二年级。

楼勇说:"多了去了!"

"能买很多东西吧?"

"你说呢?"

"我也想要十个亿!"

一桌子人扑哧全笑了。

"做梦吧,你个小财迷!"小琴打了他脑袋一下说,"快吃饭!"

2

上午八点钟,老楼准时把车停在了市文联的楼下。今天他接到派车任务,送市文联的作家去松县采风。老楼今年已经六十三岁了,大前年从市政府车队退下来。他开了一辈子车,打部队学开车起头头尾尾开了四十多年。由于技术过硬,驾驶谨慎,几乎没出过什么事故。虽然年过花甲,但他的身体仍然很棒,每回体检都很完美(除了高血压吃药外),平时连个头痛脑热的也少见。退下来后,他无所事事,闲得难受,便想出去找事做。四海公司的马老板对他的技术无可厚非,只是觉得他的年龄大了,不大合适。后来儿子楼勇知道了这事,便给马老板打了电话。马老板哪敢得罪交警队的,马上开了绿灯。

事后,老楼得知了这件事,心里很是不快。他责怪儿子不该多事,他凭技术吃饭,用不着这么做。儿子笑道:"有技术的多哩,干吗非得你? 找个年轻的不更好?"听了这话,老楼就更不安了,干脆不去了。可他不去,马老板却打电话来了,主动请他去。老楼说:"你不是因为我儿子吧?""哪里话!"马老板说,他们了解过了,知道老楼的技术过硬,他们正需要这样的人,而且老楼是退休人员,公司不用再替他买五险,倒省了一笔钱。老楼听了这话信以为真,第二天便上班了。如今两年干下来,样样令公司满意,就连马老板也大加赞赏。

八点半,事先约定好的集合时间到了。作家们三三两两地来了。在这之前,松县县委宣传部的小童和石河茶场的沈总也赶到了。从他们的谈话中,老楼得知,这次接待的是县委宣传部的,而赞助单位则是石河茶场。所有的费用,包括租车的费用都由沈总结算。所谓沈总,不过是茶场负责宣传营销的,年纪才三十来岁,叫他沈总不过是尊称而已。

作家们到齐后陆续上车。一个胖胖的中年男子像是个负责的,他挺着肚子,一边叫人点人头,一边招呼大家上车。小童向老楼介绍说:"这位是温主席,市文联副主席兼作协主席。"那个温主席笑着与老楼握了一下手,他的手软软的,说了一声"辛苦了",又转头对一个年轻的女同志说:"牌子呢?咋不摆上?"那个女同志听了,便拿出一个牌子,由沈总接过去摆在车窗前。牌子上写的是"全国著名作家松县行"。

老楼平时不大看书,文学作品看得更少,对这些作家的名字当然也很陌生,后来跑了几天,才慢慢对上号。所谓全国著名作家,其实只有两位是外省请来的,其余的都是本土作家。那两位外省来的,据说一个来自北京,一个来自上海。北京来的是个大胡子,表情倨傲,据说是一个诗人;上海来的戴着眼镜,白净脸皮,瘦高个儿,是写小说的。温主席对这两位请来替他装门面的外来和尚特别关照,上车后便把他们安排到了车子前部的贵宾座。

老楼开的是进口考斯特,19座,超VIP商务版,车前特设了贵宾座,除了座椅宽大外,还有台子可供摆放物品。两位名家坐下后,温主席也在旁边靠车门的位置坐下来,以便陪他们说话。

作家们都是侃爷,一路上海阔天空,从中东谈到南海,从国际谈到国内,从天文谈到地理,还有各种逸事趣闻、奇谈怪论,老楼过去很少听到。当然,有些能听懂,有些也听不懂,不过听上去倒也新鲜。尤其是那个大胡子和眼镜儿常常观点对立,相互抬杠,有时争得面红耳赤,更是有趣。

大胡子的为人显然不大随和,不论什么话题他都喜欢唱反调。眼镜儿谈到最近他打算写一篇反腐小说,正在收集素材。接着这个话题,自然便聊到了顾春明案。他向温主席了解有关案情的细节,并指出清除腐败最根本的是要消除腐败的土壤。他认为腐败的土壤是权力,控制住了权力才能真正消除腐败。温主席点头称是,连说深刻、深刻。但大胡子却泼起冷水:"权力?腐败的土壤难道仅仅是权力吗?难道只有权力才产生腐败吗?"

"我认为主要如此。"

"错!"大胡子说,"权力只是一个方面,为啥腐败屡反不止?为什么人人恨腐败,又爱腐败?因为腐败能带来切实的利益,所以人人恨腐败,又想搞腐败。往小了讲这是环境问题,往大了讲根子在文化。人的贪心更可怕!"

"谬论!"眼镜儿说,"你这是偷换概念。"

"难道不是如此吗?你敢说你没搞过腐败?你没有为了自身

的利益讨好过权力,甚至做出法律和道德不允许的事?"

"这是两回事!"

"不,这是一回事!"

两人唇枪舌剑,互不相让。为了寻求支持,他们不时转向温主席问他对不对。温主席当然两边都不能得罪,便和起稀泥打起哈哈。老楼对他们的话似懂非懂,不过觉得各有各的道理,尽管大胡子说话偏激刺耳,但也不是毫无根据。

老楼是五湖乡下人,家境贫寒,祖上几辈全是地里刨食的农民。他爹老实巴交的,三拳打不出一个闷屁来,见到生人连个囫囵话都讲不全,家里的外事全靠他娘周旋。其实,他娘也不是喜欢抛头露面的人。她娘家姐妹六个,她行四,过去在娘家遇事总有人顶着,轮不着她出头。但嫁到楼家后,摊上一个木头一样的丈夫,不想抛头露面也不行了,一家子总得有个活络人,既然孩他爹指望不上,只有靠她了,慢慢也练出来了。

老楼的娘没啥文化,解放初上过几天扫盲班,虽然识字不多,但很有见识。她育有两男三女。两个男伢,大的叫楼玉福,小的叫楼玉顺。不管家里多苦多穷,娘都坚持勒紧裤带送伢们上学。女伢们读完小学,男伢则上到初中,后来家中实在困难,老大玉福便主动留在家里干活,把上高中的机会给了老二玉顺。

玉顺就是后来的老楼。他高中毕业那一年,济南部队来招兵。那时"文革"尚未结束,当兵可是脱离农村的重要机会,仅次于招工。于是争的吵的一时间挤破了头。老楼也报了名,但基本不报奢望。但他娘不死心,东借西凑,置办了两条猪腿、四只鸡(两公两母),还有一篮子鸡蛋,这对贫苦之家来说可是一笔昂贵的费用。老楼爹心疼得要死,说:"你不过了!这要不管用岂不白瞎了!"老楼娘说:"舍不得孩子打不着狼,管不管用,先送了再说!"后来,东西便送出去了。结果在讨论名单时,公社武装部长发话了:"这回招的是技术兵种,高中学历要优先考虑。"这一下便刷掉了很多人。接下去,部长又发话了:"各个大队都要兼顾到,要平均分配,不要都集中到一个大队。"于是老楼所在的红光大队便分到了三个名额,巧的是该大队的高中生恰好三名,老楼是其中之一。人们都说老楼运气好,而老楼心里明白,平白无故天上哪会掉馅饼?

他打心里佩服娘。虽然她只是个农村妇女,但要不是她看得远,果断出手,老楼恐怕不会有今天。尽管那些礼品当年让他们家勒紧裤带过了好一阵子,但对老楼的前程来说却是至关重要。每每想起,他都十分感激娘,认为她是一个了不起的母亲。老楼还记得随领兵的走的那一天,娘把他送到公社,对他说:"伢,娘能做的只有这些了,下边就全靠你自己了。"老楼听了心里湿湿的,也沉沉的,心想,俺一定要好好干,不能让娘失望了。

到了部队,老楼分到了汽车连。这让他十分兴奋,那年头汽车还没有现在这样普及,驾驶员很吃香。学会了开汽车,就等于掌握了一门技术,将来即便复员回家也好找工作。可让他没想到的是他却被分到了炊事班。老楼非常沮丧。炊事班班长老宋是山东日照人,他发现了老楼的活思想,便找他谈心,和他一起学《毛选》,提高他的思想觉悟,还带着他一起喂猪打扫猪圈。老宋是团里的学习标兵,不久,他帮助老楼的事便被团里报道员写到了报纸上。这一下老楼也跟着出了名,经常受表扬,还去团里进行过演讲。但老楼并不甘心于此,心里还想着开汽车。有一次他给连长送猪耳朵时,悄悄说了自己的想法。连长喜欢吃猪耳朵,每回连里杀猪,老楼都把猪耳朵留下来,晚上单独给连长送去。当然他对老宋谎报军情,说是连长让他送的。

老楼身材魁梧,方脸,大眼睛,但为人却很机灵。他来自乡村,又是贫困人家,因此时时处处放低身姿,注意搞好关系。连长家属来探亲,他送米送面送油,小腿跑得特别勤。连里烧了好菜他也大盆小碗地往家属房里端,连长家属要给钱,他不收或少收,还利用星期天去街上买大白兔奶糖送给连长孩子吃。连长家属很高兴,老是夸他不错,说小楼这个兵有眼色。这样一来,连长也对他有了好感。

不过,关于转汽车兵的事,连长虽然答应考虑,但一直没有消息。后来,老楼找连部文书小严(小严就是后来的老严,不过那时还不叫老严,叫小严)打听。小严是五湖老乡,他悄悄告诉老楼,这事指导员没松口。指导员是团里派下来的,文化程度高,能说会道;连长是从连里一步步干上来的,基层经验丰富,两人各有所长,却暗中较劲,关系自然有些微妙。"那可咋办?"他请教小严。小严便出主意说:"你能不能搞到缝纫机?最好是蝴蝶牌(上海名产)。""指导员老婆想买一台,"小严说,"就是搞不到票。"那时是计划经济,紧俏商品都凭票供应。得知这一情况后,老楼便给黄月梅写信,请她设法帮忙。

黄月梅是上海下放知青。在村里时,老楼家对她挺照顾,她也常在老楼家吃饭,与老楼也谈得来。黄月梅家庭成分不好,上调的事屡屡落空。村里的几个知青都陆续走了,她仍然留在村里。老楼当兵后,有人从中说合,两人便确定了恋爱关系。老楼来信把这事说得无比重要,关系到他今后的前途大事。黄月梅当然不能怠慢,写信回上海四处托人,总算搞到了一台缝纫机,并由火车托运至指导员爱人家中。指导员十分高兴,给钱老楼也不要,后来还是指导员爱人把钱直接寄给了黄月梅。这之后不久,不用老楼再提,他转为汽车兵的事便顺利办成了。许多年过去了,有一年战友聚会,提到这事,当年的小严如今的老严对他说:"火到猪头烂,礼到事情办。有权的靠权,没权的靠送。千百年都是如此,从未改变。"

三天的采风顺利结束了。跟着这帮作家游山玩水,好吃好喝,这比一般的差事快活多了。每到一地,当地都要馈赠土特产,其中也有老楼一份。当时正是新茶下来的季节,石河茶场请这帮作家去,自然是为了宣传茶叶。临走时,茶场每人送了两盒特级明前茶,据说每盒市价达到一千元,当然也少不了老楼的。

送走了各位作家,当晚老楼又帮沈总拉了一趟私活,送沈总的一帮亲戚,大人小孩十几人回老家替老人做寿。讲好了单趟,送到为止。除了汽油费、过路过桥费外,再给辛苦费一千元。这当然是老楼个人的外快,由他自己装腰包。老楼把人送到后,连夜赶回,第二天回单位交车,一点也不耽误事。虽说累一点,但一千块钱却是真金白银,相当于他月工资的三分之一。

老楼心里很开心。他刚来公司时,有一次,也是去松县出车,华子找他拉私活,他还有些抗拒,认为这样做有些不妥,后来华子对他说:"大家都这么做,不做白不做,难道你嫌钱烫手啊?"于是做了一次,便有第二次,慢慢也就适应了。尽管马老板听到风声,大会小会讲过几次,声称一旦发现势必严惩,但大家都是利益共同体,互相袒护,互相隐瞒,马老板想查也无从下手。

回到家,已是夜里两点多钟了。老伴(就是当年的上海知青黄月梅)帮着他把礼品搬下来,除了茶叶,还有米、油以及各种土特产大大小小十几包。等到搬完了,老楼又把装在信封里的辛苦费掏出来扔给老伴。"嗬,"老伴接过来用手捏了一下,便眉开眼笑道,"这趟油水还不小嘛!"

老楼很得意,也不搭腔,只说了一句:"饿了!"老伴便连忙去厨房下了一大碗热腾腾的面条端上来,滴上香喷喷的麻油,最上面还卧了两个又白又嫩的荷包蛋。

3

第二天,老楼轮休。由于昨晚睡晚了,早饭后他又上床补了一个觉。十点多钟,他养足了精神,从床上爬起来。老伴早替他泡了浓茶,他一边喝,一边抽着烟斗,顿时神清气爽。午饭时间还早,他跷起腿,拿起晚报看起来。报纸的第二版、第三版整整两个版面都是报道顾春明案件的,标题是《从明星官员到落马贪官》。报道称,顾春明的房产多得不计其数,分布在北京、上海、广州、深圳等地,连他自己也搞不清究竟有多少套。至于私生活更是腐败透顶,光情妇就有多名(又是多名!难道连这个数量也搞不清楚?老楼心里想),其中有两个情妇还为他生了孩子。"太腐败了!"老楼骂道,

"这些人真是作孽!"

老伴正在厨房里忙活,听到老楼骂便探出头来问:"怎么了?"老楼用手弹了弹报纸,愤愤不平道:"你看看这些腐败分子真是太可恶了!"

"你说谁呢?"

"还能有谁?"

老伴走过来拿起报纸,这是今天刚到的晚报,她还没来得及看。她看了几眼也骂了起来:"真是太过分了!国家的钱都被他们贪光了!你看看这些女人以后可怎么办?天哪,还有孩子……"

老楼没好气地说:"你真是吃饱了饭闲操心,她们关你屁事啊!"

老伴说:"我也就是说说,这些女人也怪可怜的。"

"可怜?"老楼说,"你还是可怜可怜自己吧,她们有钱有房,过得比咱们不知舒坦多少!"

"那可不一定,"老伴说,"平安是福,像咱们这样踏踏实实的比啥都强。"

两人拌了几句嘴,老伴又去厨房忙活了。快十二点时,媳妇小琴接抱抱放学回来了。老楼几天没见孙子了,一见他便搂着亲了几口。抱抱一边躲一边连声叫道:"扎人!扎死人了!"老楼这才想起没刮胡子,于是哈哈大笑。"说说看,"他仍然搂着抱抱说,"今天学校有啥事?给爷爷汇报汇报。"

抱抱说:"我们谭老师说了,让大家回去问问,有谁认识医院的人。"

"啥意思啊?"老楼一时没明白。

小琴解释说,谭老师的父亲晚期癌症要开刀,但病重无法转院,想请省医的胡院长来五湖主刀,但胡院长是有名的外科一把刀,平时忙得很,哪有时间来五湖?谭老师想请家长帮帮忙。"亏她想得出,"老伴这时插话道,"一个小小的老师也学会搞这一套了!"

"妈,你别这样说,"小琴道,"你不帮有人巴不得想帮哩。"

"谁爱帮谁帮吧。"黄月梅认为老师这么做太不应该,这不明摆着是利用职权吗?小琴见婆婆这样说不便顶撞,一时沉默了。这时抱抱突然冒出一句:"有权不用,过期作废。"老楼一愣,这话从一个只有9岁的孩子口中说出来让他大吃一惊。"这是谁教你的?"他正要问,只听小琴斥道:"胡说个啥?去去去,快进屋写作业去。"

支走了抱抱,小琴又重提刚才的话头。"谭老师是抱抱的班主任,"她说,"她对抱抱一向不错,再者说搞好关系对抱抱今后也有好处。"黄月梅听了这话也觉得有理,便说:"不是不帮,是咱不认识啊。"小琴说:"哪有直接认识的?现在不都是人托人吗?"老楼坐在一边听着,一直没吭声,这时开口道:"这样吧,我找战友们问问。"

下午,老楼便分别给战友们打电话。五湖的战友有十几个,但真正有能耐的并不多。问了几个都说不认识医院的。最后,老楼只好打给老严了。老严就是当年的文书小严,他是他们这批复员兵中最有出息的。从部队复员后考上大学,后来进了报社,当上了副总编,方方面面认识的人不少。他和老楼的关系一直不错。老楼的儿子楼勇进交警队也是他给帮的忙。可是接了电话老严也为难起来。他喷嘴道:"五湖的事都好办,这个胡一刀是省里的人,我还真够不上哩。"

"能不能想想办法?"

"我问问吧。"

老严的口气有些勉强,老楼明白八成是指望不上了。他有些沮丧。晚上,儿子楼勇回来了。"搞定了,"他兴冲冲地说,"这事搞定了!""咋搞的?"老楼问。"我给大哥打电话了。"楼勇说。

楼勇的大哥实际上是老楼的侄子,他哥哥楼玉福的儿子,名叫楼胜。楼胜从小就被老楼接到城里读书上学,不是儿子胜似儿子。当然,老楼这样做也是为了报答当年哥哥做出的牺牲。不过,楼胜是个争气的孩子。他聪颖能干,学习特别灵光,从小学到高中一直是尖子生。后来高考时考入中央财经大学。毕业后进入省城银行工作,现在已是省城东平区分行行长,年薪五十万。

楼胜是老楼的骄傲,他常常在朋友面前提起他。"我这个大儿子,"他总是这样称呼楼胜,"真的有出息!挣的钱比我们全家挣得都多。"

楼胜也很孝顺,每次来五湖,除了回村里看望父母,总要来拜望老楼夫妇,而每次总少不了大堆的礼品,有时是钱和卡,少则几千,多则上万。他还常来电话问候,总是说有事只管吱声,千万不要怕麻烦他。"过去总是你们照顾我,"他说,"现在也该我尽尽孝心了。"他说的都是真心话,当然老楼也不怕麻烦他,可这次不知咋了偏没想到他。原因是在老楼看来银行和医院隔得太远,几乎风马牛不相及。"那可不是,"楼勇说,"你可别小看大哥,他如今能耐可大了！手上有几十亿贷款,很多人都求他,省医的一个项目也在找他哩。"

"哦,原来如此,"老楼听楼勇这么一说便明白了,说,"我这个大儿子还真是出息了。"

4

日子过得不紧不慢,新年一过,老楼便算是64岁的人了。不过他的身体仍然很棒,并不觉得自己老,只是有时上街,有人叫他老人家时,他才感到岁月不饶人,心中有些悲凉,但这种感觉一闪也就过去了,老楼也不去多想。

公司里依然忙忙碌碌。每天上班下班,出车收车,按部就班,日复一日。这天早上,他刚到公司,老远便听见屋里叽叽叽喳喳地说着什么,他推门进去,华子抬眼看见他便喊道:"楼叔,你都知道吧?"

"知道啥?"

"又干倒一个!"

华子说着举着手机过来让老楼看。他满脸激动的样子,像是中了彩似的。老楼让他发过来,然后戴上老花镜看起来。原来是某省的省委书记被查出来了,他已退休五年了仍未逃脱法网。众人齐声叫好,骂声一片,都说这帮贪官真该统统杀头。顾春明案这时早翻篇了,半年前就已宣判,人们很少再提,现在又出了个新老虎,而且官阶比顾春明的还要大,众人的兴奋点又被刺激起来,仿佛在平淡的生活中扔下了一颗炸弹。

上午,老楼出车,任务是送歌舞团的人去会议中心开会,据说是传达什么强省文件。车上的人也在议论这件事,都说这个书记问题比顾春明大得多,不仅贪得无厌,还对抗中央,搞两面派。有个知情者透露,他在那个省有熟人,听他们说这个书记喜欢搞演员,歌舞团和话剧团的台柱子都被他搞了。"真太坏了!"那人愤愤道。老楼也在心里骂道:"牲畜不如,真该好好收拾!"

车子到了会议中心,车上的人都下去开会了。老楼停住车,他要等散会后再把人接回去。停车场停了不少车,有不少是市政府车队的,司机中有认识的,他们向老楼打着招呼,相互递烟,然后聊起天来。话题仍然少不了说到刚出的这个案子上。老楼把在车上听到的这个书记喜欢搞演员的话贩了一遍,引来一片笑声和骂声。

又说了一阵话,老楼的手机响了。他拿起一看,是小蒋。小蒋是楼胜的司机,楼胜每次来五湖都是他开车。有一次,楼胜接老楼夫妻去省城小住,也是小蒋接送的。"小蒋啊!"老楼按下接听键,刚要说话,只听见手机里传来急促的声音。"楼叔啊,你听着,楼行出事了!"小蒋的声音十分紧张。

"出啥事了?"

"楼行被带走了。"

"你说啥?"老楼大惊。只听小蒋又说:"就刚才,楼行在机场被带走了。"

"为了啥事?"

"我也不清楚,"小蒋说,"我不能多说了。"没容老楼再问话,便挂了电话。老楼急得喂喂直叫,又手忙脚乱地把电话拨回去,可对方已经关机了。

老楼心里一阵发慌,这时才发现自己早已大汗淋漓,背后都湿透了。边上的熟人看他这个样子,都问咋了,是不是有啥事。老楼一边支应着,一边赶紧打电话给华子。还好,华子上午没有班,老楼让他赶紧过来顶一下,自己连忙打车往家里赶。

一路上他心慌意乱。我的天哪,难道楼胜真出事了?他不敢相信,也不愿意相信。楼胜打小就在他眼跟前长大。他是一个非常优秀的人,这是大家共同的看法。考大学、找工作、入党提干,一路顺风顺水,从不要他操半点心。比起楼勇,真不知强多少倍。楼勇比楼胜小一岁,学习成绩一直磕磕碰碰上不去,后来好不容易考上了警校,还多亏老严帮忙找了人。在老楼眼里,两个孩子中如果有谁让他不放心那绝不会是楼胜,只能是楼勇。楼勇从小就调皮捣蛋,经常惹是生非,小时没少挨打,现在老楼也时常敲打他,生怕他犯错误。然而,老楼做梦也想不到楼胜会出事。

这太让人意外了!老楼有些猝不及防。小蒋说他从机场被带走了,难道他要逃跑吗?他究竟犯了啥事?事情究竟有多大?老楼心里七上八下的,乱成一片。

就在不久前,楼胜曾来五湖一次,他还在饭店请老楼全家吃了餐饭。当时正值清明前夕,楼胜说回来给他爹扫墓。老楼的大哥前两年病逝了,家里只有老嫂子靠着小儿子过活。那天吃饭时,楼胜倒也正常,只是略显疲惫憔悴,话也比以往少一些。老楼以为他是太忙太累的缘故,还劝他要注意休息保重身体。饭后,楼胜开车送他们回去,将两只皮箱交给老楼,让他替自己保管好,还交代老楼对谁也别说。

老楼当时也没当回事,因为那段时间楼胜正在与妻子闹离婚,他以为楼胜是想瞒着妻子把一些重要的东西转移出来,这是很好理解的事。老楼啥也没问,便把东西收下了。现在想起来才感到这事不那么简单。

出租车到了楼下,老楼跳下车就往家里走。司机在后边叫道:"哎哎哎,你还没付钱哩!"老楼这时回过神来,赶紧付了钱。家里一个人也没有。老伴估计买菜去了。那天是周六,楼勇值班,小琴带抱抱去参加家长会了。老楼一头钻进自己的房间,从床底下拖出了那两只皮箱。他心里怦怦地跳着,想了想,便找来一把螺丝刀撬开了箱子。箱子里满满的都是百元大钞,红通通的一片在眼前不停地晃动着,老楼一阵晕眩。他长这么大还没见过这么多钱。"咋办?我的老天!"他心里想着,顿时六神无主了。他很想找个人商量,可找谁呢?楼勇?不,不能把他牵扯进来。找老严?也不行,尽管他是战友,但这事不好说,也说不清楚。正踌躇间,外边传来声响,是开门声和脚步声。他心里一惊,连忙合上箱盖,接着便听见小琴的骂声和抱抱的哭声以及老伴的劝解声。

"咋啦?"老楼从屋里出来问道。

老伴远远地朝他摆手,又朝抱抱说:"好了,好了,知错就改,下次不敢了。"小琴余怒未消,瞪着眼看着抱抱说:"把钱交出来!"

抱抱乖乖地从书包里掏出钱来,林林总总的有一小把,都摆到桌子上,多是一元的纸币和硬币。

"就这些吗?"

"还有的花了。"

"干啥了?"

"买冰激凌了。"

"好嘛,"小琴说,"这还了得?小小年纪就这么干,长大了肯定是贪官!"

老楼不明就里,这时老伴把他拉到一边,说,今天上午开家长会,老师说抱抱利用小组长的权力把作业给一些同学抄,抄一次收一至两元不等。有同学家长告到了老师那里,把小琴气得不行。老楼听了,半天无语。老伴看他脸色惨白,连忙说:"你咋啦?没事吧?"

老楼摇摇头,突然感到胸口阵阵发堵……

镏金宝剑

白露过后,下了两场雨,天便骤冷下来。这天早晨,一向起早的吕四爷却迟迟没有动静,等到家人过去一看,发现他已经走了。这一年,他才四十三岁。

吕四爷是习武之人,身子骨一向硬朗,平时连个头疼脑热的也难得,可好好的突然便过世了。消息传出,金斗街上的人都大感意外。

"这不可能啊!"

"昨天还在茶馆里见过他。"

"可不是!"

"听说是夜里走的。"

"这也太快了!"

人们七嘴八舌地说着,都感到不可思议。事实上,这事来得确实有些突然。据吕家人说,当晚吕四爷吃晚饭时还一切如常,喝了一壶酒,吃了半只烧鸭子、一碗烂肉,外加四个馒头。吕四爷的饭量一直很好,那晚也是如此。可谁也没想到,他居然一觉睡了过去。

吕四爷也算金斗街上的名人。他本名吕四,"四爷"是人们对他的尊称。吕四行伍出身,官居正七品把总,在江浙一带与"长毛"

打过仗,据说立过不少战功。吕四早年家境不好,父亲给人扛活,兄弟姐妹六个,常常吃了上顿没下顿。有一年军队来招兵,在城里竖了旗帜,声称管吃管喝,每月还有饷银。吕四一听便报了名,那年他刚二十一岁。和他一起报名的还有他的表哥狗子,那天他们正好一起进城去扛活,两人一合计便扔了扁担跟着招兵的走了,等到入了兵营才知道这是李抚台的淮军。

吕四跟着李抚台打过不少硬仗,尤其是刚进上海时,危殆万分。太平军十万大军,三面包围,七路并进,大有踏平上海之势。面对来势汹汹的太平军,吕四有些后悔了,曾与表哥商量逃走,可上海是座孤岛,想跑也跑不了,除非你长了翅膀,没办法,只好硬着头皮顶了下来。好在没几年形势大变,淮军由守势转为反攻,太平军节节败退。吕四也因战功不断升迁,被调入李抚台的亲兵营。

吕四平时话不多,但兴致来了,也会说说过去的事。据他说,淮军刚进上海时,着装破破烂烂,武器多是大刀长矛。那年上海的雪下得好大,黄浦江都上冻了,可以行车走马,然而淮军很多人还穿着草鞋,连袜子也没有。上海人都瞧不起他们,称他们是叫花子军,还骂他们赤佬小瘪三。可没多久情况就变了。淮军改练洋操,换上新装,配备洋枪,还请来了外国教习,就连口令喊的也是洋文。

"发威马齐,"吕四说,"知道啥意思吗?"

众人摇头。

吕四又说:"弯吐弯呢?"

众人又摇头。

吕四这才解释说,"发威马齐"就是洋文"前进","弯吐弯"则

是"一二一"。说到这里,他还模仿操练的情形,一边喊口令,一边摆动双臂:

"发威马齐……弯吐弯……弯吐弯……"

众人一听都笑了起来。

据吕四说,自打改练洋操,淮军的战斗力大增,绿营就不说了,就连湘军也被撂在了后边。至于"长毛兵"更不是对手。"那玩意儿厉害!"他指的是洋枪洋炮,"哐哐哐几下,便倒下一大片,'长毛'再凶也不顶事啊。"

后来,吕四负伤了,解甲还乡。他是在济宁与捻军作战时,被火枪击中了左边的肩胛骨,虽然伤情严重,但好在火枪威力有限,经过治疗慢慢康复,除了阴雨天时常疼痛,左肩和左臂无法负重外,一切倒也正常。

吕四回乡时,父母已病亡,他便搬进城里,在寸土寸金的金斗街上购了一座老宅。这座老宅原是一户富商的,占地十亩,共七进三十六间,外加附属建筑共百余间,具有鲜明的江南庄园式古建筑风格。吕四在此基础上扩大翻修,还在后花园挖了一个池塘,种荷养鱼。如今,这座宅第依然保存完好,被专家称为五湖地区保存最完好的古民宅之一。

据说,吕四当年购买、修建宅子耗资不菲,作为一个七品把总,他哪来那么多钱?五湖城里不禁议论纷纷,都说他发了横财。

"嘿,瞧这家伙!手面不小啊!"

"肯定捞了不少!"

对于人们的议论,吕四付之一哂。不久又传来消息,吕四在乡下买了大片山林,种植茶叶。人们估算了一下,这又是一笔不小的银子。

人们更加眼热了。但眼热归眼热,见了吕四也都恭敬起来,就连县太爷也对他礼遇三分,谁让人家有钱呢?

吕四死后,吕家乱了一阵。由于事发突然,且毫无征兆,吕妻鲍氏大恸,哭得死去活来。不过,好在后事由吕四妻舅主持,修斋理七,报丧开吊,一切有条不紊,还请了和尚、道士来做法事,香火缭绕,铙钹叮当。城里有头面的人也都送来吊纸。出殡之日,铭旌招展,鼓乐齐鸣,亭彩仪仗,洋洋大观,一路送至码头,然后运往祖坟安葬不提。

吕四妻舅,即鲍氏之兄,名树德,字为善,也是五湖名人。他秀才出身,办过实业,曾在江南制造局任职,还在京张铁路共过事(主持修建这条铁路的就是大名鼎鼎的詹天佑),如今赋闲在家。有一天,妹妹差人来请,说有事相告。吕四死后,鲍氏便失去了主心骨,事事都得依靠其兄替她拿主意。鲍树德到了之后,鲍氏便取出一个物件让他过目。那物件包裹在一块绸布中,打开一看,原来是一把宝剑。

"这是四爷的?"鲍树德随口问道。鲍氏说:"以前没见过,刚找出来的。""哦?"鲍树德略感诧异,拿过剑看起来。这是一把镏金宝剑:剑长八十多厘米;剑鞘用鲨鱼皮制成,辅以银箍;鞘口包银,鞘面饰以金泥,镶有珠宝;剑柄为铜制,带有环形护手。"这是西洋之物啊。"鲍树德说,又问在哪找到的。

"柜底下。"鲍氏说。她在清理遗物时,发现书房的柜底下有一个抽屉,抽屉上着锁,钥匙也不知让四爷放在哪了。她让人打开,便看见这把宝剑。"看来这东西四爷很宝贝啊。"她说。这种推测不无道理。因为家里的事吕四从不瞒她,包括房契、地契这种重要文件放在何处也都告诉她,偏偏这把宝剑却从未听他说过,而且钥匙也不知被他藏到了哪里:"你说是不是有点奇怪?"

"是有点。"鲍树德点点头。

"会不会很值钱?"

"也许吧。"

"你看,这上面还镶了金,还有宝石——肯定很值钱!"鲍氏又说,"要不四爷也不会像宝贝一样藏着。"

"嗯,嗯,也许吧。"

鲍树德一边说,一边抽出剑仔细察看。这把剑做工考究,用精钢打造,材料上乘。他取过一块布擦去蒙尘和锈斑,剑身立时寒光闪闪。"好剑!"他赞了一声,又用手轻轻抚摸,发现剑身有一行刻纹,便凑上去细看。鲍树德是个近视眼,凑到跟前才看清楚,那是一行洋文:H. A. Burgevine。

鲍树德搞洋务多年,识得洋文,便咦了一声:"怎么会?"表情颇感意外。"怎么了?"鲍氏问道。

"白齐文……"他喃喃自语道,口气显得难以置信。

"谁?"

"白齐文,"鲍树德指着那行洋文说,"这是他的外国名,中国人都叫他白齐文。"他本想说这是他的中国译名,但怕鲍氏听不懂。

"白什么?"鲍氏一头雾水,她从没听说过这个名字。

"就是杀死狗子的。"

这下鲍氏想起来了:"你是说那个鬼佬啊?"

鲍树德点点头。

狗子被杀的事,五湖不少人都听说过。他死在一个鬼佬之手,虽然这个鬼佬叫什么名字,没多少人记得,包括鲍氏在内,但这件事大家都清楚。狗子是吕四舅家的孩子,年长吕四两岁,长得矮壮,为人忠厚,打小就与吕四要好,后来一起投军,出生入死。狗子死后,吕四发誓要为他报仇,可这事谈何容易?因为打死狗子的是鬼佬,而且不是一般的鬼佬。他就是白齐文。

同治年间,白齐文的名字在苏南一带如雷贯耳。首先,他是洋枪队的统领,这支队伍成立于上海,因由洋人组成,且使用洋枪,故名洋枪队。洋枪队具有雇佣军性质,他们心甘情愿为官府卖命,只是为了钱。洋枪队的薪饷高得出奇,普通洋兵月薪三百五十两,比中国士兵高出好几百倍(清军士兵最高者不过三至六两),而洋军官薪资更高,低则六七百,高则一两千。其次,每次战斗胜利后还有额外奖赏。最诱人的是,每攻下一地,战利品全归他们所有。这可是一笔令人垂涎三尺的巨大外快。于是,各地洋人趋之若鹜。

晚清社会极端封闭保守,但五口通商之后,上海独为巨擘,其开放程度远远超过了中国其他所有的城市,包括最早开放的广州在内。史料记载,咸(丰)同(治)之间,每天停靠上海码头的外轮有三百余艘,上海的外侨人数,不包括外国驻军,有二千名左右,而这些人中有水手、逃兵、流浪汉,以及罪犯、强盗等各色人渣等。他们肤色不同,语言各异,但都为了一个共同目标,那就是要在上海滩这个花花世界捞上一把。上海人管他们叫"牛虻鬼子",或"西洋瘪三"。这些人为了生计,或为了钱,甘愿拿生命去冒险。

太平军二破江南大营,横扫苏南清军,继之威逼上海。上海的有钱人,包括逃入上海租界的江浙绅商都惊恐万状,出于保护自己的需要,开始雇用洋人。在他们看来,这些洋人显然要比那些不中用的官兵强得多。他们能够使用洋枪,有的还是退役军人,具有一定的军事技能和素养,而且他们的洋身份,也让人另眼相看。因此,在咸丰十年(1859)前后雇用洋人的上海大佬越来越多。起先规模不大,只是看家护院而已。直到洋枪队成立后,这种雇佣性质的武装才声名鹊起。

洋枪队第一任队长是美国人华尔。华尔战死(官方称之为殉职)后,接替他的仍然是个美国人,叫白齐文,当然这是他的中文译名。与首任洋枪队长华尔相比,白齐文的名气虽不及,但要论狂妄自大,却远在华尔之上。他上任后胡作非为,老子天下第一,就连时任江苏巡抚的李抚台(洋枪队受其节制)也不放在眼里。李抚台非常恼火,有一次他就当着亲兵营的面大骂洋枪队,称他们全是外国流氓。

气归气,但当时局势紧张,李抚台只能一忍再忍。不为别的,就图他们能打。事实上也是如此。洋枪队虽然纪律差,但作战十分凶猛,屡战屡胜,后来朝廷为了褒奖他们,批准将其更名为常胜军,也说明他们战绩突出。在苏南作战时,有些城池久攻不下,可常胜军一来,架起洋炮一阵猛轰,然后端起洋枪连射,太平军便招架不住了。为此太平军吃了不少亏。忠王李秀成被俘后就说过,鬼兵攻城,"其炮太利(厉)害,百发百中,打坏我城池",洋枪连发,一拥而入,"是以我救不及"(摘自《李秀成供述》)。

李秀成说得没错,鬼兵厉害,说到底靠的洋枪洋炮。面对大刀长矛,他们的优势不言而喻。不过,这种局面不久便得到改变,因为中国军队也开始装备洋枪洋炮,并改练洋操。尤其是淮军驻扎上海,近水楼台先得月,最先完成了改装。这一下,李抚台腰杆子硬了,便有意要把洋枪队这个刺儿头一脚踢开。

不久,湘军围困天京,久攻不下,曾国藩下令淮军增援,李抚台便顺水推舟,把洋枪队派去了。这么做一来应付曾大帅,二来也是甩包袱,可谓一石二鸟、一箭双雕。可是,白齐文也不是傻子。天京是太平军的国都,明摆着去那儿要打硬仗,这种苦差事他可不想干。催了几次不见动静,李抚台光火了:不去就停饷。

雇佣兵打仗就是为了钱,不发饷等于要了他们的命。

白齐文也恼了,他威胁说谁敢停饷就要谁好看,还扬言手中的枪炮不认人,莫怪他丑话讲在前头。

白齐文是法裔美国人,出生于美国北卡罗来纳州。早年曾加入法军,参加过克里米亚战争,热衷于冒险,游历过澳大利亚、印度和美洲等地。他长相剽悍,满脸浓密的络腮胡须,高鼻凹眼,腰扎皮带,头上歪歪斜斜地戴着一顶帽子,平时飞扬跋扈、为所欲为,是一个地道的兵痞子。如果说华尔傲慢、狂妄的话,可毕竟还有底线,起码是懂规矩,知道要听雇主的话,什么能做,什么不能做,也都有分寸,并不过分乱来。白齐文却是一个天老大地老二他老三的家伙,谁也不放在眼里。

白齐文有恃无恐,一是仗着他是洋人(虽加入中国籍,并被朝廷委以三品副将之职),二是仗着常胜军。这支军队发展很快,当时人员已有一万多人,而且兵种齐全,包括步队、炮队、工兵队、舰队、大型运输船队,以及两个兵工厂、一个军医院。其战斗力一度超过了清政府所有军队。

不过,随着淮军的不断壮大,常胜军的绝对优势已不复存在。如果说,一年前他的要挟或许还有用的话,可这一次不行了,李抚台态度坚决。白齐文一看苗头不对,于是退了一步,提出先发饷后开拔——原以为做了很大的让步,哪知李抚台一点也不买账,连个梯子也不肯给:必须先开拔再发饷。

这一下,白齐文下不了台了,开始铤而走险。阳历新年的第三天,他竟带兵公然洗劫了上海官员杨坊的住宅。杨坊分管常胜军,兼任常胜军的中方管带。从某种意义上说,他是洋枪队直接雇主。白齐文的做法简直骇人听闻。当时吕四带队正在巡逻,闻讯吃了一惊,连忙赶去查看。此时洋兵们已从杨宅撤离出来,碰到吕四阻拦,双方发生争执。吕四始终保持克制的态度,他也知道这帮流氓鬼子不好惹,一边派人请示,一边与其周旋,哪知就在这时白齐文出现了。他暴跳如雷,冲着吕四叽里呱啦一阵叫骂,没等吕四弄明白他的意思,他已经不耐烦了,说时迟,那时快,只听一声枪响。

砰的一声!

白齐文已经扣动了扳机。

这一枪来得非常突然。吕四本能地刚要躲闪,只见表哥已经倒在了他的身前。就在白齐文开枪的一瞬间,狗子从身旁扑了上去,替他挡住了子弹。

表哥倒下了,吕四痛不欲生,紧紧抱住表哥,大声喊叫,可一切都已无法挽回……

狗子死后,吕四将其掩埋。战事平息后,他又专门把狗子的尸骨护送回乡。下葬那天,看着舅爷和舅娘伤心欲绝,吕四也悲恸不已。打这,他主动担负起供养舅爷舅娘的责任,每年清明还要给狗子上坟。他对鲍氏说过,他的命是表哥给的,没有表哥就没有他的今天。他还发誓要为表哥报仇。

不过,这一心愿并未达成,因为白齐文已死。许多年后,有人问及此事,吕四的回答是:"善有善报,恶有恶报!"似乎对这样的结果坦然接受。

"是不是有点遗憾,没能亲手宰了这家伙?"有人这样说。

吕四笑了起来:"结果都一样,看来老天有眼!"他的语调轻描淡写,或许是时间久了,他的伤痛已经得以平复。

当然,外界并不知情,吕四有一次差点就杀了白齐文,如果不是发生意外的话。那是劫饷案发生不久,这天,亲兵营接到命令,在码头附近布防,营官把几个哨长找来当面布置任务,吕四也在其中。

"这是啥差事?"有人问道。

"白胡子来上海了。"营官说。白胡子是白齐文的绰号。

"嚯,这家伙胆子不小,还敢来啊?"

"带了多少人?"

营官摸了摸嘴巴,说:"人不多,只有卫队。"

"要抓他吗?"

"不用,"营官说,"只要盯好了,不准他乱动!"

吕四一直没说话,心中暗自兴奋。劫饷案后,白齐文跑回了松江,那里是常胜军的驻地,谁也动不了他。吕四正愁无计可施,他倒送上门来了。哼,小狗日的,他在心里骂道,这一回无论如何不能让你跑了!

白齐文的事闹大了,劫饷案显然做得太出格了。据事后报告称,杨坊被打后伤情严重,鼻额胸膛均遭暴击,吐血不止,被抢走的银洋达四万两之多。这是一次光天化日之下的公开抢劫。李抚台震怒了!当即奏报朝廷,决定对白齐文革职查办,悬赏五万元缉拿归案,罪名:一是"不遵调遣",二是"劫饷殴官"。其中任何一条都足以整倒白齐文。

李抚台早就想除掉这个毒瘤了。这家伙自打上任后就没让他省过心,麻烦不断。常胜军的待遇十分优厚,超过了所有的朝廷军队,尽管如此,白齐文仍不满足,还经常吵着要求追加饷费,不达目的便胡搅蛮缠,闹得鸡犬不宁。有一次,巡抚衙门接到举报,说是白齐文与手下军官联手做假账,一次就贪污白银三十多万两。李抚台着杨坊查办,可一言不合,白齐文就掏出枪来顶住杨坊的脑门儿,吓得杨坊魂飞魄散。

这样的事不时发生,李抚台早已忍无可忍,好不容易有了机会,当然不会放过。至于白齐文,由于做得太过分,受到各方谴责,就连上海的外国人也看不下去了。英国驻军司令斯塔夫利也认为白齐文不应继续担任常胜军统领。"是时候了,"他在会见李抚台时说,"我同意阁下的意见,让他立即走人!"

斯塔夫利中等身材,微胖,说话慢条斯理,但深思熟虑。他对美国人出任常胜军统领一直持反对态度,早想换成英国人了,现在正是天赐良机。在与李抚台的会谈中,他的态度非常爽快。不过,对于李抚台提出的逮捕白齐文的主张,他却有所保留。

"阁下,"斯塔夫利说,"我认为,最好的办法,就是让他安静地离开。"他婉转地提醒李抚台,白齐文毕竟是外国人,如果加以逮捕,可能会引起在华外国人的不安和误解。实际上,他是担心这样做有损西方人高贵的体面。

李抚台看出了这一点,表示斯塔夫利的意见可以接受。因为只要赶走白齐文即已达到目的,至于逮捕他反倒是个麻烦。虽然白齐文入了中国籍,但在外界看来,他仍是一个外国人,包括他本人也这样认为。他甚至公开扬言,大清律法对他无效。事实上恐怕也是如此,如果真按大清律法治他的罪,美国方面也难保不出面干预,到时关也不是,放也不是,岂不是捧了个烫手山芋?

李抚台是个明白人,很快就与斯塔夫利达成了一致。几天后,白齐文被请到了英军司令部。斯塔夫利开门见山地告诉他:"李抚台已宣布解除你的职务,你可以选择离开,也可以选择留下。"白齐文说:"如果我不走呢?"斯塔夫利说:"那你将遭到逮捕,或者发生更严重的后果。"

"我是美国人!"白齐文叫了起来。

"那又怎么样呢?"斯塔夫利耸耸肩,表示爱莫能助。

白齐文明白英国人要抛弃他了。他对斯塔夫利说:"我请求得到保护。"斯塔夫利说:"你现在还可以拥有你的卫队,但前提是必须马上离开。"

话说到这个份上,白齐文知道大势已去,除了接受条件,立即走人,别无他法。离开英军司令部时,白齐文仿佛变了一个人,他垂头丧气,面色阴沉,在卫队的严密保护下,灰溜溜地去了码头。李抚台信守承诺,没有抓捕他,但为了防止意外,派出了亲兵营在码头周边布防,严密监视白齐文的一举一动。

元月的上海,天气极为寒冷,凛冽的风从江面上刮过来,带着刺骨的寒意。天气干冷干冷的。天亮之后,雾气逐渐散去。昏黄的太阳挂在空中,仿佛没睡醒似的,显得有气无力。码头上开始热闹起来,旅客们拖着大包小包行色匆匆,小商小贩在人群中穿梭叫卖着,一些搬运工正在忙碌着上货下货。

白齐文来上海究竟干什么,他去英军司令部又是为什么,这一切吕四并不清楚,他也不想弄清楚,但他明白这个机会不能放过。因为白齐文这一走,谁知猴年马月才能再碰上,因此他早早地做好了准备。在码头布防后,他向各什长(即队长)交代了任务,然后转身走开了。"大哥,你去哪?"他刚走了没几步,一个声音在他背后响了起来。

说话的是蒋二,他是第一队的什长,当年和吕四他们一起从五湖投军。蒋二个头不高,长得黑瘦,也曾习过武,身手敏捷。他是五湖北乡马头山人,入伍后便与吕四、狗子拜盟,结成了生死兄弟。

"你别管!"吕四说。

"大哥,别乱来!"蒋二道。

"我知道。"吕四一边说一边向前走,蒋二跟在后边。"你干吗呢?"吕四站住脚,瞪了他一眼,意思是说你别老跟着我。

"我知道你想干啥。"蒋二说。

"想干啥?"

"这事不能蛮干!"蒋二又说。他知道吕四的心思,吕四也向他透露过,但这样做实在太冒险,弄不好还会白白送命。

"我知道!"吕四说着,继续向前走。蒋二仍然跟着。"走开!"吕四恼了,呵斥道。蒋二站着没动。

"你听见没?"吕四又喝了一声。

"要不让我来!"蒋二说。

"去去去,"吕四说,"这事用不着你,我得亲手干。"

"大哥……"

"别说了,"吕四说,"你要是兄弟的话,就记住喽,如果我死了,就把我和狗子的棺木送回去。"

蒋二眼里涌起了泪水。"大哥!"他还想往下说,只见营官正在不远处望着他们。"快走!"吕四低声喝道,"别坏了我的事!"

支开了蒋二,吕四很快选好了位置。这是一个紧靠码头的货棚,棚内堆着一人多高的装满黄豆、米粮的麻包,正在等候装船。吕四走进货棚:"公干!"他亮明了来意,又支开了伙计们。"别让人打扰我。"他接着又吩咐道。伙计们诺诺连声。这个地点极好,距码头三四百米,而且常胜军的汽船就停在不远处,如果白齐文要上船,这里是必经之路。吕四在察看了地形后相当满意。之后,他架起枪试了试,找了一个最好的角度。他还搬过来几个麻包,把射击口隐蔽起来。接下来便是等待了。

吕四的枪法很准,当年改练洋枪时,很多拿惯了大刀长矛的官兵一时无法适应,但吕四很快就掌握了要领,得心应手。由于长期习武,他的臂力过人,稳定性强,每次射击成绩都名列前茅,就连德国教习也常常朝他竖起大拇指。经过不断苦练,他的枪法越练越精。今天,他在心里想:白齐文你这个狗杂种,老子饶不了你!——他要为表哥报仇,至于后果,他已做好了最坏的打算。

时间过得很慢,就像一声破驴车慢悠悠地走着。随着时间推移,吕四的心情开始焦急起来,他不担心别的,唯一担心的就是白齐文改变行程。当然,可能性不大。因为常胜军的汽船停在码头上始终没动(如果他要离开上海,必须乘坐汽船),此外布防的兵丁一直没撤,这也说明情况并未改变,否则他们还待在这里干吗?想到这里,吕四心里稍稍安定下来。

晌午时分,码头上乱了起来。一阵喧哗远远传来,乱糟糟的皮靴声伴着吆喝声响成一片。一伙武装人员大摇大摆地走了过来。他们大多穿着深蓝色的呢制军服,这是常胜军马尼拉卫队标准装束。这伙人有几十个,个个荷枪实弹,趾高气扬,手中提着最新式的连发快枪。人们纷纷闪避,避之不及的便会被踢倒在地。走在队伍中间的是一个留着络腮胡子的家伙,吕四一眼就认出他是白齐文。

来了！终于来了！

吕四兴奋地握住枪，准星迅速锁定了目标。

二百米……一百五十米……一百二十米……

目标越来越近了，白齐文的眉眼已清晰可见。吕四握枪的手开始出汗，仿佛水洗一般湿漉漉的。他听见自己排山倒海般的心跳，随后便果断地屏住呼吸，扣住扳机——一……二……他心里轻声数道，但"三"字还没出口，一只手忽然伸过来按住了他的枪。

吕四一惊。

"你想干啥？"营官低声吼道。营官不知从哪儿冒了出来，不早不晚，此刻就站在他的身旁对他怒目而视。

营官宋虎是个独眼，长得五大三粗，皮肤黑黢黢的，看上去就像一座铁塔。他是私盐贩子出身，滚过死人堆，心狠手辣，绰号小太岁。当年私盐贩子火并，他的左眼被打瞎，从此戴了一个眼罩，模样看上去显得十分凶狠。宋虎加入淮军后勇猛过人，一路升迁，很快当上了营官，并显到李抚台的重用。

宋虎是皖北一带人，究竟是哪个县人们并不清楚。他虽是个粗人，却狡黠、细心。白齐文打死狗子后扬长而去，吕四本想追上去，但被赶到的宋虎制止了。"让他们走！"他呵斥道，"别惹他们！"事后他解释说，这帮鬼佬不好惹，闹不好引起外交纠纷，会捅大娄子。"先忍忍再说吧！"他劝吕四说，并向吕四保证将来有机会不会放过这个混蛋。

这一次，白齐文来上海，事前宋虎接到上边的指令，要确保白齐文的安全,让他安全地来安全地走,同时避免与常胜军发生冲突。劫饷案中,洋兵打死了狗子,还伤了好几个弟兄,这激起了官兵的愤慨,因此上边一再提醒要避免发生意外。

宋虎不敢怠慢,要求各哨官管好兵丁。布防完毕后,他还亲自坐镇指挥。对于吕四他也特别敲打了一番:"别动他!天大的事以后再说。"吕四点头,表示明白了。"别坏了俺的事,"他又说,"白胡子该杀,但这次不行。"

"我懂。"

"懂就好。"

吕四表情平静,没有表示任何异议。当时天刚亮,他的眼睛笼罩在清晨的薄雾中,神情显得有些惆怅和无奈。宋虎盯着他看了一会儿,似乎想洞察他的内心,但什么也没有看出来。宋虎叹了一口气说:"这仇咱得报,但不是现在。"他又一次强调说。

吕四再次点点头。

"好了,去吧!"宋虎又叮嘱了几句,便结束了谈话。对于吕四,宋虎一向比较信赖。他枪法好,武功过人,而且做事牢靠,令人放心。四江口之役(上海外围决定性一战),他还救过自己的命。不过,这一回毕竟不同,白齐文杀了狗子,这笔账吕四不会忘记,谁能保证他不做出过激反应?这是宋虎有些担心的,因此不得不敲打他几句。

其实,宋虎当时最不放心的还不是吕四。吕四是个讲规矩的人,做事一向有分寸,一般不会乱来,也不会做太出格的事。他把话讲到了,谅吕四不敢不听。问题是常胜军,这帮流氓鬼子全是眼睛长在脑门上,谁也不放在眼里,白齐文更是胡作非为、无法无天的主儿。你想,他敢带兵劫饷,连上海滩的大佬杨坊大人都敢打,还有啥事做不出来?这次来上海会不会又闹事,这事谁也说不准。当然,宋虎并不怵他们,真要打起来,他们也讨不到啥便宜。问题是上边给他的指令是监视,防止发生意外,如果出现异常则便宜行事。"操他娘的!"宋虎最怕的就是这句话。啥叫便宜行事?说到底就是出了事,这些当官的一推六二五,全由下边负责。

这样的事过去不是没有发生过。的确,洋人的事最难办,也最让人头痛。每当发生纠纷,硬了不行,软了也不行。因为当官的怕洋人,只要出了事便拿下边出气。这样的替罪羊可不少,轻者丢帽子,重者连脑袋也难保。宋虎自然不想做这样的倒霉鬼,因此准备了几套方案,总体原则是如果发生了意外,尽可能控制局面,不使事态扩大。当然,最好是啥也别发生,一切平安度过。

好在事情进展顺利,没有发生任何意外,宋虎略感庆幸。常胜军的汽船是上午九时多靠岸的。靠岸后,白齐文带着卫队前往英军司令部,这期间一切正常。劫饷案发生后,白齐文好像老实了不少。作为一名已被革职的废员和通缉犯——虽然他拒绝承认,但这毕竟是官方公告——而且上海不是他的地盘,他也不得不为自身的安全考虑,尽管他来上海前得到了英军司令安全方面的切实承诺。

白齐文来上海之前还抱有一丝幻想,甚至还做好讨价还价的准备,但他并不清楚,事情的严重程度远远超出了他的预计。斯达夫利的谈话不啻当头一棒,使他彻底乱了方寸。如果没有英军的支持，他只能低头认罚。这个结果令他无法接受，但又不能不接受。从英军司令部出来，他就像变了一个人，如同霜打的茄子，再也神气不起来了。

不过，这些情况宋虎和吕四一样并不知情。自打白齐文上岸后，宋虎始终保持高度戒备，神经极度紧张。他做了周密的安排，派出的兵丁密切监视着白齐文和常胜军的一举一动，并随时向他禀报，他则坐镇指挥，随时调度。

宋虎的指挥地点临时设在一个茶楼内，这里距码头不远，通过楼上的窗户，可以俯瞰码头的大部分区域。宋虎目光不时巡睃着，留心着各处的动静。

快晌午时，他下楼巡视，一处一处查看，全营各司其职，令人满意。走到六哨防区时，吕四却不在。吕四是六哨哨官。

"人呢？"

"四哥肚子痛，方便去了。"回答的是蒋二。

"啥时去的？"

"刚去。"

宋虎不说话，转身走了。又转了几处，忽有兵丁来报：白胡子从英军司令部出来了，正朝码头这边来。宋虎当即传令各哨注意，自己则往码头方向走，路过第六哨时遇见蒋二，随口问道："吕四回来了吗？"蒋二支吾道："快了吧。"他的口气显得有点躲闪。宋虎忽觉不对劲，便吩咐说："去，把他找回来！"

"是！"蒋二应道，连忙支人去找。但等半天也不见影儿，宋虎恼了，他的独眼一瞪，便吼了起来："说，他去哪了？"

"不、不知道……"

宋虎大怒,举起马鞭劈头就是一鞭子,说:"你等着瞧,回去再找你算账!"说着便四处查找,很快发现了吕四。

吕四的计划被彻底毁了。如果宋虎晚来半秒钟,那么白齐文也许就死定了。偏偏就在他即将扣响扳机的那一瞬间,宋虎赶到了,中断了他的行动。

吕四懊悔不已。

宋虎也感到后怕。如果白齐文死了(哪怕是受伤),必定会引起轩然大波,后果甚至比白齐文殴官劫饷还要严重。

"你不要命啦?"他怒斥吕四。

"死不足惜。"

"你死不要紧,还拉老子垫背?"

"对不住了,表哥不能白死。"

"操你妈的祖宗八代!"宋虎气得大骂。要不是念及吕四曾经救过他,按他的脾气早开了杀戒,但死罪可免,活罪难逃。他下令重责吕四和蒋二,每人各打四十军棍,直打得两人皮开肉绽,昏死过去。

然而,吕四并不后悔自己的决定,他后悔的是自己的计划没能实现,让白胡子溜之大吉。这件事很长一段时间让他极为郁闷。不过,堪差告慰的是,白齐文虽然逃过一劫,但最终还是遭到了报应,两年后他死于漳州。

关于白齐文的死,完全是他自找的。他被撤了职,如果从此安分守己,也许会性命无虞,可他偏偏不是安分的人。离开上海后他便跑到北京四处告状,并通过美英公使向朝廷施压,要求恢复职务,但未能得逞。白齐文一怒之下,居然纠合旧部投奔了太平军。这一来,他等于绝了自己的后路。天京陷落后,太平军大势已去,白齐文打算秘潜漳州投奔太平天国侍王李世贤,由于被人告发而被俘。抓捕他的是淮军将领郭松林,时任福建陆路提督。此后不久,他被押往苏州,途中竟溺水身亡。

消息传出后,一时间众说纷纭。舆论的焦点是他死得有些离奇,有外国报纸推测,不排除蓄意谋杀,而其背后或许有高层授意和指使,但这种说法遭到了官方的否认。

在事件发生后,李抚台接连上了几道折子。第一道援引郭松林的禀报,在漳州抓获的洋人逆贼有白齐文、克令(英国人),随后送交福州府押解严办。折中称,查白齐文穷凶极恶,迭次甘心助贼,蓄意从逆,谋害中国,按律理应诛歼。该犯恶贯满盈,在外国不守法律亦非一次,实为中外人等切齿共愤,中国对其恩典宽恕已至再三,此次由郭松林拿获,若作为对敌杀死"可省葛藤",但考虑到事涉外交,还是捉拿归案,依法严办。

这道折子的要点是,白齐文罪大恶极,死有余辜,本可就地正法,但事涉外交,为慎重起见,方才押解收审,转送苏州究办。

一个多月后,江苏巡抚又上了一道折子。此时白齐文已死,折中详细禀明死因,即白齐文被捕后如何押解,途中如何遇风,如何翻船,以及如何往救不及,又如何在下游找到尸体等情。

折中称,押送的人犯共三人,名字分别为白齐文、克令和细仔

(后者乃中国人犯)。押送官为守备衔千总贺光泰、把总任尚胜,均由闽省委派。闰五月初四黎明出发,午刻行至距城二十五里之汇头滩。其时东南风正大,滩高流急,水势旋卷,甫经下滩,"忽被风水掀翻,全舟覆溺"。后经当地渔船抢救,脱险者九人,十三人溺亡,其中包括三名人犯,均在滩河下游觅得尸体,分别验明。

折子最后提出处理意见,称由于今夏江浙一带淫雨连旬,山水暴涨,而浙河滩高流急,风波险恶,加上"变起仓促,非人力所能施",因此对于押解人员救护不力,"均请免其置议",同时对因公殉职官兵予以抚恤,"至白齐文等三犯本应得死罪,即均淹毙,应毋庸议"。折中还把白齐文等人之死称为"冥诛","足见天道之不爽"。

从这些折子看,白齐文死亡事实清楚,无懈可击。此外,折子的文字老到,不动声色,在字里行间对各种质疑均予以驳斥或解答。据悉,在这次事故中,中方死难的押解人员共四名,除了护勇陈福堂、营兵王以芹和县役胡禄井外,还有千总贺光泰。贺光泰是此次押解的负责人,如果说这次事件是蓄意谋杀则很难自圆其说,因为作为职务最高的押解官,难道为了谋害白齐文竟连自己的命也不要了吗?

尽管如此,质疑的声音仍不绝于耳。其一,连旬淫雨,山洪暴发,明知水路极不安全,为何还要冒险前行?其二,人犯在龙游县过县,加派兵股,雇船转解,因天气炎热,人数众多,故分两船乘坐,为何偏偏人犯所乘船只倾覆,而另一船却安然无恙?其三,负责押送的官员除了千总贺光泰,还有把总任尚胜。奇怪的是,人犯由闽出发,行至江山县清湖时,任尚胜突然感冒病故,只剩贺光泰一人负责押解,而贺光泰后来也溺水身亡,这难道仅仅都是巧合吗?诸如此类,疑点重重,尤其从动机而言,白齐文的死有利于官方。因为这正是他们希望看到的结果(用李抚台的话说是"可省葛藤"),如果对白齐文审判,万一洋人插手干预,则难免造成麻烦。

于是,各种猜测都倾向于白齐文死于谋害而非事故。有外籍人士曾呼吁美英公使,要求调查。但战乱期间,这并不现实。加上白齐文臭名昭著,帮他说话的人并不多,此事遂搁置不提。

事情转眼过去十几年,白齐文溺亡之事早已经淡出人们的视野,很少有人再提及此事。然而,吕家发现宝剑的事就在这时传了出来。消息不胫而走,很多人赶来打探。起先是好奇,后来那桩沉睡已久的谜案又旧话重提。一些新闻报纸也发出消息,声称白齐文宝剑重现天日。他们拿出版面,开始重新讨论这桩案子,并对它的种种疑点进行分析推测。有的报馆还派出访员追踪报道,寻根究底。至于这把宝剑如何到了吕四手中也众说纷纭,什么离奇古怪的说法都有。其中白齐文被溺死的说法,重新占了上风。

有人认为,吕四是淮军亲兵营的,他手中的宝剑从何而来?作为收缴的战利品,这把宝剑应在押解人员手中,为何到了吕四手中?难道白氏死时,吕四也在现场?那么,他是怎么去的?是他自己去的,还是有人派他去的?如果是前者——他有杀白齐文的动机,为表哥报仇——尚属私人行为;如果是后者,那就进一步证明白齐文之死另有阴谋。

在这些议论中,白齐文宝剑自然成了关注的热点。在这之前,鲍树德曾找人鉴定过,行家认为这把剑虽有一定的价值,但就其本身而言,商业价值并不高,除了镀金量有限,剑上的宝石也较为普通。然而,自从传出它是白齐文宝剑后,价格便开始猛翻,一路攀升。有人寻上门来,要出罕见的价钱购买。鲍氏找兄长商量,鲍树德说:"别急着卖,你又不缺钱花。"鲍氏以为然。但这消息传出后,人们一传十,十传百,白齐文宝剑更是热上加热。

不久,外国报纸也纷纷刊登了这个消息。这一下惹出了麻烦。美国公使向总理衙门提出了质疑,要求查清此事。因为白齐文是美国人,他们不能坐视不管。尽管白齐文死了十几年,而且触犯了大清律法,但如果不经审判便随意加害,那也是一种冒犯,绝对不能接受。

总理衙门不敢怠慢,要求两江总督迅速查办。之后,一级一级地下达,最后到了五湖县衙。县令姓张,名不详。民国初年的县志载,他传谕了鲍氏,令其交出宝剑,但鲍氏交出的宝剑与所传大相径庭。这只是一把普通的宝剑,并非西洋形制,而且未有镏金,也未有宝石,更没见洋文字母。

县令曰:"非彼剑也。"

鲍氏曰:"无他。"

县令曰:"白氏剑何在?"

鲍氏曰:"未闻。"

县志的记载较为简略,大意是鲍氏交上剑后,县令说不是这把剑,鲍氏说并无其他剑,只此一把。县令又问白氏宝剑在哪里,鲍氏答从没听说过。后来此事层层上报,直至督府,最后形成奏报称,关于白齐文宝剑之说,查无实据,纯属以讹传讹,子虚乌有。现已查明吕四家中宝剑乃军中常用佩剑,现已封存备查。升斗小民茶余饭后,无中生有,皆属市井无根之语,不足为信。又查白齐文之死,前据江苏巡抚奏称,业已查实,并无瑕疵。伏乞圣鉴,谨奏。

在这之后不久,鲍氏又在报上刊登一纸声明,内容如下:

> 兹有夫君吕四不幸病亡,遗有生前使用宝剑一把,外界纷传此剑为白氏宝剑,言之凿凿,误导视听。有好事者闻风捉影,惟恐天下不乱,令人不堪其扰。兹事体大,小者关乎人命,大者有害邦交。现声明如下:此系谣传,切勿听信,空口无凭,立此为证,愿诸君闻之。

下边落款是鲍氏。

此后,这事便慢慢平息。又过了许多年,民间传出,在知县传谕鲍氏前,曾有一人造访过吕宅。来者身着便服,轻车简从。有见过此人者,称其身材高大,独眼。他来吕宅后说了什么,做了什么,无人得知。不过,打这以后,鲍氏和其兄鲍树德突然改口不再承认有白齐文宝剑之事。

有人推测,这个神秘的来访者可能就是当年吕四的营官宋虎。那时他已官至正二品总兵,驻扎河南。至于那把镏金宝剑,后来也不知去向,下落不明。

月光如水

老万名叫万顺安,是当地有名的兽医,人称老万,或万叔公。他医术高明,祖传三代兽医。我第一次见到老万是在石埠镇的镇街上。当时,田站长领着我正向站里走去,我们一路走一路说着话,忽然,田站长丢开我,快步向供销社门前走去。供销社门口站着一个老人,穿着一件蓝色的旧棉袄,看上去貌不惊人,边上围着几个人正和他说着什么。"老万,老万!"田站长跑过去,热情地和老人握手打招呼,脸上满是笑容。他还拉着老人,邀老人去站里坐坐,中午一起吃饭。可老人有事在身,讲了几句话便离开了。直到老人走开后,田站长才对我说:"这是万叔公。"语气中满含敬重。

田站长是公社兽医站站长,"文革"前的老大学生,兽医专业,科班出身,平时一般人都不在他眼里,见了老万却如此敬重,可见这个老万不是一般人。

1968年冬天,我回乡插队,父母通过关系,把我安排进了公社兽医站。虽不是正式编制,但也挺不易。兽医听上去不好听,但在乡下还是很吃香的,起码不用风吹日晒下田干活了。我父母鼓励我好好干,争取学一门技术。技不压身,才不压人,有了技术,走到哪都有饭吃。他们还给我寄来一些兽医方面的书,要我认真学习,虚心向贫下中农求教,在实践中锻炼自己。

自从进了兽医站,老万的名字便经常被人提起。他的名声之大,方圆几十里,几乎无人不知,无人不晓。据田站长说,老万原先在兽医站工作,"四清"时因历史问题被清退回家。

"啥问题?"

"他在国民党干过。"

"干过啥?"

"养马呗。"

"光养马倒好了,"老鲍这时插话道,"人家老万可是规规矩矩的少尉排长。"说着,还用手在肩膀上比画了一下。

"真的?"我有些惊讶。

"不信,你问老田……"

"少扯吧!"田站长打断他,好像在强调什么似的说,"老万就是一个养马的。"

从田站长的口气看,他对老鲍的说法似乎有些不悦。事后他对我说:"这事不赖老万,老万是冤枉的。"

其实这种说法具有普遍性,很多人也是这样看的,因为我不止一次听人这样说。当然,关于老万的"历史问题"有多个版本,其中传播最广的一个便是他加入国民党是有人用枪指着他的脑门逼着他干的。

这事说起来已是几十年前的事了。准确地说,是1935年(田站长看过老万的档案,上边记载的时间是民国二十四年)。当时,国民党对五湖山区进行疯狂"清剿",驻扎五湖县城的是国民党西北军一七九团。团长白金魁,保定军校毕业,长得矮胖粗壮,满脸黑肉疙瘩，绰号白阎王。这家伙生性残暴，杀人如麻。熟悉他的人都知道，他有两大爱好，一是爱名马，二是爱女人。有一次，他的坐骑得了病。这是一匹铁青毛的河曲马，据说是花了大价钱从张家口买来的，白金魁十分喜爱。这马得病后，先是浑身长疮，本以为不是什么大毛病，抹了点草药就能好，哪知后来越来越重，以致不吃不喝，连站都站不起来了。白金魁便贴出布告，说是谁能治好马，就赏光洋一百块。

于是，有人闻讯来了，治了半天没治好，白金魁一怒之下便把人杀了。第二个来了，仍然没治好，又被杀了。

这一下，没人敢露头了。

眼看铁青毛病入膏肓，就要不行了，白金魁急了，便派人四处搜寻兽医。听说小万村有个祖传兽医，便把他"请"来了。

这人就是老万。当时他才三十来岁。那些当兵的把他押解到县城，见了白金魁，他知道前面两个兽医先后被杀了，自己要是治不好，横竖也是死，于是便说："让我治也行，但有个条件。""啥条件？"白金魁问。老万说："钱可不要，但治不好不能杀我。""这可由不得你。""那你把我先杀了吧，反正不过是一死。"白金魁一愣，便笑了起来。"嘿，"他说，"你小子够种，老子答应你。"

接下去，老万便被带去了马厩。他略作察看，便知这马得的是肿毒症，这种病多由瘴气所致。那段时间正值梅雨季节，山里雨水多，瘴气很重。此外，河曲马来自北方，对南方山区水土不服，也可能是致病因素之一。按说，这种病在山里并不鲜见，只不过铁青毛的病拖得久了，毒入体内，已很严重。肿毒分为疮症和黄症，治疗方法截然不同。从铁青毛的症状看,肌肉腐烂化脓,身上多处肿块,状如石子,且坚硬,应为疮症无疑。《疮黄歌》中有"肉腐化脓频肿硬,此肿为疮莫作黄"。第一个兽医诊断无误,但用药欠妥。第二个兽医看了前者治疮无效,便改用治黄,这明显错了。黄症虽有肿块,但摸上去较软,且皮肤瘀血、流黄水,故作"黄"。《疮黄歌》中说"血瘀肿软成黄水,此乃为黄非是疮"。第二个兽医不会看不出来,但他看到头一个被杀了,情急之下,大概是想赌一把,便反其道而行之,结果同样丢了性命。

老万弄清了情况,心里便有数了。他对症施治,三管齐下:首先,疮毒,气之衰也,需用滋阴降火之药以补肾气,具体办法是用茴香散加葱酒,连灌三日。其次,辅以手术,将马身上的疮泡逐个刺破,挤出脓血,割掉死皮烂肉,用防风煎水清洗之后,再敷以疮膏,隔日换药一次。此外,他还使用清毒散,消除内火,排除体内毒气。半个多月后,铁青毛恢复如初。

白金魁大喜,设宴款待老万,席间让人取来一百块大洋,摆在桌上。老万说:"我说话算话,不要钱。"白金魁说:"我也说话算话,这钱一分不少。"老万推托不掉,只好收下。"且慢,"白金魁这时又发话了,"我也有个条件。"

"啥条件?"

"你得留下。"

"啥意思?"

"给我当马倌儿。"

"这不行。"

"不行也得行。"

"我要不干呢?"

白金魁脸一沉:"那就别怪我不客气。"

"你说过不杀我。"

"那是治马,现在你是违抗军令。"

白金魁说完脸一沉,用手做了个"咔嚓"的砍头动作。老万后来说,跟这种混蛋,无理可讲。就这样,老万不得不留下,当了个马倌儿。为了笼络他,白金魁委任他为少尉排长,实际上干的是养马的活儿。1937年,白金魁被红军击毙,一七九团也被全歼,老万也就离开了部队,回到家里。这段时间仅有两年多一点。据田站长说,他曾问过老万,当时白金魁有没有用枪指着他的脑袋。老万说,那倒没有,不过,白金魁心狠手辣,啥事都能做出来。田站长听了老万的说法,似乎有些失望。他对我说,老万太老实了,他就说白金魁用枪顶着你脑袋了,岂不更好?起码更易引起同情。但老万坚持说没有。"真是死脑筋!"田站长说,但他在帮老万写申诉时,还是瞒着老万改动了这个情节,这也是后来枪指脑袋这个版本传播开来的源头。

兽医站一共五个人,加上我在内。除了站长老田,还有两个业务人员,一个叫老黄,一个叫小叶,此外就是会计老鲍。老鲍五十多岁,在站里年纪最长,进站也最早。他是个矮胖子,平时喜欢开玩笑,还喜欢倚老卖老,但人倒并不坏。田站长在站里威信很高,三代贫农,根正苗红,又是大学科班出身,加上为人正直,性格开朗,大家都很拥护他。我初到站里,啥也不会,只能打打杂。不过,田站长一直对我挺关照。一来,我父母找人托过他;二来我也算知识青年,能和他谈到一起。最重要的是,田站长痴迷下棋,但水平不高。用老鲍的话说,臭棋篓子一个。老鲍的棋术是站里最高的,田站长与他对阵屡战屡败,败了不说,还要饱受挖苦,因为老鲍嘴不饶人,每回赢棋总不忘唧瑟几句。这让田站长很不爽。自我来了之后,田站长便把老鲍甩在了一边,专爱找我下棋。当然,结果总是他赢多输少,而我并不计较,特别是对他悔棋,基本持宽容的态度(这在老鲍那儿门都没有)。老鲍没棋下了,急得抓耳挠腮。有时我们下棋,他凑过来想支上几招,田站长也不让,冲他大喊大叫:"河边无青草,不要多嘴驴!"把老鲍气得不行,臭他没出息,专拣软柿子捏。他则反唇相讥,说老鲍太赖,和他下没意思。言外之意,他不和老鲍下棋并非技不如人。

田站长是属牛的,年长我十几岁。在他眼里,我是个小老弟,他走到哪儿都喜欢带上我,有了好事也会想到我,比如有人请客,或进城办事什么的,他都会喊我一道。我也乐此不疲。镇上人都说我是田站长的尾巴,也有人说我是他的跟屁虫——说这话的是老鲍,由于我来后他没棋下了,便有些迁怒于我。

兽医站的工作主要是负责畜禽的治疗和防疫。那年头,农村的机械化程度还比较低,农田耕作和役使主要靠马、牛、驴,俗称大牲口。尤其是马,是当地主要的交通工具和生产工具,公社、大队和生产队三级都格外重视,兽医站的地位也很高。但凡牲口有了事,大家首先会找兽医站。一般问题,兽医站都能解决,可遇上疑难杂症,兽医站治不了的,人们便会想到老万。

"找老万!"

"问问万叔公!"

老万虽然被清退,但在家里并不清闲。即使他不再行医了,但有人还是爱找他,特别是遇上难题了,包括兽医站,而他总是有求必应,手到病除。大家都对他十分佩服。田站长总是说:"不服不行啊,人家这是真本事!"就连老鲍也说:"甭管啥病,要是老万治不了的,那就没人能治了。"事实恐怕也确实如此,起码我见到的听到的无一例外。

田站长与老万的感情非同一般。他进站后,一直是老万带他的。老万既是他的同事,也是他的师傅。老万遭到清退时,田站长一直四处奔走,为他喊冤叫屈。田站长说老万的历史问题要具体对待。首先他是被逼无奈,其次不仅没做过坏事,还多次帮助过五湖游击队。作为马倌,敌人每有行动,他就会提前得知。正是利用这个有利条件,红军游击队从他那里获得了很多有价值的情报,多次粉碎了敌人的"围剿"。据老万说,他的一个徒弟(也是他的堂侄子)就是我党的地下情报员,很多情报都是通过这个徒弟传出去的。直到1937年,五湖地下党出了叛徒,他的徒弟才连夜逃走。

老万的这个徒弟名叫万庆山,小名二栓子。新中国成立后,他一度在江淮军区任情报科长,还来村里看过老万。当地有不少人认识他。可是,后来万庆山赴朝参战,不幸牺牲,因此老万的这个说法无法得到证明。不过,老万在申诉时,还向组织上提到一个人,这人是昌茂杂货店的沈老板,也是地下党员。1937年沈老板和万庆山一起撤离了五湖,去向不明。至于现在在何处,是死是活,老万一概不知。不仅如此,他连沈老板的名字也说不上来,只知道他叫沈老板。据一些红军游击队的老人回忆,这个沈老板名叫沈云,是当时五湖县委地下党的负责人,与万庆山是上下级关系,后来曾在新四军七师工作,大军南下时,有人曾见过他。但他后来离开了部队,转到地方工作,至于现在在何处,同样没人知道。由于缺乏线索,调查无从入手。工作组认为,老万的话空口无凭,不能作为根据,最后还是坚持做出了清退的决定。

田站长很生气,大骂这些人官僚主义。还是老万反过来劝他,说:"这也没啥,我都是土埋半截的人了,随它去吧!"田站长说:"这太不公平!"老万抽着烟,一脸淡然。他眯缝着眼睛看着田站长说:"啥公平不公平?我就是一个给马给牛看病的,在哪不是看?"田站长说:"话是如此,就是让人太憋气。"老万说:"我问心无愧,这没啥!""好吧,"田站长说,"他们不认你,我认你。你不论到哪,都永远是我的师傅!"老万咧开豁牙的嘴巴,嘿嘿笑着:"你就不怕我这个反动师傅连累你?""怕个屁啊,"田站长说,"大不了这个站长不干了!"

听田站长说,他刚分到站里时还有些不知天高地厚,一开始并没把老万放在眼里。记得报到那天,他第一次见到老万。老万刚从马棚里出来,浑身都是泥浆,穿着一件打了补丁的旧裤子,头上戴着一顶草帽,一开口便露出了豁了门牙的嘴巴,看上去和普通的农村老头儿没两样。老站长对他介绍说:"这是老万,是站里的定海神针,今后就让他带着你,你可得好好学啊。"田站长——那时还不是站长,是小田——嘴上应承着,心里却不以为然。他问老站长:"老万是哪个学校毕业的?"老站长说:"青山大学。"小田一愣:"青山大学?没听过啊。"老站长便哈哈大笑,说:"你小子听好了,人家可是祖传兽医。"

尽管如此,小田心里仍有些轻慢,虽然表面上并未流露出来。作为站里唯一的大学生,他的优越感让他没法不感觉良好。况且,在校时他就是优等生,毕业前还在市里的兽医站实习过半年,不少病症也都经见过。于是,信心满满。有一次,他跟老万去陶岭村,生产队的一匹马病了,食欲不振,口吐清水,浑身发颤。老万问他:"你看是啥病?"小田说:"书上说口吐清水,浑身发颤,可能是上火,或受寒,还有一种可能是食物不当。"

"那你看呢?"

"我看像上火。"

"为啥呢?"

小田说:"马舌上长口疮,这是上火的表现。"老万咧开没牙的嘴,笑了笑,一句话也没说,便扭过脸来对生产队长说:"这是冷伤,受寒所致。"遂开了健脾散,并用火针配合治疗。

小田感到很没面子,心里还有些不服。可是,不几日,那马便好了。事后,他问老万:"你咋那么肯定是寒症?"老万一边喝着茶,一边吧嗒吧嗒抽着烟,他说:"胃病分胃热和胃寒。表面症状有相似之处,如上火长口疮,受寒也会,但两者脉相不同,胃寒脉色沉细,口色青黄。此外,胃寒者鼻寒耳冷,这都与胃热明显不同。行话说,双凫沉细精神少,口舌青黄耳鼻寒。千万不能看错了,否则只会加重病情。"

还有一次,上渡口的一匹马患病了,村里派人来兽医站。当时,站里只有小田一人,便把小田请去了。到了现场一看,只见那马焦躁不安,不吃不喝,时而卧倒,时而站起,时而在地上打滚。鼻子里喷着白色泡沫,大口喘气,一副痛苦不堪的模样。这是啥病啊?小田一时难以判断,急忙从包里找出书来翻,翻了半天仍然一头雾水。村里人开始着急了,连说找老万,赶紧找老万。

中午的时候,老万赶到了。他顾不上喝水,便来到马棚。一番察看之后,又从马棚里找出马粪,用手捏了捏。那粪团如石头般又干又硬。

"这马多长时间没拉了?"

"有两天了。"饲养员回答。

"这就对了。"

他拴住马缰绳,又让小田和几个人一起按住马,然后伸手入直肠做了探查。"堵得像块铁一样!"他说了一句。接着让人捆住马的四足。

"吊起,吊起!"

按照他的吩咐,人们将马四脚朝上反吊起来。接着,他开始清理马肠内的结粪。这项工作得小心进行,稍有不慎,弄破了马肠,病马就有生命之虞。半个时辰过去了,马肠内的结粪终于被清除了。当人们松开吊绳,那马便站了起来,摇着头,轻松地甩起尾巴。

"没事了。"老万用手拍了拍马屁股,然后洗了手,开出几味药,嘱用猪油、灰汤、苦酒调拌,加温后给马灌下,并嘱当日禁水。

第二天,老万和小田再去察看时,那马已经开始进食了。小田大奇,询问病理。老万说,这病谓之肠板结,由结粪堵塞所致。由于肠中阻塞,马儿疼痛难忍时便会不停地起卧,因而行内又称"起卧症"。病因有多种,老万一一作了讲解。关于治疗方法,须从医工入手,破碎病粪,消积化气,化草通肠。

"那为啥要吊起?"

老万说,肠分前五结、后五结。这匹马的结粪在前五结,反吊起来,从体位上便于消除结粪。小田又请教开的是啥药方。老万说,这是古方续随散,其中有腻粉、木通、牵牛、滑石等,主要用于消炎、润肠、通便。

小田听了,暗自佩服。打这,他开始明白自己差得远了。书本上学的知识和实践根本不是一回事,中间隔着千山万水。特别是跟了老万一段时间,他更是领教了老万的厉害。别看这小老头儿,平时不哼不哈,看起病来却胸有成竹,三下五除二,从不拖泥带水,而且他经验丰富,好像没有什么病能难住他。小田开始脚踏实地,虚心求教。好在他这人好学,而且做事上心,不怕苦,不怕累。老万很欣赏,便手把手地教他,从最初的《齿岁歌》,到如何相马,如何诊脉,如何察色,如何定诊,如何用药施治,等等。他还给小田讲了许多古医方,包括一些歌诀、口诀。如"察色欲知寒暑证,四百四病唇中定","脉跳如弦下手知,一息三至号平宜","马因冷水困伤脾,口色青黄脉涩迟","肝经风热眼双昏,四蹄如柱步难行"……这些老祖宗总结的宝贵经验,不仅形象生动,而且非常实用,让小田大开眼界,受益匪浅。

几年后,老站长病退,小田接任了站长。这时的小田早已今非昔比,小有名气。其技术水平在全县都是挂上号的,还多次参加过地、县积极分子大会。尽管如此,他仍然隔段时间就要去小万村看望老万。老万家就住在小万村,离石埠镇十几里路。我第一次跟田站长去是搭乘了一辆顺道的马车。当时,正值春季,山野里一片葱茏,绿色的山林中远远近近地开着各种花,有红的,有黄的,还有蓝的,五颜六色,缤纷杂陈。放眼望去,让人心情好不舒畅。我们到达小万村时,老万正在村头的麦场上晒太阳,与几个老头儿扯闲篇儿。见到我们,便领着我们去了他家。

老万家三间草房,房顶的麦草已经发黑了。屋内陈设简单,堂屋里有张条案,还有一张八仙桌,几把椅子,看得出来都是祖上传下来的老物件。几年前,老万的老伴去世了,他便一个人生活。老万膝下无子,有四个女儿,都出嫁了。她们都提出要接老万去一起生活,但老万不肯,说他身子骨还结实,一个人能行。实际上,他是怕搬走了,别人要请他给牲口看病找不到他。当然,这个想法,他并没有说出来。

田站长来看老万,那是经常的事,有时是有事(请教一些疑难杂症),更多的是没事。用田站长的话说,就是过去坐坐,磨磨牙。老万当然很欢迎。那时他已年过花甲,满头白发,个头不高,但身板硬朗,只是门牙豁了好几颗,嘴瘪得厉害。老头儿喜欢抽烈烟,喝浓茶,田站长每次去,都要给他拎上几包烟丝,或几包茶叶。老万也不客气,来者不拒。

除此之外,田站长每次去还会拎上一刀五花肉,给老万打牙祭。老万喜欢吃肉,尤其是喜欢田站长烧的红烧肉。当年在站里,每逢节假日,田站长都要露一手。那肉半肥半瘦,烧得又烂又软,让老万爱不释"口"。田站长知道老万好这一口,因此每次来都要亲自上灶烧上一碗,两人边吃边喝。老万酒量不大,每次只喝三小杯。喝完后,便满脸通红,话也多了起来。

头一次去,田站长向老万介绍我是新来的,老万便问我为啥要干这一行。我说学技术。老万摇摇头,对我的回答似乎不大满意。我又说,这是革命工作的需要(此乃当时的流行语,放之四海而皆准)。

老万这回不摇头了,他换了个话题,问:"干这行最重要的是啥,你知道吗?"我愣了一下,一时无从作答。老万瘪了瘪嘴,看了田站长一眼:"你说说!"

"亲亲而仁民,仁民而爱物。"

"对喽,"老万咧开豁牙的嘴,看着田站长说,"小田啊,看来我的话你还没忘。"

"这哪敢忘?"

老万笑得更开心了,他扭过脸来看着我说:"你姓什么呢?"

"小王。"

"哦,小王,"他说,"你要记住了,古人说仁民爱物,就是亲亲而仁民,仁民而爱物。牛马虽为牲畜,同样也是一条命,我们要把它们当人一样看待,这样你才能干好这行,懂了吗?"

我点点头。其实,他的话我并不全懂(特别是那些老古话,听上去很拗口,我后来才弄清楚),不过大致意思也能明白一二。老万看我点头了,显得很满意,接着又说,古有圉师,列于夏官,医兽隶乎太仆(圉师、太仆均为掌管养马的官),历代重之,因六畜之大有功于人,它们都是人的朋友。他还说:"救人一命胜造七级浮屠,医生救命,兽医同样也救命,这都是积德行善之事。你明白吗?"我说明白。老万很高兴,说:"这孩子灵醒,孺子可教!"

那是我第一次去老万家,他的这段话给我留下很深的印象,直到如今我仍然记得。后来去的次数多了,我与老万渐渐熟了,对他也有了更多的了解。这老头儿性格和善,遇事沉稳,几乎从不发火。不论碰上多大的事,总是眯缝着眼睛,吧嗒吧嗒抽着烟。他的烟瘾很大,眼睛一睁,旱烟袋就不离嘴。茶也泡得很酽,一个印有"人民公社好"的大号搪瓷缸,茶叶一搁就是半缸子。喝起来像饮牛,咕咕直响。老万平时话不多,除非谈到本行。田站长每次去与他聊起专业总是聊个没完。老万的记性很好,许多古代兽医典籍,如《师皇秘集》《伯乐遗书》《元亨疗马集》等,他都能记住大概,一些歌诀、口诀,更是脱口而出。据老万说,这些书他在很小的时候,爷爷和父亲就教过他,遗憾的是,后来这些书在战乱中遗失了。言及于此,他还颇为惋惜。

我那时刚到兽医站,对田站长和老万所谈的专业内容一窍不通,也听不懂,不过,他们有时聊起医案,谈及各种稀奇古怪的病症,倒很有趣,让我听得津津有味。

有一次,老万讲到他爷爷被一个富商找去疗马。那马汗出不止,气息短促,行走困难。找了许多人都治不好,后来找到老万的爷爷。他去一看,那马肉厚膘肥,用手一摸,汗为黑色,且油腻,便知料毒积于腹内,乃血瘀不通,气凝痰血所致,遂用尖刀在尾尖穴放血,又用茯神散(内有茯神、鲍砂、雄黄)研成粉末,用粪水浸泡,加上猪胆汁等,调匀后灌下,不几日便见好转。富商问其病因,答曰,喂得太好,骑得太少,岂有不病之理?

田站长和我听了哈哈大笑。许多年后,当"三高症"越来越多时,我又想起老万说的这件事,敢情牲口也有富贵病? 心里忍俊不禁。诸如此类的病例,老万肚里有不少。田站长是个有心人,每当听到一个有用的病例,便会记下来,包括治疗方法,还有用药的剂量等都他仔细问清楚。几年下来,光记下的纸张就装订了厚厚三大本。他曾给我看过,并对我说,这些太珍贵了,将来有机会整理成一本书,肯定会大受欢迎。"书名我都想好了,"他兴奋地拍着那些本子说,"就叫《万氏祖传兽医宝典》,你看如何?"

1969年,就在我下放的第二年,一个初秋季节,鲍家店的一匹马难产了。生产队长鲍大柱派人驾了一辆马车来接我们。田站长带着我去了,老鲍也跟着上了马车。他是会计,本来可以不去的,但他是鲍家店的人,便也跟着去了。

鲍家店的这匹马名叫玉龙,是老村长鲍叔公的宝贝疙瘩。鲍叔公自新中国成立后就一直担任村长(后改为生产队长),直到前几年才卸了任,由他儿子鲍大柱接了班。如今鲍叔公已经七十多岁了,仍然不肯闲着,在村里当起了饲养员。鲍叔公喜欢马,新中国成立前就给地主家养马,和马打了一辈子交道。这匹玉龙就是他精心培育出来的。

《牛马经》有言:"三十二相眼为先,次观头面要方圆。相马不看先代本,一似愚人信口传。"所谓现代本,即马的谱系。玉龙的父本母本均为优良的西南马。鲍叔公为此花了不少工夫,专门请来育种站的专家,精心培育,这才有了玉龙。

玉龙是一匹三岁半大的母马,浑身毛白如玉。玉龙的名字也是鲍叔公起的。他说,古有赤兔,今有玉龙,就叫它玉龙吧。玉龙具备了所有好马的优点:马头高峻挺拔,如剥兔一般;鼻方耳短,目如垂铃,颈部曲线优美,躯干轮廓舒展。俗话说:"好马长在腿上。"玉龙的四肢堪称完美,细长有力,肌腱发达,兼具乘马与驮马的优点。

鲍叔公爱若至宝,精心照料。村里的马、牛有十几匹(头),但鲍叔公唯独对玉龙格外关照。二狗(村里年轻的饲养员)说:"叔公,你啥好的都先尽玉龙,这也太偏心了吧?""少多嘴!"鲍叔公呵斥道。他还不厌其烦地交代二狗:草要多铡,料要勤添;草料里泥灰多,要多筛几遍;马厩、马槽和水槽每天都要打扫。俗话说得好,寸草铡三刀,无料也收膘;草筛三遍,吃了没病;三刷两扫,好比一饱。他还特别提醒二狗:"马无夜草不肥,每晚都要起来给马喂上一遍食,可别偷懒了。"到了秋天,正是马儿长膘的时候,所谓秋高马肥,他便搬到马棚里,夜晚亲自起来给玉龙喂料。二狗劝他别太劳累:"这不有我吗,您老还不放心?"可鲍叔公毫不理会。

玉龙受孕后——这是它第一次受孕,鲍叔公格外重视,事无巨细,亲力亲为。在他的安排下,玉龙享受了更加特殊的照顾,如分槽喂食,定时定量,少喂勤添,粗细搭配,同时增加大豆、萝卜等精料。役使也相对减少,不使其过于劳累。春秋季有太阳时,还经常放于户外,以接受日光照射。冬天饮水也以温水为主,以防刺激肠胃,引起痉挛和不适。总之,处处小心,百般呵护,凡是能想到的都想到了,能做到的也尽量做到。这完全是公主的待遇,村里人都说,就是自己的女儿又能如何?

随着预产期临近,玉龙一切正常。母马的妊娠期一般为十一个月,到了最后两个月,鲍叔公更加小心,早早为玉龙准备了一间防风马圈,山里夜间气温低,需要防止受风或冻伤。他还请来了老万,给玉龙做了检查。

"咋样啊,老东西?"他问老万。

"好着哩!"

"是个小子,还是个丫头?"

"八成是丫头。"

"嗬,丫头好,我就想要个丫头,这下我可赚了。"

"你个老小子,运道不浅啊。"

"都托你的福!"

"到时你可得请我喝酒!"

"那还用说?今个我就请你,我这还有过年留下来的半瓶古井玉液哩。"

他们相互打趣着,说笑着。鲍叔公和老万是几十年的老交情了,彼此间毫无拘束。那天,鲍叔公特别开心,和老万喝到半夜。

转眼,一个多月过去了。这天下午,二狗喂料时发现玉龙有些反常,显得烦躁不安,料也不吃了,水也不喝了,还时不时扭头顾盼肚子,一会儿卧倒,一会儿又站起,来来去去,折腾个没完。二狗一见,连忙去喊鲍叔公。"这是要生了。"鲍叔公二话没说,便吩咐准备接生。虽说按日子掐算,玉龙的预产期还得有几天,但提前的事也是常有的。

果不其然,没过多久,母马的阵痛便开始了。它躺倒在地,挣扎起来。正常情况下,母马顺产时,一般只需三四十分钟,而且无须人工协助。可玉龙的情况显然有点不大对头,一连两个时辰过去,依然没有生下来。它浑身大汗淋漓,不停地抽搐。"坏了!"鲍叔公知道遇上难产了,这下麻烦大了。

"快,快找老万!"他对儿子鲍大柱喊道。

这时,天已经黑下来。鲍大柱说:"爹,天已晚了,还是找田站长吧。"儿子的话不无道理,一来老万年事已高,夜晚前来多有不便;二来小万村离鲍家店距离要比公社远,不如兽医站来得快。"那还不快去!"鲍叔公急得直跺脚。

田站长带着我们赶到了,初步诊断是胎位不正引起的难产。常言道:"产驹最怕位不正,鬼门关前小鬼牵。"然而,玉龙的情况更为严重,胎儿头朝里,后腿朝外,这种情况称为"倒生",相当危险,弄不好便会引起母驹双亡。

"咋会的,咋会的?"鲍叔公急得团团乱转,他说,"不久前老万刚替玉龙检查过,没发现问题啊。这是咋弄的,咋弄的嘛?"

其实,这种事谁也说不准。有些马儿产前检查好好的,临产时却突然发生变化,原因有多种,疾病、受寒或摔跤都有可能引起。这种情况以前也有过,虽然并不多见,哪知这回偏叫玉龙碰上了。

鲍叔公叫苦不迭,连问有法子没有。

田站长也说不好。老站长在时,小杨岭有一匹马也是这种情况。当时,田站长——那时还是小田——跟着老站长一起赶去救治,结果没能把那马救过来,眼睁睁地目睹其死去。这件事对田站长刺激很大,直到如今,依然余悸未消。现在又碰上这种情况,他心里十分紧张,努力试了几次,都无功而返。

转眼又是两个时辰过去,玉龙已经精疲力竭,奄奄一息。它痛苦地在地上翻滚,汗水不断地流下来,混合着血水漫延开来,地上铺设的干草湿透了。昏暗的灯光下,玉龙的身子在扭曲,在挣扎。它侧躺在地,拼命地踢腿、甩尾巴。浑身的肌肉不住地痉挛着,不时竖起脖颈,向上昂起头颅,大张着嘴巴,发出低沉的哀鸣,仿佛在向苍天求救。

众人围在四周,一筹莫展。

"看来不中用了。"有人小声嘀咕了一句。说这话的是老鲍,他的话引起了鲍叔公的愤怒。"你个臭嘴,给我滚!"他骂了一句。老鲍平时一向口无遮拦,嘴不饶人,当着众人面挨了骂很没面子,可在鲍叔公面前他连吭一声都不吭,站了一下,便灰溜溜地走了出去。

时间在流逝,玉龙的气力一点点地耗去。它的身子慢慢停止了扭动,只有蹄子偶然踢蹬一下,气力越来越小。肿胀的肚子一鼓一吸,微微颤抖,头也无力地垂在地面上,仿佛重得抬不起来。平时大如铜铃、丰润饱满的眼睛正在失去光泽,黯淡下去;短小俏丽的双耳也耷拉下来,只有粗大的鼻孔还在缓慢而沉重地一张一翕,越来越微弱。

马圈里弥漫着刺鼻的马尿和马汗混杂的气味,让人透不过气来。闷热的天气没有一丝风,好像就要下雨了。

"咋还不来?"

"都过去几个钟头了!"

"哎呀,别在路上耽搁了!"

众人叽叽咕咕地说着。原来,田站长一发现情况不妙,便立即叫鲍大柱去接老万。鲍家店离小万村五十多里地。大柱走时带了两匹快马,一匹由自己骑乘,一匹用来接老万。即便如此,最快也得三个小时。这时,离玉龙最早开始生产已过去六个多小时,情况非常糟糕。玉龙的生命体征正在一点点消失。它气若游丝,浑身沾满了泥浆和血水,几个小时的挣扎翻滚使它耗尽了气力,浓密的鬃毛湿漉漉地搭在脸上,细长的眼睛似阖非阖,只露出一条缝,似乎在向这个世界作最后的告别。

就在这时,外边传来了喊声:

"来了,来了!"

"老万来了!"

众人一听连忙迎出去,仿佛盼来了救星。"这下好了!"有人说道。"让开!快让开!"鲍叔公一迭声地喝道,排开众人。当老万一瘸一拐从外边走进来(长距离的骑马使他的腿有些僵硬),鲍叔公不禁喜极而泣:

"你个老东西可来啦!"

"还不晚吧?"

"就指着你哩!"

"我看看!"

老万走到近前,一见玉龙,吓了一跳。"咋成了这样?"他嘴里咕哝了一句,急忙蹲下身子,用手按住它的脖颈,玉龙的脉搏几乎摸不到了。再探鼻息,也十分微弱。事后,他告诉我们,他从未见过这么严重的情况。"完了,没救了!"他当时心里想道。不过——尽人事,听天命,这是祖训,也是他们这一行的规矩——不到最后一刻,他都要尽自己最后的努力。

扎针……

灌药……

紧张的施救有条不紊地进行。凭经验,他知道这些做法应该有效。他家三代兽医,这些祖传的秘方不知救了多少牛马的性命,问题是玉龙失血过多,已经生命垂危,能否起死回生,他心里一点也没底。

鲍叔公急得直搓手,连声问道:"咋样,咋样?"见老万不说话,又说:"不行就保一个,大的小的都行。"

老万瞪了他一眼,鲍叔公不吱声了。

时间一分一秒地过去。四周万籁俱静,只有风声划过树梢发出沙沙的声响。寂静的村庄中偶尔响起几下狗吠声,空气沉闷得令人窒息。

半个时辰过去了。

忽然,玉龙动了一下。

接着又动了一下。

它似乎从昏迷中苏醒过来了,轻轻动着身子,踢着腿,呼吸和脉搏也逐渐增强,虽然还很微弱,但显然是在好转。

老万又惊又喜。

"天哪!"他咕哝道,"这丫头命真大!"

"快生火!"他大声吩咐道。圈内需要保持温度,以帮助玉龙恢复体能。众人七手八脚生起了炭火。

老万又给玉龙灌了一遍药,使它的状况进一步改善。一切准备就绪,他示意田站长把油碗端过来,然后在手上抹匀了油,跪下身子开始给胎儿正位。

这是最为关键的一步。如果胎儿不能正位,一切努力都将白费。老万集中精力,全力以赴。这是个细活儿,必须要慢慢地动作,而且手法必须轻柔、准确。不仅需要高超的医术,更需要经验和耐心。

胎儿一点点地被转动着。这很危险,稍有差池,不仅会伤及胎儿,甚至还会碰破母马的子宫,而一旦引起大出血,便无法挽回。因此,他必须小心,再小心,每个动作都要准确到位。为了方便工作,他半跪在地上,这个动作让他很不舒服,但不得不如此。十几分钟过去了,他的手臂便酸痛发胀,仿佛失去了知觉。"妈的!"他嘴里骂道,不得不停下来,喘上一口气。"唉,老了!"他心里想,如果年轻时,他可以一鼓作气地完成,可现在不行了。

田站长点着一根烟,送到他的嘴边让他吸上两口。老万缓过劲来,接着再干。但接下来的工作更加艰难,每隔几分钟就不得不停手歇一下。渐渐地,他感到体力不支,胸口发闷,连气都喘不上来,但他依然坚持着……

时间好像凝固了,漫长得仿佛没有尽头。不知过了多久,胎儿的脑袋渐渐露了出来,这时老万已经体力耗尽,手也僵硬得无法动作。田站长赶紧上去帮忙,完成了剩余的工作。当一个湿漉漉的小生命拱破胎膜,歪歪倒倒站起来时,众人一片欢呼。

"你个老东西,真有你的!"鲍叔公高兴地叫道,脸上湿漉漉的,泪光闪烁。

老万坐在地上,已经筋疲力尽,连说话的力气都没有了。田站长和我赶紧上前,想把他扶起来,可他的腿动弹不得,也许是跪得太久的缘故。

"它们不听使唤了。"他笑着对我们说。

我们半架着把他扶到了门口。他示意要歇一下,我们便把他放下,让他靠着麦草堆坐下来。田站长赶紧点上一根烟,送到他嘴边,可他连手都抬不起来了。田站长只好帮他拿着烟。我拿起茶缸,转身去给老万泡茶。不用说,这个时候泡上一缸浓茶,让他美美喝上一口,肯定带劲。然而,等我泡好茶回来时,老万的脑袋已经歪在一边,睡着了。田站长手里夹着半支烟,朝我嘘了一声,做了个噤声的动作。

夜深了。马厩里,新生的小马驹儿欢快地吮吸着母乳。人们陆续散去,周围逐渐安静下来。月光如水,映照着大地。门前的麦场上,以及麦场前的田野上,好像铺了一层厚厚的霜,泛着明晃晃的银光。蛙声低吟,微风拂面。月光照在老万的脸上,他睡得很香,嘴巴一瘪一瘪的,口水像个孩子似的挂在嘴边拖得老长。